山川鴻三

シェイクスピアからヘミングウェイまで

ヴェニスと英米文学

南雲堂

序

古来、ヴェニスの魅力に引かれたヨーロッパの文人は多い。逸早くイタリアへ旅行し、『イタリア紀行』を書いたドイツの文豪ゲーテは、その一人である。ゲーテはその『イタリア紀行』の中で、サン・マルコ寺院の鐘楼の上から視界に展開する白昼の大パノラマを見たときの驚きを叙し、その素晴らしさを絶讃してやまないのである。またフランスでは、イタリアを愛し、イタリアに長く住んだスタンダールは、日記やイタリアに関する書物の中で、ヴェニスは陽気な国だ、ヴェニス人は陽気な国民だと、繰り返し述べて、ヴェニスの陽気さを口を極めて賞賛するのである。ヴェニスの陽気さといえば、人びとが幾晩も眠らずに遊び興ずるカーニヴァルが頭に浮かぶ。もう一人のフランスの文人テオフィル・ゴーチエは、ヴェニスを舞台にした『七宝とカメオ』と題する詩集の中で、このカーニヴァルのざわめきを詞藻豊かに歌い上げて、いやが上にもヨーロッパのヴェニス熱を煽《あお》っているのである。

このように、ドイツやフランスなど大陸の国々の文人たちがヴェニスに引かれたのは、その南欧的な明るさと陽気さとの故であった。ところが、イギリスの文人たちの場合は、それは、ただそのようなヴェニスの南欧的な情緒の故ばかりではなかった。それはまた、彼らが自国とヴェニスとの間に国として共通する点があることを認めたからでもあったろう。その共通する点とは何か。それは、新教国としてのイギリスと、イタリア諸都市の中でただ一つローマ法王に楯突《たて》いた国としてのヴェニスとの間にも、見いだされよう。が、しかし、この点では、ドイツも同じであろう。とすると、それは何よりも、イギリスとヴェニスがともに島国で海外に多くの領土を持つ強国であったという点であったろう。しかし、それはかりではない。それはまた、ヴェニスの崩壊後にヴェニスを訪れたイギリスの文人たちが、ヴェニスの現在の運命を見て自国の将来の運命を感じ取り、現在のヴェニスにより深い親近感を覚えたであろうとも想像されるからである。

こうして、イギリスの文人たち——これにアメリカの文人たちを加えて、英米両国の文人たち——は、ヨーロッパのどの国の文人たちよりも親密にヴェニスに引かれることになる。とすると、バイロンが「私は少年のころからヴェニスを愛した」と詩に歌い、ヘンリー・ジェイムズも「私は恋人を愛するようにヴェニスを愛しています」と手紙に書いているとしても、故のないことではないのである。だからこそ、また、ヴェニスを愛し、いわばヴェニスと心中した文人としても、英米には、他の国に類例のない、二人という数が数えられるのである。それは、ロバート・ブラウニングとエズラ・パウンドの二人である。その二人のうち、ブラウニングの遺体は、墓の島サン・ミケーレ島で葬式だけ済ますとイギリスに運ばれ、ウェストミンスター寺院に葬られることになったのだが、パウンドのほうは、今日なお、そのサン・ミケーレ島の一郭で、ヴェニスという愛人の懐に抱かれて、永遠の眠りについているのである。

それでは、実際にヴェニスを描いた文学作品については、どうか。この点でも、イギリスは質量ともに、断然他のヨーロッパ諸国を抜いているのである。第一、イギリスには、表題にヴェニスの名のついた名作が、シェイクスピアの『ヴェニスの商人』、オトウェイの『維持されたヴェニス』、ラスキンの『ヴェニスの石』と、三つもあるのである。これは、ドイツにただ一つだけではあるが、トーマス・マンの『ヴェニスに死す』があるのを別とすれば、他のヨーロッパ諸国には例のないことなのである。だから、たとえば、バイロンが自分のヴェニス観に影響を与えた人と作品として挙げている、シェイクスピアの『ヴェニスの商人』と『オセロ』、オトウェイの『維持されたヴェニス』、シラーの『見霊者』そしてラドクリフの『ウドルフォの怪異』のうち、(これはイギリス人のバイロンにとってはある意味では当然のことかもしれないが)人の数では三人、作品の数では四つまでがイギリスのもので、人の数でも作品の数でもただ一つだけがドイツのものので外国のものだということになるのである。いや、それどころではない。バイロンがヴェニスで忘れがたい作中人物として挙げている者の中にも、シェイクスピアのシャイロックとオセロ、オトウェイのピエールの名が見えるだけで、ラドクリフとともにシラーの作中人物の名は、けっして姿を現わさないのである。

そしてこのことは、イギリスの文人たちのヴェニスに対する見方や描き方が他のヨーロッパの諸国のそれに与えた影響を見ると、いっそう明瞭になってくるのである。その例として、二つの場合を取ってみよう。一つは、やはりバイロンの場合である。『チャイルド・ハロルドの巡礼』が世に出たとき、朝目を覚ますと、自分が有名になっていることが分かった、と言ったという、バイロン自身の言葉によっても明らかなように、この詩は出版以来大陸諸国に絶大な影響を及ぼしたのである。とりわけ、この詩における、彼のヴェニス観、廃墟《はいきょ》としてのヴェニスの美をたたえる彼の歌声が、独仏の詩人たちに与えた感銘の大きさは、ほとんど測り知れないほどのものだったのである。そしてもう一つは、ラスキンの場合で、彼の『ヴェニスの石』における、事物を細大洩らさず描き留めるヴェニスの描写法が、フランスの作家マルセル・プルーストのそれに与えた影響も、忘れがたいであろう。ラスキンの『ヴェニスの石』を愛読し、それを携えてヴェニスへ旅行したといわれるプルーストは、彼の代表作『失われた時を求めて』の「逃げ去る女」の巻では、ラスキンとその技を競おうとするかのように、細密画のようなヴェニスの描写をこころみようとするのである。たとえば、迷路のような薄暗い路地の中から、整然とした大広場と華麗なサン・マルコ寺院の姿が、忽然《こつぜん》と現われるときの、驚きを叙する二人の筆致は、なんと際立った類似を示すことだろう。とすると、なんといってもやはり、ヴェニス熱の発祥地は、イギリスだったのである。

さて、こういうわけで、本書は、ヴェニスを描いたヨーロッパの文学のうち、イギリスの文学——そしてその延長としてのアメリカの文学——を扱うことになるであろう。とはいえ、本書は、これをことごとく網羅することはとてもできないので、一応一流の文学者だけに限ることになり、二流の文学者を省くことになるであろう。たとえば、イギリスの作家ウィリアム・ベックフォード(一七六〇―一八四四)や、アメリカの作家で若いころヴェニスの領事をしていたW・D・ハウエルズ(一八三七―一九二〇)である。この二人の作家を省くのは、彼らが二流の作家であるからばかりでなく、また、前者の『旅日記』(一七八三)がいくつかの点でロマン派のヴェニス観を先取りしながらも、それが出版されたのがロマン派のヴェニス観が確立された後のことであったという理由によるのでもあり、また後者の『ヴェニス生活』(一八六六)に見られる細々しいヴェニス生活の描写が一般の読者に取り立てて言うほどの興味を与えないであろうと思われるという理由によるのでもあろう。また、一流の作家のものでも二流の作品については同様である。バイロンの二篇のヴェニス史劇『マリーノ・ファリエーロ』(一八二一)と『二人のフォスカリ』(一八二一)、それにA・C・スウィンバーン(一八三七―一九〇九)の前者と同名の史劇(一八八五)はその例で、いわば詩人の余技にすぎないこれら三篇の作品は、概してヴェニスの過去の史実の忠実な叙述に終始していて、一般の読者の文学的興味をさほどそそらないと思われるからである。

ともあれ、こうして、本書は、付随的にふれる何人かの文学者を別とすれば、英米文学の各ジャンルにわたる、全部で十三人の文学者たちを扱うことになろう。その内訳は、劇作家ではシェイクスピア、ジョンソン、オトウェイの三人、詩人ではバイロンとシェリー、ブラウニングとパウンドの四人、批評家ではラスキンとペイターの二人、そして小説家ではディケンズとロレンス、ジェイムズとヘミングウェイの四人、ということになる。本書は全七章から成るが、そのうち、第一章だけは、シェイクスピアの二作品に関するものであるが、他の章は、二人ずつ別の作家を取り上げている。できるだけ各章を時代順に配列するように心掛けたつもりであるが、これらの章は、同じジャンルの文学者たちを二人ずつペアで取り扱っている関係上、とくに、時代的に近接する文学者たちを扱う第四章以後では、章により年代的に前後する場合も出てくるであろう。この点、ご了承いただきたい。

こんどは、本書で取り扱うヴェニスの意味内容について見ておこう。ヴェニスという言葉が、まずなによりもヴェニス本島を指すことは、言うまでもない。しかし、本書は、またこれに、本島を取り巻く、北はトルチェロ島から南はキオッジャに至るラグーナの島々をも含めることになろう。そしてこれにさらに、ブレンタ河畔にあるヴェニス人の別荘地帯をも加えることになろう。さて、ここまでは、広義のヴェニスの定義として、一向差し支えないであろう。だが、しかし、本書の場合のように英文学者の描いたヴェニスを論じることとなると、どうしてもその範囲をさらに広げる必要が出てくるであろう。一つは、地中海からイタリア本土にわたるヴェニスの領土のうち、とくに東地中海のキプロス島とヴェニス西北の山腹の町アーゾロをこれに加えることである。キプロスの王妃となったヴェニスの貴族の娘が、王の死後自国をヴェニスに譲渡し、自分はアーゾロの地に隠棲したという意味で、キプロスとアーゾロは、ヴェニスの運命ととくに深い係わりを持つ二つの地だったからである。そしてもう一つは、ヴェニスに関係のある絵画を、さらにこれに付け加えることである。それは、ターナーの描いた何点かのヴェニスの風景画と、ロンドンのナショナル・ギャラリーにあるヴェニスの画家チシアンの『バッカスとアリアドネ』の一点である。これらの絵はともに、言うまでもなくヴェニスそのものではないが、これらを扱ったイギリスの批評家たちがヴェニスそのものだとして見ているものだったからである。

最後に、イタリア語の表記について一言しておこう。それは、今日の一般の習わしに従って、おおむねイタリア語によるであろう。ただ、イタリア語の「ヴェネツィア」と「ティツィアーノ」の場合だけは、英語で「ヴェニス」と「チシアン」と呼ぶことにしたい。「ヴェニス」の場合は、『ヴェニスの商人』とか、『ヴェニスに死す』とかと、有名な文学作品が、英語の「ヴェニス」の名で親しまれてきたからである。また「チシアン」の場合も、他意はない。ただ、本書の場合のように、問題が英文学者たちとの関係にある場合、じかに彼らの口から出る言葉として、そのほうが自然であるように思われるからである。

ヴェニスと英米文学　目次

—シェイクスピアからヘミングウェイまで

ヴェニスと英米文学

――シェイクスピアからヘミングウェイまで

第一章

ヴェニスの商人　シェイクスピア

一　シェイクスピアの時代までのヴェニス

ウィリアム・シェイクスピア（一五六四―一六一六）の劇や詩には、イタリアを主題にしたものが数多く見いだされる。しかし、その中で、古代ローマを扱った劇や詩を別とすれば、イタリアの都市を舞台にした劇として、二つのグループが挙げられよう。一つは、ヴェニスを扱った『ヴェニスの商人』（一五九六―七）と『ヴェニスのムーア人』の副題を持つ『オセロ』（一六〇四―五）であり、他は、ヴェローナを扱った『ロメオとジュリエット』（一五九四―五）と『ヴェローナの二紳士』（一五九四―五）である。ところで、この両方のグループを比較してみると、前のグループの『ヴェニスの商人』と後のグループの『ロメオとジュリエット』が、前者の場合はヴェニスからベル・モントへ、そして後者の場合はヴェローナからマントヴァへと、ときどき舞台を変え、また前のグループの『オセロ』と後のグループの『ヴェローナの二紳士』では、前者の場合はヴェニスからキプロスへと、そして後者の場合はヴェローナからミラノへと、開幕早々舞台が変わってしまうという点で、両方のグループは、そのストーリーのパターンを同じくするのである。しかし、その舞台の扱い方においては、両者はまた、なんと異なることであろう。というのは、前のグループがかなり忠実に舞台を写しているのに対して、後のグループは、必ずしもそうとは限らないからである。一例として、『ロメオとジュリエット』の有名なバルコニーの場を取ってみても、それは必ずしもヴェローナになければならないというものではないのである。たとえば、J・M・W・ターナー（一七七五―一八五一）が『ジュリエットとその乳母』（一八三六）で描いたように、それはヴェニスのサン・マルコ広場の西南角の屋上であってもかまわないのである。このような両者の違いは、一つには、ヴェローナがヴェニスの一領土にすぎず、遠いイギリスからは取るに足りない田舎町に見えたのであろうのに対して、ヴェニスはようやく衰微の兆しを見せ始めていたとはいえ、なお強大な共和国であったという事情にも依るのであろう。それでは、当時のヴェニスとは、いったいどのような国であったのか。どのようにしてそのような国になったのか。シェイクスピアの時代までのヴェニスのあらましについて、まず一瞥《いちべつ》しておこう。

I

ヴェニスの歴史は、蛮族の侵入を受けた人びとが、ポー川などの河口に散在するラグーナに避難したことに始まる。それは五世紀半ばであったと考えられる。人びとは、最初は敵がいなくなれば、住みにくいラグーナから本土へ帰るというふうであったが、やがて次第にラグーナに定住するようになる。そしてその中でもっとも繁栄していたトルチェロ島には、六三九年マリヤに捧げる大聖堂が建てられるようになる。しかし、今日のヴェニスのあるリアルト島への移住が始まるのは、ようやく八〇〇年ごろになってからである。

共和国としてのヴェニスは、ビザンチン帝国の支配のもとに出発する。しかし、ビザンチン帝国や東方のイスラム圏とヨーロッパとの中継地としての地の利を占めたヴェニスは、海洋貿易に成功する。ところで、海賊の攻撃から自己を守るために武装するようになった当時の商船は、軍艦をも兼ねていた。こうして、軍事国家としても強大になったヴェニスは、十一世紀の初めには、ビザンチンを助けてノルマン王との戦いに勝利を収めたので、ビザンチンに対して優位に立つようになり、名実ともにアドリア海の覇者となるのである。

しかし、ヴェニスの繁栄が頂点に達し、地中海に雄飛するようになるのは、十三世紀になってからである。一二〇四年ヴェニスは第四次十字軍の中心勢力としてコンスタンチノープルを征服し、地中海の領土を獲得するのである。しかし、この海上覇権を維持するためには、ジェノヴァとの戦いは避けがたいものであった。一二六一年から一三八一年の一二〇年にわたる長い苦しい戦いの末、ヴェニスは辛うじてジェノヴァを降伏させることに成功するのである。そしてこの時以降、ヴェニスは大陸に目を向けるようになる。

こうして、十五世紀初頭からヴェニスは海の国家から陸の国家へと変身する。ヨーロッパ諸国との領土争いに加わったヴェニスは、パドヴァ、ヴェローナと、一時はミラノに近接するヴェニスの西北部を領有するようになる。一方、一四九二年のコロンブスのアメリカ大陸の発見、一四九八年のヴァスコ・ダ・ガマのアフリカ大陸周航と、相次ぐ新航路の発見は、ヴェニスの海上貿易を窮地に陥れ、ヴェニス人の海への興味を完全に喪失させることになるのである。そしてこの傾向は、次の十六世紀になると、ヴェニスのキプロス喪失によっていっそう拍車をかけられることになる。ヴェニスは、かねてからトルコが狙っていたキプロス島を、一四六九年巧みな外交によって手に入れる。しかし、ヴェニスは、一五七一年レパントの海戦でトルコ軍を破るにもかかわらず、結局一五七三年にはこの島をトルコに譲渡せざるを得なくなるのである。この時以来、ヴェニスの人びとは、危険の多い海上貿易に従事するよりも、それによって蓄えた富を安全な土地に投資することを好むようになる。こうして、ブレンタ河畔やシーレ河畔には、豪華な庭つきの別荘が建ち始めるのである。

その中で、もっとも初期のものでまたもっともヴェニスに近いものは、一五七一年にブレンタ

フォスカリ荘正面

河口の近くに建てられたフォスカリ荘である。当時の有名な建築家アンドレア・パッラーディオ（一五一八-八〇）の設計になるこの別荘は、ブレンタ河に向かってギリシア神殿ふうの正面を見せて立ち、周囲は芝地や草地によって囲まれている。広い裏庭には片隅に並木道も見られる。表の階段で登る二階には、中央の大広間とその両側のそれぞれ三つの居室がある。大広間の二台の大きな地球儀が象徴するように、この別荘には世界中からの多くの賓客が宿泊した。とりわけ、一五七四年にフランス国王アンリ三世が泊まったことで有名である。

Ⅱ

ヴェニスの歴史に関連して、都市と政治の組織、人びとの生活と祝祭、そしてその特産品について述べよう。

i　ヴェニスの都市の組織

八二八年ヴェニスの二商人がエジプトのアレキサンドリアから持ち帰った聖マルコの遺体を祭る寺院の建設が始められる。それは、何世紀にもわたって続けられるが、内部をモザイクで飾るビザンチン様式の今日の形を取るのは、一〇六〇—六三年ごろに始まる改築によるのである。一方、要塞としてもとからそのそばにあったドゥカーレ宮殿は、十二世紀ごろ現在の形になる。こうして、サン・マルコ広場と小広場は、政治宗教の中心になるのである。これに対して、商業の中心として繁栄するリアルトは、地理的中心に位置する。十三世紀後半の最初の木造のリアルト橋の建造により、政治宗教の中心であるサン・マルコ広場は、リアルトの市場と結ばれることになるのである。さて、国際都市ヴェニスにはユダヤ人も多かったが、彼らは、一二九八年高利貸しを行ったかどでヴェニスから追放されたことがあったりして、一九一六年には一か所に住むことを余儀なくされることになる。これがゲットーである。それは、ヴェニスの表玄関であるサン・マルコ広場とは反対の、町の裏側にあったが、一八四六年陸地と町を結ぶ汽車の駅ができてからは、皮肉にも町の表玄関となった駅にほど近いところになったのである。

ii　ヴェニスの政治体制

ヴェニスが国家としての体裁を整えた六九七年以来、ドージェがこれを統治していたが、国会が創設され、国会議員がドージェを選出するようになるのは、一一七二年からである。そしてヴェニスの政治機構が大きくなると、さらに元老院がつくられ、元老院議員は、国会議員の中から選ばれることになるのである。ところで、国会議員は一二九六―七年に終身制となり、さらに一三二三年には世襲制となる。こうして、貴族階級に属する家系が事実上定められることになる。このようなヴェニスの政治体制の中で、とりわけ奇異に感じられるのは、何度も選挙とくじ引きを繰り返す、国会議員によるドージェの選出法である。これは、ヴェニス人の公正な選挙への憬れを示すものであろうが、この選挙にくじ引きを導入するところは、ヴェニス人の儀式あるいは祝祭的行事への偏愛を示すものとしてきわめて興味深いのである。

iii　ヴェニス人の生活と祝祭

ヴェニス人はよく働きつつましやかに暮らす国民であった。しかし、このような生活によるストレスを解消するために、金を出すことを惜しまなかった。そのよい例が、ヴェニスの島々から集まった、奇装を凝らした人びとがサン・マルコ広場を埋めつくす、あの華やかな仮面カーニヴァルの祝祭である。これは、人びとが仮面を用いることによって日常生活の秩序から解放されることであり、男は女に、老人は若者に、そして庶民は貴族に変身することによって、それを逆転することにほかならないのである。

iv　ヴェニスの特産品

今日、ヴェニスの特産品としては、ムラーノ島のガラスとヴラーノ島のレースがとくに有名であるが、ここではレースを例に取ってみよう。ヴェニスのレース編みは十世紀ごろに始まるといわれるが、それが盛んになるのは、十五世紀中ごろになってからである。こうして、ヴェニスにおけるレースの流行は、十六世紀に入ると頂点に達する。そしてその流行は、パリにまで及ぶことになるのである。画家が貴族の女性を描くときには、かならずといってもよいほど、手にレースのハンカチーフを持つポーズを取らせるようになるのである。

Ⅲ

最後に、ヴェニスの国運の盛衰にもっとも深くかかわった領土として、キプロス島について一言述べておこう。キプロス島は、上述のとおり、一四六九年から一五七三年までヴェニス領であったが、その間、島のほぼ中央にあるニコシアを首都とし、ここに諸種の行政機関を置いた。一方、ヴェニス艦隊が駐留した海港で、堅固な要塞都市であった、島の東端のファマグスタは、常時一人のキャプテンの統治下に置かれた。しかし、戦時には、一人のプロヴェディトアージェネラルがヴェニスから急派され、そこで最高の権威をもって事態を処理したのである。ところで、この町については、一つの特筆すべき伝説があった。それは、胸壁の一部である城の中で、一五〇六年から一五〇八年までキプロスの司令官であったクリストフォーロ・モーロが、嫉妬のあまり妻のデズデモーナを殺したというものだったのである。

（これは余談であるが、もう一つパフォスという町を挙げておこう。この町は、東西に細長く伸びる島の東端のファマグスタと、ややファマグスタ寄りながらほぼ中央のニコシアに対して、島の西端に位置し、古来ギリシア神話のヴィーナスの生誕の地として知られる。ここには、ヴィーナスが海の泡から生まれてその上に立ったという水中の巨岩や、彼女が湯浴みしたという浴場が、今日なお残っているのである。そしてシェイクスピアが『ヴィーナスとアドーニス』（一五九二）や『あらし』（一六一一―一二）で繰り返し述べているのは、このヴィーナスの生まれ故郷としてのパフォスにほかならないのである。たとえば、彼は『ヴィーナスとアドーニス』の最後の一節で、ヴィーナスが鳩の引く戦車に乗ってこの町へ向かって飛ぶ有様を、次のように歌うのである。

かく世事に倦《う》み彼女は急ぎ去る、
そして彼女の銀色の鳩たちにくびきをかける、彼らの
速やかな助けにより彼らの女主人は乗りうつろな天空を
彼女の軽快な戦車で速やかに運ばれる、

彼らの女王が閉じこもり人に見られないことを意図する。パフォスへ進路を取りながら。）

それでは、上述のヴェニスとキプロスについての知識は、シェイクスピアの『ヴェニスの商人』と『オセロ』の中にどのように取り入れられているのか。これを明らかにするのが、本章の主題である。しかし、この問題に入るに先立ち、まず次節で、シェイクスピアがどのようにしてこの知識を修得したかという問題を、明らかにしておこう。

二　シェイクスピアとフローリオ

ここで、まず第一にわれわれの脳裏に浮かぶのは、シェイクスピアが実際にヴェニスへ旅行してその地をつぶさに見聞したのだろうかということである。シェイクスピアが郷里ストラットフォード・アポン・エイヴォンを出てロンドンで頭角をあらわしはじめるまでの数年間に、ひょっとすると彼はイタリアに旅行しているかもしれない。しかし、これは飽くまで単なる推論にすぎない。これといって確かな証拠は何も残っていないからである。それよりもっと確かなのは、シェイクスピアとイタリア人ジョン（ジョヴァンニ）・フローリオ（一五五三―一六二五）との交友の問題である。シェイクスピアのパトロンであったサウサンプトン伯爵の庇護《ひご》をうけた文人のうちに、フローリオの名が見いだされるからである。それでは、フローリオとはどういう人物であったのか。まずこの問題から始めよう。

ジョンの父マイケルアンジェロは、フィレンツェ出身の牧師であったが、異端者としてイタリアを追われ、フランスを転々とした揚句、一五五〇年ロンドンに辿りつく。彼は一五五四年までそこにとどまり、イタリア語の教師として生計を立てる。そしてジョンは一五五三年そこで生まれるのである。しかし、やがて英国の政情の変化により、父は余儀なく英国を去り、ストラスブールからスイスの僻村《へきそん》ソーリオに辿りつく。そしてその村の教会の牧師（二代目の）の職を得、そこに定住することになる。それは、今日でもただポスト・カーだけが狭い曲がりくねった山道を登ってやっと辿り得る、人里を遠く離れた深山の山腹に、はるかに雪溪を望んでひっそりと静まりかえる小さな村で、イタリアとの国境にもっとも近いせいもあって、イタリアからの亡命者たちがひっきりなしに出入りする場所ともなっていたのである。息子のジョンが父からイタリア語を始め、英語、フランス語、ラテン語をみっちりと教えこまれ、また亡命者たちの口からイタリアのホットなニュースを聞かされたのは、このスイス最奥の村ソーリオ村においてだったのであり、やがて彼が、当時イタリア研究のメッカであったチュービンゲン大学へ留学するのも、このソーリオ村からだったのである。

こうして、年代は不明であるが、彼は父をソーリオ村に残して英国へ移住し、一五七〇年以後ロンドンでイタリア語の教師として身を立てるが、一五八〇年からオックスフォードへ居を移す。彼の英国での最初の出版物は、二冊のイタリア語の教科書、『最初の収穫』（一五七八）と『二番目の収穫』（一五九一）である。これらはいずれも文法と対話から成り、対話の部分では諺が重要な位置を占める、というふうなものである。次に来るのが、彼が編集した有名な辞書で、彼の庇護者サウサンプトン伯爵に捧げられた『伊英辞典』（一五九八）である。そして彼の業蹟の最後を飾るものとして、モンテーニュの『随想録』の英訳が挙げられよう。これは、ワールズ・クラシック双書に入れられて、今日なおその声価を保っている、不滅の名訳である。

ところで、この語学教育家、言語学者としてのジョン・フローリオは、どういう人物であったのか。どうやら彼は、自分の語学の力を鼻にかけ、その知識を振りまわすというふうな、自尊心の強い人間であったらしい。また一面、かなりアクの強いところがあり、他人との間にことさらに事を構えて争いを起こすこともしばしばであったという。

さて、シェイクスピアがこのようなフローリオと親交があったことについては、すでにふれたとおりであるが、そのことは何よりも、シェイクスピアの作品の中にフローリオを大なり小なりモデルにしたと思われる人物が登場することによって、分かるのである。実際、シェイクスピアは、『恋の骨折り損』（一五九四–五）の幻想的なアーマードや、『十二夜』（一五九九–一六〇〇）己惚《うぬぼ》れの強い奇人マルヴォーリオにも、少なからぬフローリオの影を投入しているように思われるが、それらの人物の中で、シェイクスピアが誰よりも色濃くフローリオの特質を印刻しているのは、『恋の骨折り損』の衒学者《げんがくしゃ》ホロファーニーズであろう。そのことは、彼が教師であり、アーマードに「お前は寄宿学校で若者を教えているのではないか」と言われるばかりでなく、いかにも言語学者らしく言語の知識を振りまわし、しきりにラテン語を使ったり、同義語を羅列したりすることによって、まず暗示されるであろう。(ちなみに、フランセス・イェイツにしたがえば、この寄宿学校とあるのは、同時代人エリオットの言う、当時フランスからの亡命者たちが金もうけのために経営した私塾への言及であり、シェイクスピアはエリオットとも親交があったらしいという。) しかし、この暗示をさらに確定的なものにするのは、ホロファーニーズがフローリオの著書からの言葉を自分の言葉として、(イェイツの言う) フローリオそのままの声と口調でしゃべることである。それは、フローリオの『最初の収穫』と『二番目の収穫』のそれぞれ第十九と第六の対話の諺の中にあるもので、劇ではイタリア語のままで引用されているが、邦訳で示すと次のとおりである。

ヴェニスよ、ヴェニスよ、汝を見ざる者は
汝を知らざるなり。

とすると、シェイクスピアはフローリオの書いたものを読んでいたことが分かるだろう。実際、彼はフローリオのものは最大洩らさず読んでいたように思われるのである。たとえば、フローリオの英訳した、当時のイタリア事情を紹介した『ローマから最近書かれた書簡』（一五八五）のヴェニスの箇所で、「リアルト」の語に王立取引所という注をつけているが、王立取引所というのは、ロンドンのコーンヒル街にあるエリザベス朝以来の商業・金融取引機関のことで、シェイクスピアはこれからヒントを得て『ヴェニスの商人』のリアルトの描写を仕上げたのではなかろうか。しかし、フローリオの書いたもののうちで、とりわけ大きな影響をシェイクスピアに与えたのは、彼のモンテーニュの翻訳であった。シェイクスピアの後期の作品には、この訳書の語句と近似する語句が数多く見いだされる（このことは十八世紀以来諸家によって指摘されてきたことである）ばかりでなく、モンテーニュの懐疑的相対論的思想は『ハムレット』などの作品に多大の影響を及ぼしているのである。（ちなみに、ウォルター・ペイター（一八三九―九四）も、彼の小説『ガストン・デ・ラトゥール』（一八九六）の中で、「『善も悪もなく、考え方次第でどちらにもなるのだ』ということを、ハムレットはモンテーニュから学んだのだろうか」と述べているのである。）

とはいえ、シェイクスピアがフローリオから教えられたのは、彼の書物を通してばかりではない。シェイクスピアは直接彼の口からも教えを受けたと考えられる。チャンブランの言葉を借りるならば、彼はシェイクスピアに対して「生き辞引」の役割を演じたのである。シェイクスピアが『ヴェニスの商人』や『オセロ』において、リアルトやブレンタ河畔の別荘、ドゥカーレ宮での会議の模様やキプロスの城などを、あれほど克明に描き得たのは、ひとえにフローリオの教えの賜物だったのである。

三 『ヴェニスの商人』

シェイクスピアの初期喜劇の代表作である『ヴェニスの商人』は、彼がこの劇を書いたころまでのヴェニスの歴史を活写するものだといってよい。当時のヴェニスは、一方においては、海上貿易によってリアルトの繁栄を招来したが、他方においては、次第に深まる本土への関心がそこに別荘を建設する気運を醸成したのである。言うならば、当時のヴェニスは、都市としてのリアルトと田園としての別荘という二律背反的状況にあったのである。そしてこの二者の対立は、劇においては、ヴェニスの商人アントーニオの住むリアルトと美女ポーシアの住むベルモントとのそれとして表わされるのである。ところで、この両者のうち、リアルトのほうは今日もそのまま残っているので問題はないのであるが、ベルモントのほうはどうであろうか。これは、シェイクスピアが種本の『イル・ペコローネ』中のベルモンテから借りたものだと考えられるが、こういう地名のところは、イタリアにはどこにも見いだされないのである。それでは、これは単なる架空の地なのであろうか。いや、けっしてそうではない。その具体的な描写の仕方から見て、シェイクスピアはどこか特定の場所を念頭に置いてこれを書いているように思われるのである。それでは、その特定の場所とは、いったいどこであろうか。今までベルモントは、ただ漠然とブレンタ河畔の別荘ではないかとされてきた。しかし私は、もっと具体的に、これをフォスカリ荘に特定できるのではないか、と考えている。その理由として、私は次の五つのことを挙げておきたいと思う。それは、㈠この別荘（一五七一）が、『ヴェニスの商人』の出る前に建てられたブレンタ河畔の別荘のうちで、もっとも有名なものであること、㈡ゴンドラで行ける程度の、ブレンタ河口にもっとも近いところにあること、㈢当時古典様式の建築家として有名であったパッラーディオによる、ギリシア神殿ふうの建物であること、㈣裏庭の片隅に、表庭の河岸に通じている並木道を持っていること、㈤そして世界中から数多くの高貴な賓客を迎えたこと、である。

そしてこのリアルト（ヴェニス）とベルモント（フォスカリ荘）を結びつける役割を果たすのは、ヴェニスの伝統的祝祭行事である仮面カーニヴァルであり、具体的にいえば、その日の夜リアルトからベルモントへ駆落するロレンゾとジェシカの二人である。ロレンゾは友人たちとともに仮面をかぶり、ジェシカは少年に変装する。次に引くのは、ジェシカが自分の家の二階から通りにいるロレンゾに向かって語りかける言葉である。

いま夜なのが嬉しい、わたしがあなたにみえなくて。
だって、わたしの変装がとても恥ずかしいんですもの。
でも、恋は盲目、恋人たちは、自分たちのしたことは、どんな馬鹿げたことでも、見えやしないのだわ。
もし見えたなら、わたしが少年に変身しているのを見て、
キューピッド自身も、顔を赤くするにちがいないわ。

ともあれ、こういうカーニヴァルの装いで、ロレンゾとジェシカの二人は、リアルトからサン・マルコ広場へ、そしてそこからゴンドラに乗ってブレンタ河口に近いフォスカリ荘へ辿りつくというわけである。そして最後の場面では、二人はそこで他の二組の恋人たちとアントーニオとの到着を待ちながら、賑やかな仮面カーニヴァルとは打って変わった、静かな田園の恋愛讃歌を競演することになるのである。そこは、ポーシアものちに、「月がエンディミオンと一緒に眠っているわ」と言うように、エンディミオンとともに月に魅せられた、恋の世界である。そして次のロレンゾの台詞によって、二人の競演の幕は切って落とされるのである。

月がこうこうと輝いている、こんな夜に、
心地よい風が優しく木々に口づけしても、
木々は音を立てなかった、そんな夜に、
おそらくトロイラスはトロイの城壁を登り、
クレシダがその夜寝ていたギリシア軍の陣営に

ため息まじりに思いを送ったのだろう。

そしてこの延々とつづく二人の掛け合いは、ト書きに「ポーシアの家への並木道」とあるように、二人がフォスカリ荘の裏庭右手の並木道を邸に向かって歩きながらのことである。それから、二人は邸の右手を通って表庭に回り、川岸に達し、そのたたずまいはロレンゾをして

月の光はなんと美しくこの川岸に眠ることか。

と叫ばせるのである。

さて、この劇は、リアルトとベルモントという二つの舞台を、ほとんど交互に取り換えるのである。この二つの舞台の中でもっとも有名な場面は、前者では人肉裁判の場面であり、後者では箱選びの場面である。これらについてはのちに述べるであろう。しかし、この二つの舞台には、劇の主題と構成の上から見てもっと重要だと思われる場面が、最初と最後にそれぞれ一つずつあるのである。まず、リアルトの舞台のほうから見ると、それは、幕開けの、リアルトの豪商アントーニオの活動ぶりをたたえる、友人サラリーノの言葉である。アントーニオが自分の商船隊の安否を気遣って憂鬱《うつ》の虜《とりこ》になっていることを訴えるのを聞いて、サラリーノは彼を慰めて次のように言う。

君の心は大海原で揺さぶられているのだ。
ほら、君の商船が堂々と帆を張って、
海の貴族か大富豪のように、
あるいは、いわば海上の山車《だし》行列のように、
頭を下げてかしこまる
小舟どもを見下しながら、
翼を広げて飛ぶように通り過ぎるのだ。

ここには、当時のリアルトの繁栄をもたらした海上貿易業者たちの偉大な活躍ぶりが、なんと生き生きと描き出されていることだろう。次は、ベルモントの舞台のほうであるが、それは、いま述べたロレンゾとジェシカの掛け合いに始まる、劇の掉尾《とうび》を飾る場面である。上述の、ロレンゾとジェシカが待っている川岸へ、当主のポーシアを始め他の人びとが上陸してくる。そしてそこで少しいざこざがあったのち、バッサーニオとポーシアを始め、ロレンゾとジェシカ、グラシアーノとネリッサという三組の恋人たちが、めでたく結ばれるのである。そして――これが一番重要なことであるが――彼らと一緒にやってきたアントーニオに、彼の商船隊が、そのリアルトでの再三の難破のうわさにもかかわらず、無事入港したことが知らされるのである。すなわち、ポ

ーシアがアントーニオに、

わたしはあなたが予期される以上によい知らせを
お持ちしていますわ。この手紙をすぐにお開けになって。
ご覧のとおりあなたの商船の三隻が富を積んで
思いがけなく入港したことが書いてあるでしょう。

と言うと、アントーニオはポーシアに、

奥様、あなたはわたしに生命と財産を与えて下さいました。
ここにはわたしの船が無事に入港したことが
たしかに書いてあるからです。

と答えるのである。この幕切れの言葉によって、幕開きのアントーニオの悩みは見事に解消し、これによって、リアルトの場はベルモントの場と最終的に結ばれることになるのである。

さて、上であとまわしにした人肉裁判と箱選びの問題のうち、前者については後章でシャイロックを論ずるときにふれることにして、ここでは後者について考えることにしよう。場所はベルモントのポーシアの家の一室とある。（これはフォスカリ荘の二階の大広間をさすものと考えられる。）ここでポーシアの婿選びが行なわれるのである。用意された金と銀と鉛の三つの箱のうち、鉛の箱にポーシアの肖像が入っている。これを選んだ者がポーシアの婿になるというわけである。はるばるアフリカとスペインから二人の求婚者、モロッコの王子とアラゴンの王子がベルモントへやってくる。（これは、フォスカリ荘への各国からの貴賓の来訪をさすものと考えられる。）そして二人はそれぞれ金と銀の箱を選び、ポーシアの婿になる資格を失う。が最後に、愛人バッサーニオが鉛の箱を選び、ポーシアの花婿になることが決まるというわけである。ところで、このポーシアの婿選びの方法は、二つの点で、当時のヴェニス共和国のドージェの選挙のそれを想起させる。一つは、くじ引きによって人を選ぶことである。ポーシアは第一の求婚者モロッコの王子に三つの箱の一つを選ぶように命じて、次のように言う。

くじで運命が決められるというわたしには、
自発的な選択の権利はございませんわ。
でも、もしわたしの父が知恵を出して
いま申し上げました方法でわたしを引きあてた
お方だけの妻になるように決められていませんでしたら、
ご高名な王子さま、あなたさまはわたしがいままでお会いしました

どなたにも劣らずわたしの愛をお受けいただくのにふさわしい
お方だと存じます。

ここには、ポーシアの婿選びが彼女の「自発的な選択」によるかわりに「くじ引き」によることばかりでなく、それが彼女の亡き父の「知恵」によるものであることが、明示される。(彼女の父が故人であることは、配役表に彼女が「金持の女子相続人」となっていることによって分かる。)ところで、ベルモントのモデルと考えられるフォスカリ荘の主であったポーシアの父は、ヴェニスにも大運河に面して壮大な本邸(フォスカリ館)を構える旧家の一つで、先祖にはフランチェスコ・フォスカリ(一四二三―五七)というドージェを出している由緒ある家柄に属するのである。この彼が伝統的なドージェ選出の方法に則って、娘の婿をくじ引きによって決めようとしたことは、誇り高いヴェニスの伝統に生きようとした、彼の並々ならぬ「知恵」の賜物だったのである。それでは次に、上述の、当時のドージェの選挙の方法を想起させる、もう一つの点とは何か。それは箱選びの儀式性である。箱選びを儀式めかしくするために、モロッコの王子の場合には箱選びの前と後に、そしてアラゴンの王子の場合にはその前だけにコルネット(ラッパの類)が吹奏されるが、バッサーニオの場合にはその最中に音楽が奏され歌がうたわれるのである。その音楽についてのポーシアのコメントを聞いてみよう。

きっとお勝ちになるわ。
そしてそのときの音楽は、どういうものになるかしら。
そのときには音楽は、忠良な国民が新しく王冠を戴《いただ》いた
王の前に跪《ひざまず》くときのファンファーレのようなものになるわ。
それとも、夢見る花婿の耳許に忍びよって
彼を結婚式へ呼び出す、夜明けの
心地よい楽の音のようなものになるわ。

このように、音楽はポーシアによって具体的に儀式と結びつけられる。ここで直接問題になっている結婚式のイメージについては言うまでもないこととして、戴冠式《たいかんしき》のイメージについてはどうか。これこそ、ヴェニスにおける戴冠式であるドージェの就任式、とりわけポーシアの先祖と考えられるフランチェスコ・フォスカリのドージェ就任式へとわれわれの想像力を馳せさせるではないか。

四 『オセロ』

『オセロ』を『ヴェニスの商人』と比較すると、両方とも二つの舞台から成るが、『ヴェニスの商人』の場合が二つの舞台にほぼ同じウェイトが置かれているのに対して、『オセロ』の場合は二つの舞台のうち一つの舞台（ヴェニス）は第一幕だけで、あとは全部第二幕から第五幕までヴェニスの領地キプロスになっているばかりか、とりわけキプロスの場合その描写の具体性と精彩さにおいてやや乏しいのである。しかし、『ヴェニスの商人』に二つの舞台を結びつける絆があったように、『オセロ』にも、その二つの舞台、ヴェニスとキプロスを結ぶ絆が見いだされるのである。それは、自分の嫉妬心《しっと》から妻のデズデモーナを殺したオセロが、彼が免職されたことを告げに来た彼女の親戚《しんせき》ロドヴィーコに向かって、自分を弁解して語る、幕切れの言葉である。彼は自刃を前にして次のように言うのである。

しばらく、お立ちになる前に一言申し上げたいことがあります。
わたしは国家に多少の奉仕をしてきました、皆様ご承知の通り。
もうそのことは申しません。どうか、あなたのお手紙で、
この不幸な出来事をお述べになるとき、
いささかもわたしをおかばいになることも、悪意からわたしを
お責めになることもなく、ありのままにわたしのことをお伝え下さい。
それから、お伝え願わねばなりません。賢明な愛し方を知らなかったが、

深く愛した男のことを。嫉妬しやすい質《たち》ではなかったが、謀られると心が極度に乱れ、無知なインド人のように、その種族全体よりもかけがえのない真珠の玉を投げ捨てた男のことを。涙を流すことには慣れていない眼ですが、悲嘆に暮れると、アラビアの樹が薬のゴム汁を流すようにとめどなく涙を流す男のことを。そしてそれにこう言い添えて下さい。かつてアレッポで悪意に満ちた、ターバンを巻いたトルコ人が、ヴェニス人を殴り、その国を罵倒したとき、わたしはその外道の犬ののど元をつかんで打ち殺しました。こう。

この崇高な一節は、A・C・ブラッドレーがこの劇の悲劇手効果を結晶するものとして高く評価するものである。しかし、それはまた、キプロスを直接的にヴェニスと――そしてシリアの都市アレッポでの出来事を通して間接的にヴェニスと――結びつける役割を果たしているのである。それでは、このように結びつけられるヴェニスとキプロスは、この劇でそれぞれどのように描かれているのか。まず、ヴェニスのほうから一瞥《いちべつ》しよう。

この劇でヴェニスを舞台とするのは、第一幕の三つの場だけである。そのうちの最初の二つの場は、「ヴェニス。街上」と「別の街上」となっているが、これはなにもヴェニスでなければならないというものではない。問題になるのは、第三場、「会議室」の場である。いまドゥカーレ宮の会議室では、ドージェは元老院議員たちと椅子について会議を開いている。それは次の台詞で始まる。

大公　この知らせには信頼できる一貫性がない。
議員一　まったく矛盾だらけでございます。
　　わたしの手紙には百七隻のガレー船と書いてあります。
大公　そしてわしのには百四十隻。
議員二　　そしてわたしのには二百隻。
　　ですが、推測によって計算する場合には、
　　しばしば違いもでてくるので、
　　正確な計算とは合致しませんが、確実なことは、
　　トルコの艦隊がキプロス島へ向かっているということです。
大公　いや、十分に判断を下すことができる。

わしはそれほど誤報に安ずるわけにはゆかない。
主要な点は認めざるを得ず、
不安な気持ちになる。

ここには、ヴェニスの領土キプロスをうかがう宿敵トルコに対する、ヴェニスの施政者たちの「不安な気持ち」が、なんと精細明瞭に描かれていることだろう。さて、そこへ一人の水夫があらわれ、トルコの艦隊がロードス島に向かっていると報告する。それを聞いて一同が、それは「われわれの目をそらすための見せかけ」だと議論しているところへ、第二の使者があらわれ、トルコの艦隊はロードス島で後続艦隊と合流し、キプロスへ向かっている、と報告する。トルコ艦隊の目的地がキプロスであることを確信した大公は、そこへあらわれたオセロに、早速キプロスへ立つように命令するのである。(ちなみに、第二幕でキプロスに着いたオセロは、トルコ軍があらしのために難破し、結局キプロスに侵攻できないことを知るのである。)ところで、このようなトルコ軍のキプロス侵攻に関する不確かな情報のでっち上げ(と、結局それが不可能に終わったという話)は、トルコが実際にキプロスに上陸する前にキプロス侵攻のうわさを流したという史実を、巧みな脚色を施して仕上げたものであろう。

次は、この劇の主要舞台である、第二幕から第五幕までのキプロス島の舞台である。ここには、具体的な都市の名はなにもなく、ただ「海港」とか「街上」とか「城」とかと、記されているのみである。それでは、ここはいったいどこなのであろうか。しかし、この問題はあとに回して、さきに、オセロと「キプロス政府の彼の前任者」モンターノとが、どのような役職者にあたるのか、という問題から片付けておこう。さて、第二幕第一場の開幕後間もなく、モンターノが来合わせた一人の紳士と交わす会話の中に、

紳士三　……ムーア人は
　……キプロスの全権を委任されてここへ来るのです。
モンターノ　わたしはそれを喜んでいます。立派な司令官ですから。

という言葉がある。これらの言葉によって、キプロスに急派されたオセロは前述のプロヴェディトア・ジェネラルにあたり、彼の前任者モンターノはキャプテンにあたることが明らかになるであろう。ここで上でお預けにした問題に入ると、このように、プロヴェディトア・ジェネラルが急派され、前任者のキャプテンのいる都市といえば、ファマグスタをおいてはほかにないことになるのである。さて、上でヴェニスの元老院議会の模様を第一幕第三場の最初の数行によって示したように、ここでもこのキプロスの都市のたたずまいを第二幕第一場の最初の数行によって紹介することにしよう。場所は「キプロス島の海港。波止場に近い広場」である。モンターノと二人の紳士が登場し、モンターノと第一の紳士との会話が始まる。

モンターノ　岬《みさき》から海に何か見えますか。
紳士一　何も見えません。波の高い海だけです。
　空と海の間に帆影一つ見つけることができません。
モンターノ　陸でも風が唸り声を立てているようでした。
　こんなに強い風が胸壁を揺さぶったのは始めてです。

のちに明らかになるように、この激しいあらしがトルコの艦隊を難破させるのである。ともあれ、ここが波止場のある海港で胸壁もあるということは、ここがキプロス島の海港で要塞都市であるファマグスタであることを疑いないものとするであろう。とすると、この第二幕以後の主要舞台である城は、前述の司令官クリストフォーロ・モーロが妻のデズデモーナを殺したという、あの城壁と胸壁に囲まれた要塞都市の、海に面した胸壁の一部である城にほかならないのである。ちなみに、モーロはイタリア語で「黒人の」の意味で、ひょっとすると、シェイクスピアはこの語から実際に黒人のオセロを思いついたのかもしれないのである。とすると、今日、この城が「オセロの城」と呼ばれ、ファマグスタの観光名所の一つになっているのも、故のないことではないのである。
　それでは、こんどはこの劇の登場人物についてはどうか。この劇の主要な登場人物は、オセロにせよ、イアーゴにせよ、デズデモーナにせよ、みな対極的な二重性格の持主として描かれているのである。オセロは、自分にも他のすべての人びとにも、配役表にあるように、「高貴なムーア人」として考えられている。ところが、彼はまた、嫉妬に駆られて自分の妻を殺す殺人者でもあるのである。これに対して、イアーゴは他人をおとし入れるためにありとあらゆる悪事を犯してんとして恥じない極悪非道の悪漢でありながら、オセロの目には自分と同じ「高貴な」人として映るというふうである。とすると、二人は善人の仮面をかぶった悪人であるといえそうである。また一方、デズデモーナは、イアーゴの妻エミーリアが証言するように、貞淑な妻であるにもかかわらず、イアーゴによって、そして彼にだまされたオセロによっても、「売春婦」とか「女郎」とか呼ばれるのである。とすると、デズデモーナもまた、淫婦《いんぷ》の仮面をかぶらされた貞婦だということになろうか。『ヴェニスの商人』の少女ジェシカがカーニヴァルの日に少年の姿に仮装したことは、前述のとおりである。シェイクスピアは、やはりこのカーニヴァルを念頭において、このジェシカのように正反対のものに仮装した三人の人物を描こうとしたのであろうか。

最後に、この劇で重要な役割を演ずる、デズデモーナのハンカチーフについて、一言しよう。それは、イアーゴがオセロの嫉妬心をかきたてるために使った、あの有名なハンカチーフである。この有名なハンカチーフ――もともとオセロが愛のしるしとしてデズデモーナに贈った、このハンカチーフ――これこそ、前述の、当時ものすごく流行したといわれる、ヴェニス製のレースのハンカチーフだったのではなかろうか。ところで、このハンカチーフには苺の刺繍《ししゅう》が施されていたというが、それは苺が愛欲を象徴するからであったろう。(その著しい例は、ヒエロニムス・ボスの『悦楽の園』(一五〇五―一六)であろう。羞恥心《しゅうちしん》を知る以前の男女の愛欲の世界を描いたものだという、この絵には、なんとおびただしい、大小さまざまな苺のイメージが、見いだされることであろう。)

五　悪徳の町ヴェニスと二人の悪漢

I

ヨーロッパの東世界への玄関口として発展したヴェニスは、古来インターナショナルな性格の強い町で、自由と寛容の気風に満ち溢れたところであった。したがって、イタリアの他の都市から多くの前科者や悪名の高い芸術家たちがここへ移住し、ここはそういう人たちにとってはまさに天国だったのである。彼らの一人であったピエトロ・アレティーノ(一四九二―一五五六)の、ヴェニスをたたえる言葉を聞いてみよう。

ヴェニスにおいてのみ正義は平衡を保っている。・・・たしかに、ここは聖都で地上楽園である。そのゴンドラの心地よさは愉楽への讃歌である。

さて、この、あらゆる国からあらゆる種類の人びとが訪れた海洋都市ヴェニスは、早くから売春が盛んなことで有名であった。十四世紀中ごろからリアルトには売春宿が軒を並べて建っていたが、十六世紀にはヴェニス全体で一万一千人もの娼婦がいたと伝えられる。のみならず、競争相手の、女装の男性も多くあらわれ、彼女たちは彼らに負けないように胸を露わにして客引きをしなければならなかったという。こうして、この時代のヴェニス派の画家を代表するチシアン(一四八八―一五七六)は、ウフィツィ美術館の『フローラ』(一五一六―二〇)のような、手に花を持つ実際の娼婦の絵を描いたばかりでなく、ヴィーナスと題して煽情的とも見える肉感的な裸婦の絵を数多く描いたのである。まことに、この時代のヴェニスには、売春ばかりでなく、あらゆる種類の悪徳が栄えることになるのである。その一例として、チシアンがその肖像画によってその名を不滅にした彼の悪友、上述のアレティーノを取ってみよう。チシアンの絵を世人の非難から弁護したばかりでなく、みずからあらゆる種類の淫乱な作品を書いた彼は、瀆神《とくしん》の行為や鶏姦・獣姦の行為を行い、終生ホモセクシュアルであったという。また政治の機密にも通じ、これを他に洩らしたり、自分に都合の悪いときには、当局者を筆の力に訴えて誹謗《ひぼう》しその口を閉ざさせたりと、悪事の限りをつくしたのである。

なるほど、このアレティーノの場合は、ほんの一例にすぎない。しかし、これによっても、当時のヴェニスが道徳的にいかに腐敗していたかを、察することができるであろう。そしてこのことは、当時実際にヴェニスへ旅行した人びとによって、輪をかけてイギリスに紹介されることになるのである。たとえば、エリザベス女王のチューターで当代随一の学者であったロジャー・アスカム（一五一五-六八）は、言う。

わたしは、ヴェニス滞在中の九日の間に、ロンドンで九年間に報道される以上の罪悪が横行する様子を、この目で見ました。

そしてこのようなヴェニスの道徳的腐敗は、ヴェニス一国内にとどまらない勢いなのである。女王に仕えた軍人で詩人のフィリップ・シドニー卿（一五五四-八六）は、ヴェニス滞在中に書いた手紙の中で、この点を次のように言う。

こういうイタリアの害毒は、宿敵トルコにも感染していき、そのけがらわしい誘惑の虜になって、トルコ人は、自分の手で没落する憂き目を見ることでしょう。

まことに、シェイクスピアがシャイロックやイアーゴー――とりわけイアーゴー――のような極悪非道のヴェニス人を描いたのは、まさにこのような同時代人たちのヴェニス観の上に立ってのことだったのである。

Ⅱ

『ヴェニスの商人』と言えば、まずシャイロックを思い出すほど、シャイロックの名は有名である。それでは、アントーニオよりもむしろシャイロックが、この劇の主人公なのであろうか。この問題には、もう一つ別の問題がからむ。それは、この劇が喜劇でなくて悲劇なのか、という問題である。もしシャイロックがこの劇の主人公であるとすれば、この劇は悲劇でなければならないからである。しかし、どちらの問題に対しても、答えは「否」である。なぜなら、シャイロックはこの劇の第四幕以後には姿をあらわさないから、彼はこの劇の主人公とは言われないし、この劇は主人公アントーニオの「めでたしめでたし」で終わるという、典型的な喜劇の形を取っているからである。もしこの劇に、シャイロックを主人公として悲劇の様相を呈する箇所があるとすれば、それは、あの有名な人肉裁判の場であろう。

アントーニオは、バッサーニオのポーシア訪問の費用として、三千ダカットの金を三ヶ月の期限で、シャイロックから借りる。そして、もしアントーニオが期限内にその金を返済できない場合には、シャイロックは、彼の肉一ポンドを体のどの部分からでも切り取ってよいという証文に、判を押させる。ところが、アントーニオは、自分の船が帰ってこないために、その金を返すことができず、裁判に持ちこまれるというわけである。

第四幕の幕が開くと、大公はアントーニオに、シャイロックについて次のように言う。

石のような相手、あわれみの情を知らぬ、
そして慈悲心などは薬にしたくとも
持ち合わせておらぬ人非人。

ここにまず、極悪非道、鬼のようなシャイロックの性格が鮮明に打ち出される。シャイロックが入場すると、大公は彼に慈悲を示すように説得するが、彼はただ証文を楯に取って、一歩も譲る気配がない。バッサーニオが借金を倍にして返すからといっても、彼は聞こうとしない。そこで、バッサーニオは自分が身代わりになろうと言うが、アントーニオはこう答える。

僕は羊の群れの中の、病気の去勢された羊で、
殺されるのに一番ふさわしい者だ。一番弱い果物が
一番先に地面に落ちる。僕もそうさせておくれ。
バッサーニオ君、君はもっと長生きして僕のために
墓碑銘を書いてくれるのに一番ふさわしい人だ。

アントーニオは、なんという謙遜な人であろう。謙譲の美徳とは、こういうものをいうのであろうか。

こうして、シャイロックが熱心にナイフを研ぐところへ、裁判官に仮装したポーシアが登場、いよいよ裁判の始まりである。まず、ポーシアもシャイロックに慈悲深くなるように説くが、彼はただ法を求める。ポーシアも借金を三倍にして返そうと言うが、彼は同じ返事を繰り返すだけ。進退極まったポーシアは、アントーニオに、何か言うことがあるかと尋ねる。と、アントーニオは、

あまりありません。僕はすっかり準備ができています。

と答え、つづけてバッサーニオに呼びかけて、次のように言うのである。

バッサーニオ君、握手しよう。ご機嫌よう。
僕が君のためにこんなことになったのを悲しんでくれるな。
運命の女神がいつもよりも親切な姿を
見せてくれているのだから。哀れな人間が金を使い果たした後まで
生きのびるようにするのが、いつも彼女の習わしだ。

しわくちゃな額の老人にうつろな目で貧しい老後を見させることが。そういうみじめな長びく罪滅ぼしを、彼女は僕がしなくてもよいようにしてくれたのだ。

君の高貴な奥様によろしく伝えておくれ。

アントーニオの最期の模様を彼女に話しておくれ。

僕が君をどんなに愛していたかを、死後にも公正に言ってくれ。

そして話し終わったら、バッサーニオもかつては親友を持っていなかったかどうかを彼女に判断させておくれ。

君が友を失うことを悲しんでくれさえすれば、
彼は君の借金を払うことを後悔しないのだ。

もしユダヤ人が十分深く切ってくれさえすれば、
僕は即座に僕の心臓で（喜んで）借金が払えそうだからだ。


このアントーニオの優しい言葉は、われわれをほろりとさせずにはおかないだろう。この言葉を聞いて、アントーニオに同情せず、シャイロックを憎まない者があるだろうか。

しかし、ここで情勢は逆転する。こんどはポーシアは高飛車にシャイロックに向かって、アントーニオの体から肉一ポンドを切り取るのはよいが、もし血を一滴でも流したら、お前の土地と財産を国家に没収するぞ、またもし切り取った肉が一ポンドより多かったり少なかったりしたら、お前の財産だけでなく、お前の命もないものと思え、と言い渡す。おじけずいたシャイロックは、そのたびに、貸金の三倍をもらえばアントーニオを解放します、元金だけもらって帰らせて下さい、と折れて出る。そして最後に、ポーシアは、人の命を求める者は、その財産の半分をその人に、残りの半分を国家に与えなければならない、そしてその命は大公の慈悲にかかる、と言葉きびしく彼をおどすのである。こうして、彼は大公に命乞いをし命だけは許されるのであるが、一方アントーニオは、自分に与えられるその半分は彼の死後娘のジェシカ夫婦に譲りたい、と最後まで慈悲深い心を失わないのである。まことに、アントーニオは、E・E・ストールも言うように、「この上なく温和でこの上なく謙遜で」あったのである。ここには、これとは対照的に、シャイロックの頑固さと醜悪さが、なんと鮮明に浮き彫りされていることだろう。

さて、このようなシャイロックの悪漢ぶりは、彼が舞台に登場して裁判が始まるまでの間も、たいして異なるわけではない。高利貸しでけちん坊で異教徒の彼は、召使いのラーンスロット・ゴボに、そして娘のジェシカにさえ見放される。そしていよいよ裁判所へつれてゆかれるアントーニオが慈悲を乞うのも顧みず、ただ「証文」「証文」と叫ぶ、たぐいまれな冷血漢である。

それでは、シェイクスピアは徹頭徹尾シャイロックを突き放して描いているのであろうか。いや、必ずしもそうではないように思われる。シェイクスピアは、彼が住んでいるはずのユダヤ人居住区ゲットーから彼をつれだしてヴェニスの商業の中心地リアルトに住まわせ、ときには彼の側に立って、思う存分彼にキリスト教徒への不満を述べさせているのである。アントーニオが彼に金を貸してくれと頼んだときに、彼が返す長広舌は、その好例であろう。それは、次のような言葉で始まる。

アントーニオ様、あなたはリアルトで
わしの金銭と高利について
何度もわしに悪口を申されました。
いつもわしは辛棒強く肩をすくめて我慢しました。
我慢がわしら全種族の記章みたいなものですから。
あなたはわしを異教徒とか人殺し野郎とお呼びになり、
わしのユダヤ人の上衣につばを吐きかけられました。
これはすべてわし自身の物の使い方が原因なのです。

この言葉を聞けば、人は誰しも、人種差別をきびしく非難する今日のわれわれならずとも、ユダヤ人シャイロックに対して何がしかの同情を禁じ得ないであろう。

これにもう一つ例をつけ加えよう。それは、シャイロックがアントーニオから受けた屈辱や損害を数え上げたのちに言う、次の言葉である。

わしはユダヤ人です。ユダヤ人は眼を持っていませんか。
手、器官、五体、五感、性向、情熱を持っていませんか。
キリスト教徒と同じ食物で養われ、
同じ武器で傷つけられ、同じ病気にかかり、
同じ方法で治癒され、同じ夏と冬によって
暖められ冷やされるのではないでしょうか。
あなたが針で刺せば、わしらは血を流さないでしょうか。
あなたが毒を飲ませたら、わしらは死なないでしょうか。

ユダヤ人とキリスト教徒、人種と信仰は違っても、同じ人間ではないか。ここには、シェイクスピアのほとんどヒューマニズムといってもよいものが感じられるではないか。

さて、ここで思い出されるのは、クリストファー・マーロウ（一五六四–九三）の『マルタ島のユダヤ人』（一六三三）である。この劇の主人公バラバスは、シャイロックと同じく、ユダヤ人の高利貸しで、一人娘アビゲイルを持っている。のみならず、細かい点でも、両者はしばしば相似するのである。一例を挙げると、総督ファーニーズの息子とその恋仇を殺したかどで捕えられたバラバスが総督と問答する次の言葉、

バラバス　わしに法を持たせて下さい。
ファーニーズ　お前に法を持たせてやろう。

この単純な言葉は、例の人肉裁判でのシャイロックとポーシアの次の問答に、もっと複雑な形を取って繰り返されるように思われるのである。

シャイロック　わしは法を求めます。
　わしの証文に違反した罰を。
ポーシア　・・・法の意図と目的は、
　この証文によって受けなければならない
　罪と十全な関係を持つものです。

しかし、この二人のユダヤ人は、またやや違ったふうにも描かれているのである。バラバスが自分のまわりの人びとを一人残らず殺そうとし、娘まで毒殺するが、結局自分も殺されてしまうのに対して、シャイロックが殺そうとするのはアントーニオ一人だけであり、腹を立てて娘も殺したいというときもあるが、「わしの肉と血」としての彼女を殺すことはできず、自分も大公の慈悲によって死刑を赦免されるからである。

こうして、シャイロックは、アントーニオの標語を借りて言えば、「ほおに微笑をたたえた悪漢」である。悪漢とはいうものの、どことなく愛嬌《あいきょう》のある悪漢、喜劇の悪漢である。これに対して、悲劇の悪漢イアーゴは、どのような悪漢であろうか。次にこの問題に入ろう。

Ⅲ

イアーゴは、シャイロックとともに劇の主人公でなく、また悲劇的な最期を遂げないという点で、『ハムレット』(一六〇〇―一)や前述の『マルタ島のユダヤ人』の代表するエリザベス朝の復讐悲劇の主人公とは類を異にするけれども、一般の復讐悲劇の主人公と同様に、日夜復讐に心を砕く人物として描かれているのである。それでは、イアーゴの復讐をシャイロックのそれと比較して、もしその間になんらかの違いがあるとすれば、それはいったいどのようなものであろうか。

さて、人が他人に復讐しなければならないというときには、必ずそうしなければならないという理由、つまり復讐の動機というものがあるはずである。それは、シャイロックの場合には、彼がアントーニオからユダヤ人の高利貸しとして軽蔑されたことであり、イアーゴの場合には、オセロがキャッシオを副官にして自分をただの旗手にしかしてくれなかったということである。ところで、この二人の復讐の動機には、このような性質上の相違があるばかりでなく、またその描き方にも相違があるのである。すなわち、シャイロックの場合には、シェイクスピアは、前述したように、多少の同情をこめてそれを説いているのに対して、イアーゴの場合には、シェイクスピアはそっけなく簡単にそれを述べているのである。読者は、イアーゴの、あくどく繰り広げられる悪行を読みながら、冒頭にちらっと出るだけの彼の動機を、いつの間にか忘れてしまうほどなのである。それに、彼の動機をあいまいにする理由として、さらに三つのものが加わる。一つは、彼の妻エミーリアとオセロとの不倫の関係に対する彼の嫌疑――

・・・おれはムーア人のやつが嫌いだ。
あいつがおれのシーツの間でおれの仕事をしよったと、
みんなに思われているのだ。・・・

であり、二つ目は、同じくエミーリアとキャッシオとの関係に対する彼の嫌疑――

おれのナイトキャップをかぶるキャッシオも気にかかる。

であり、そして三番目は、彼自身のデズデモーナへの愛による、オセロへの嫉妬心である。これらのものは、いずれもなんらいわれのないものであるが、これらが彼の最初の動機と混ざり合って、彼の真の動機が何であったのかを、読者に忘れさせてしまうのである。

こうして、最後に嫉妬に狂うオセロをしてデズデモーナを殺させ、真相を語るエミーリアを殺し、そしてオセロ自身をも自害に追い込む、このイアーゴの飽くなき悪行だけが、読者の眼に大きく映り、読者の目の前に大きく浮かび上るのである。幕切れにロドヴィーコが言うように、彼は「極悪非道の悪漢」ということになるのである。同じ彼がイアーゴに言う、この語に先立つ、次の言葉を聞こう。

・・・苦しみよりも、
飢えよりも、荒海よりも恐ろしいやつよ。

このベッドの上にむごたらしく屍体の重なり合う様を見よ。

これはお前の仕業だ。この有様を見ると眼もくらむぞ。


まことに、スピヴァックも『シェイクスピアと悪の寓意』で説くように、「彼の悪の顕著さ」は「エリザベス朝演劇における他のすべての悪人の域を超えている」というべきであろう。

さて、シェイクスピアはこの極悪非道のヴェニス人イアーゴの像を、前述のエリザベス朝のヴェニス人観にもとづいて作り上げたのであろう。そしてこのヴェニスの悪漢像は、イアーゴがまんまとでっち上げた不倫の女としてのデズデモーナの像へも投影されるのである。イアーゴは、デズデモーナとキャッシオの仲をオセロに疑わせ、彼がデズデモーナに与えたハンカチーフを、巧妙なからくりによってキャッシオに持たせることにより、彼の嫉妬心をいやが上にも燃え上らせる。こうして、デズデモーナは、イアーゴによって、そして彼にだまされたオセロによって、繰り返し「女郎」、「売春婦」と呼ばれるに至るのである。イアーゴが、自分がでっち上げたデズデモーナの不倫を彼女が隠すことを非難して、

おれはこの国の人たちの気質をよく知っとる。
ヴェニスでは女たちは夫に見せる勇気のない悪業を
天には見せるのだ。彼女らの良心はせいぜい
それをしないようにすることではなく、知られないようにすることだ。

とひそかに言えば、オセロはそれを真に受けて、彼女がいるとき、彼女と問答して、彼女が自分は「女郎」ではないと言うと、「なんだって、売春婦ではないんだって。」と叫び、こうきめつけるのである。

おれはお前をオセロと結婚した、あのヴェニスの

狡猾《こうかつ》な売春婦だと思っていた。

ここには、前述のヴェニスの悪の根源としての売春への明確な言及がある。とりわけ、「あのヴェニスの狡猾な売春婦」の語には、前述の、胸を露わにして巧みに客引きしたという、あのヴェニスの売春婦への言及を、明確に読み取ることもできるであろう。

第二章

維持されたヴェニス　ジョンソンとオトウェイ

一　黄金と歓楽の町ヴェニス

前章で述べたとおり、シェイクスピアは友人のイタリア人ジョン・フローリオからヴェニスについての知識を得たのであった。それでは、やはりヴェニスを舞台にして喜劇『ヴォルポーネ』（一六〇六）を書いたベン・ジョンソン（一五七三―一六三七）の場合は、どうだったのか。シェイクスピアは「少しのラテン語、もっと少しのギリシア語」の知識しか持っていなかったと、自分の豊かな学識を誇ってシェイクスピアの浅学を非難したといわれるジョンソンが、主として読書によってヴェニスの知識を得たであろうことは、疑いのない事実である。したがって、シェイクスピアがイタリア語を一切使わないのに対して、ジョンソンはこれを頻繁に使うばかりでなく、シェイクスピアがヴェニスの商業の中心をただ漠然とリアルトと呼び、陸地のポーシアの別荘を架空の名を用いてベルモントと呼ぶのに反して、ジョンソンは、もっと具体的に、サン・マルコ広場とか、リアルトとか、アルセナーレ（国営造船所）とか、あるいはサン・スピリート島（正しくはサント・スピリート島）と、ラグーンの小さな島に至るまで、実名を用いて述べているのである。実際、シェイクスピアの場合は、たとえばロレンゾとジェシカがリアルトからベルモントへ逃げるときも、何に乗って何処へ行ったのかはっきりとは述べられていないが、ジョンソンの場合は、たとえば、モスカがポリッティック卿夫人に、彼女の夫がゴンドラに乗ってリアルトの方へ行くところを目撃したと言うときのように、もっと具体的に述べられているのである。

このように、『ヴォルポーネ』におけるジョンソンの地誌的知識は、かなり正確で具体的である。しかし、ここに出てくる地名や建物の数は、限られたものである。第一、あのサン・マルコ寺院やドゥカーレ宮の名が見られないのである。しかし、これに比べると、彼のヴェニスの習俗に関する知識は、もっと深く広いように見えるのである。その点で、まず問題になるのは、この劇とヴェニスの仮面カーニヴァルとの関係であろう。なぜなら、ここでは、主人公のヴォルポーネがきつね、居候のモスカが蠅、弁護士のヴォルトーレが禿鷹《はげたか》、老人のコルバッチョが烏、そして商人のコルヴィーノがわたり烏と、主要人物にそれぞれ渾名《あだな》が付けられているが、これらが単なる渾名ではなく、仮面カーニヴァルにかぶる仮面でもあることは、幕切れで裁判の判決を受けたヴォルポーネが狐は仮面を脱ぐぞ。

と言う彼の台詞と、それに付せられた

［彼の仮装を投げ捨てる。］

というト書きによって、明らかだからである。こう考えると、劇全体が、狐や蠅やさまざまな鳥の仮面（当時のカーニヴァルでは鳥のくちばしを持った仮面が多かったようである）をかぶった、一場の仮面カーニヴァルの趣きを呈するように見えてくるのである。

ところで、ヴェニスの習俗を表わす例は、ただそれだけではない。それは、この劇の個々の場面の中にも、ところどころに見いだされるのである。そのような場面のうち、とりわけ好例として、この劇の見せ場でもある、主人公ヴォルポーネの三つの長広舌の場面が、挙げられよう。

さて、これらの三つの場面の中で、二番目に当たる、当時の有名な野師、マントーヴァのスコートに扮したヴォルポーネが、サン・マルコ広場の壇上で、英国からの旅行者ポリティック・ウッド・ビー卿とペリグリーンを相手にして、ときおり小人のナーノの歌も交えながら、巧妙な弁舌を振って薬を売りつけようとする場面（第二幕第一場）も、当時のヴェニスの風物の一つを描いたものであろう。ジョンソンがその靴を詩に歌った、徒歩で英国とヴェニスの間を往復したといわれるトマス・コリアットも、ジョンソンに知識を与えたと思われる彼の旅行記の中で、こう述べている。

本当に私はこういう天成の演説家の多いのにしばしばびっくりしました。彼らは即興的に、すばらしくよく回る舌で、まことしやかな優美な口調で、数限りない上品な冗談と気のきいたしゃれを交えながら、彼らの話をしましたので、以前にそれを聞いたことのない新来者を、しばしば大変感心させました。そしてこれらの野師たちはどれほど雄弁であるかによって、それだけ多くの聴衆を引きつけ、それだけ多くの品物を売るのです。

とすると、このヴォルポーネの野師に扮する場面も、当時のヴェニスの風習を表わすものだとはいえよう。とはいえ、これは、一般的なヴェニスの習俗を表わす例としては、やや時代的に限られた特殊なものであるばかりでなく、またここに紹介するにはあまりに長大なものでもあるので、ここでは割愛することとし、一番目と三番目のものを取り上げ、これらをやや詳しく述べることとしたい。

まず、一番目のものである。それは、幕開きの、ヴォルポーネが居候のモスカを相手に黄金礼賛に饒舌を振るう、彼の家の一室の場面（第一幕第一場）である。その第一段落は、全部ではかなり長くなるので、ここでは、彼のとくに明確な黄金礼賛である、その前半部を引くにとどめよう。

〔ヴォルポーネとモスカ入場。〕

ヴォルポーネ　日に、そして次にわしの黄金に、お早う。
　わしの聖者が見えるように聖所を開けておくれ。

〔モスカがカーテンを開けると、黄金の山、黄金板、宝石等が現われる。〕

　万歳、世界の、そしてわしの霊よ。雄羊座の角を通して
　待ち望んだ太陽がのぞくのを見て、
　豊穣な大地が喜ぶよりも、汝の輝きが彼のそれを
　暗くするのを見るほうが、わしはもっと嬉しい。
　夜の炎のように、あるいはすべての暗黒が
　地中に逃げたとき、神が混屯から造った
　昼のように見える。おお、汝、太陽の息子よ、
　しかし汝の父より輝かしい者よ、わしに
　恭しく汝に口づけさせておくれ。

サン・マルコ寺院と広場
（© 1972-1978-1983 by Edizioni Storti Venezia）

さて、このヴォルポーネの黄金礼賛は、ヴェニスの特徴の一つを見事に言い当てている。ヴェニスを象徴するサン・マルコ寺院は、壁面と天井が金色のモザイクで飾られ、奥深くにはパラ・ドーロ（黄金の祭壇）を秘蔵する内部のほのかな輝きもさることながら、至るところに金を塗った正面の美しさは圧倒的で、とりわけ夕日を受けたときの美しさは、筆舌に尽くしがたい。また大運河の華であるカ・ドーロ（黄金の家）は、その名の示すとおり、金箔（今日は剥《は》がされている）で美しく飾られた正面が、大運河に影を落とし、波間に眩しく揺曳《ようえい》する。あるいは、ヴェニス派絵画の宝庫であるアカデミア美術館へ足を運んでみても、(それはジョンソンの時代にはまだなかったが、)そこでも、入館してまず第一に人の目を奪うのは、ヴェニス派絵画の祖師と仰がれるパオロ・ヴェネティアーノの金色燦然《こんじきさんぜん》たる「黄金の絵画」なのである。まことに、ヴェニスは黄金の町だったのである。

それでは、この黄金によって象徴されるヴェニスの富は、どのようにして得られ、どのように扱われたのか。この問題は前章でもあらまし述べたのであるが、ここでもう一度部分的にもう少し詳しく述べてみよう。まず、ヴェニスはヨーロッパの門戸として東方との海上貿易によって巨大な富を蓄積した。とはいうものの、この海上貿易には多大な危険も伴った。アントーニオの豪華船団とそのしきりに立つ難破の噂《うわさ》についていて思い出していただきたい。ともあれ、ジョンソンのころになると、新航路の発見などによって、ヴェニス人の海上貿易への意欲は次第に減退し、海上貿易によって蓄えた富を危険な海上よりも陸地に投資しようとする傾向が生まれてくる。すなわち、陸地に別荘を建て、農業や牧畜をしたり、自宅やそのころ始まった水力利用の工場で、穀物を挽《ひ》いたり、作物から油を搾ったり、あるいは付近で採掘した鉄鉱を精錬したりするのである。一方、当時のヴェニスは、ヴェネシアン・グラスとして有名な、ムラーノ島のガラスの製造などの手工業も盛んになり、海上貿易によってばかりでなく、これらの手工業によって得た富を利殖する必要から、銀行(といっても橋のたもとや教会の前に机を並べる程度のものであった)も発達する。シャイロックのような高利貸しが現われるのも、この時代である。

さて、このような、当時のヴェニス人の生業の数々は、次に引く、第二段落のヴォルポーネの言葉の中に、彼自身はそのどれにも携わらないと否定しているのだが、なんと鮮やかにまとめられていることだろう。それは、第一段落ののちモスカの打つ相槌につづく段落である。ヴォルポーネは、モスカの相槌に答えて言う。

本当だ、わしの愛するモスカよ、でもわしはわしの財産を
喜んで所有することよりもそれを狡猾に
獲得することを誇りとする、わしは普通のやり方で
物を手に入れないからだ。わしは商売や冒険をしないし、
鋤《すき》で土地を耕さないし、屠殺場を育てるために
家畜を肥やしもしないし、鉄や油や穀物のための
工場も、それを粉にひく職工も持っていない。
わしは精巧なガラスを吹いて作ったりもしないし、
しわくちゃ顔の海の威嚇に船をさらしたりもしない。
わしは公の銀行にも私的な高利貸しにも金を回したりはしない。

ここで、ヴォルポーネは、自分がヴェニス人の生業に携わっていないのは、自分が「自分の財産を狡猾に獲得すること」を得意とするからだと言う。「狡猾な」という、この引用句の最初の一語は、われわれの次のテーマである三番目のヴォルポーネの長広舌へと、われわれを導くであろう。

さて、当時のヴェニスはまた歓楽の都市でもあった。肉体的な歓楽としては、食の楽しみもさることながら、何よりも性の楽しみがある。多くの国々の人びとの集まる海洋都市ヴェニスは、売春の盛んなことで有名である。しかし、当時一万人を超えていたといわれる売春婦の中には、競争相手である女装の男性に負けないようにと、胸を露わにして客を引いた者もあったが、また一方には、コルティジャーナと呼ばれる高級芸者もいたのである。彼女らは芸術家や知識人の客と対等に会話をすることのできる、高い教養の持主だったのである。知的な歓楽といえば、チシアンの絵画が顕著である。彼は『フローラ』と題される娼婦の絵ばかりでなく、「ヴィーナスの画家」の名にふさわしく、多くの官能的な裸婦の絵を描いたのである。一方、彼はまた、オウィディウスの『変身物語』などから題材を得た、「詩想画」と称する一連の絵画を描いたが、この詩想画の伝統は、ヴェロネーゼの神話画、たとえば『エウローペーの略奪』や『マルスとヴィーナス』によって受け継がれることになる。ところで、チシアンやヴェロネーゼのこの種の絵は、王侯貴族の求めに応じて描かれたもので、選ばれた少数者のためのものである。これに対して、一般大衆のためのものとして、コンメディア・デラルテと称する喜劇がある。それは、常設の劇場も持たず、台詞も役者同士で考える即興劇でもある。通常役者は仮面を着けて演技をするので、顔の表情の代わりに機敏な動作によって演技をしなければならない、肉体性の強い演劇で、とりわけ、エロチックな所作によって演じられる不倫の場が、人びとの興味を引くのである。

三番目のヴォルポーネの長広舌は、このような当時のヴェニスの歓楽の諸相を網羅するものだといってよいのである。ヴォルポーネはここで、珍奇な料理によってばかりでなく、高貴な宝石による装身やかぐわしい浴槽や目くるめく飲物によっても彼女を誘惑したのち、これらの当時のヴェニスの歓楽の諸相について、ときには絵画の主題を喜劇の仮面性と交ぜ合わせなどしながら、次のように彼女に弁じ立てるのである。

・・・わしらは変装してオウィディウスの物語を演じるのよ、
あんたはエウローペー、わしはユーピテルのように、
かと思うと、わしはマルスのように、あんたはヴィーナスのように、
こんなふうに他の神々のようにと、神々の物語を
うんざりするほどことごとく駆けめぐろう。
それから、わしはあんたをもっとモダンな姿につくらせ、
陽気なフランスの淑女のように装わせ、

華やかなトスカーナの貴婦人か高慢なスペインの美女に、
ときにはペルシア王の王妃に仕立て、
あるいはトルコ皇帝の愛人に、そして気分を変えるために
わしらの国のこの上なく狡猾なコルティジャーナの一人に、
あるいはすばしこいニグロか、冷静なロシア人に、ね。
そしてわしも同じように多くの姿であんたに会おう。
わしらのさまよう魂をわしらの唇に注ぎ移し、
快楽の総数をかぞえあげてみよう。

われわれは上で、「狡猾な」の語がわれわれをこの引用文に導くだろうと述べた。それは、この引用文に「この上なく狡猾なコルティジャーナ」の語が出ているからである。この同じ語は他の個所にもう一度出てくるが、この語には一つの問題がある。それは、コルティジャーナが実際にそれほど「狡猾で」あろうかという問題である。この問題を解くカギとして、われわれはコリアットのコルティジャーナ観を見なければならない。

さて、彼によると、コルティジャーナたちはまず、顔に安ピカ物を付け、派手な服で身を飾って、男の感覚を麻痺《まひ》させる。それから、音楽家顔負けの腕前でルートを奏で、人をとろかすような優しい声で客を誘う。また雄弁術を心得ている者の場合は、弁舌さわやかに客を口説き落とす

のだ。だが、それでもらちがあかない場合には、最後の手段として、客を遊興の間へ連れてゆき、悩ましい香りを放つベッドを見せて客を陥落させるのだ、というのである。これは、コルティジャーナたちに対する、まことに苛酷な批評であるといわねばならない。なぜなら、彼女たちは、このように一般の客を相手に愛を売るというよりも、地位の高い客を相手に愛の幻想を売っていたといえるからである。とはいえ、これは、彼女たちの「狡猾な」性質を、なんとまことしやかに描いていることだろう。ジョンソンのコルティジャーナ観は、まさにこのようなコリアットのそれを踏まえてのことだったのである。

ともあれ、こうして、この「狡猾な」点で、コルティジャーナはヴォルポーネと通ずることとなるのである。いや、それどころか、この「狡猾な」性質は、モスカを始めとする、この劇のすべての主要人物たちに通底するものでもあるのである。まことに、この「狡猾な」の語こそ、この劇を解くキー・ワードであるといっても過言ではないのである。

二　狡猾さ

前章でわれわれは、シェイクスピアがエリザベス朝に一般的であった、ヴェニスを悪の都市とする見方にしたがって、イアーゴやシャイロックのような悪人を作り上げたのだと述べた。それと同様に、ジョンソンも、当時よく知られた、しかしもっと確実な情報に基づく、もう一つのヴェニス人の特質を持つものとして、『ヴォルポーネ』の主要人物たちを描き上げたのである。この特質とは何か。それは、諸外国に恐れられた、ヴェニスの外交術の巧妙さである。一、二の例を挙げるならば、ヴェニスは、自国の貴族の娘をキプロスの王と結婚させ、王が亡くなると、言葉巧みに王妃を説得して、一四八八年キプロスを手に入れるし、また一五〇八年内陸の国々が同盟を結んで内陸部のヴェニス領の分割を企てたときにも、ヴェニスは巧妙にその国々の間を渡り歩いて同盟を分裂させ、一時は失った領土をほとんど取り返す、という具合である。そして一事は万事、このヴェニスの外交上の特色はまた、一般のヴェニス人のそれでもあるのである。ジョンソンの『ヴォルポーネ』の主要人物たちが演じて見せるのも、まさにこのようなヴェニス人の特色、前節の結語でこの劇のキー・ワードとして述べた、あの狡猾さにほかならないのである。

金持で子供のないヴェニス人ヴォルポーネは、自分の相続人になりたがっている人びとから贈り物を受け取ろうと思って、自分が死にかかっているふうを装う。彼の居候で彼の共謀者であるモスカは、彼らひとりひとりにかわるがわる相続人であることを信じこませて、彼らに高価な進物を持ってこさせる。彼らのうちの一人コルヴィーノは、遺産がほしいばかりに、自分の妻をヴォルポーネに犠牲に供しさえするのである。思い上ったヴォルポーネは、自分の死を待っている強欲者たちの失望を見て楽しもうと思って、自分の財産をモスカに譲るという遺言を書いて、死んだふりをする。と、モスカはその立場を利用してヴォルトーレを恐喝する。そこで、コルヴィーノの妻に対するあの不名誉な陰謀の助けをした弁護士のヴォルトーレは、自分の予期した褒美が得られないことが分かると、全事件を元老院に明かしてしまう。こうして、ヴォルトーレひとりを除いて、ほかの者もみな、それぞれ自分のしたことにふさわしい罰を受けることになるのである。

このように、『ヴォルポーネ』の主要人物たちは、上述のヴォルポーネ自身の言葉にもあるように、ヴェニス人の通常の生業によってではなく、「狡猾な」方法によって、富を殖やしたり得たりしようとするのである。彼らは裁判の席で互いに相手を「悪漢」とののしり合うが、中でも「皆の者の手先」と言われるモスカは、たしかに悪漢であり、ヴォルトーレは悪漢で「二枚舌」を持つとののしられるとおりである。しかし、これらの二人も、悪漢ではあっても、イアーゴやシャイロックのように、相手を死に至らせたり相手を平気で殺そうとするような悪漢ではない。彼らの罪は、飽くまでその狡猾さにあるといえよう。こうして、この劇の主要人物たちは、この狡猾さの点で、それぞれ興味のある人物である。そしてこれらの人物たちの中でももっとも興味のあるのは、言うまでもなく、みずから自分の狡猾さを告白する主謀者のヴォルポーネである。しかし、彼については、彼の長広舌をめぐってかなり詳しく述べたので、ここでは、もう一人、長広舌を振ってわめく点でヴォルポーネに劣らず興味のある人物として、コルヴィーノを取り上げてみよう。

わたり烏と渾名されるコルヴィーノは、ラテン語のからすからの造語である。からすは人間の死体を食べるといわれ、一般に貪欲《どんよく》の鳥として知られる。しかし、からすはまた、年がら年中鳴き暮らす、おしゃべりの鳥としても有名である。オウィディウスの『変身物語』によると昔はアポロンに仕える鳥であったからすは、白い翼を銀のように輝かせ、純白の鳩よりも、のちにカピトリウムを救うことになる鵞鳥よりも、また川を友とする白鳥よりも美しい鳥であったが、あるとき、アポロンの恋人コロニスが青年に抱かれているのを見て、小鳥の止めるのも聞かずに、これをアポロンに密告すると、アポロンは怒って彼女を殺し、それを後悔したアポロンはこの告げ口屋の鳥を黒い翼の醜い鳥に変えてしまう、というのである。ともあれ、このようにからすの象徴的な意味は、貪欲さとともに饒舌さだということになるであろう。とすると、渾名と名前の語源という二重の意味でからすと関係づけられるコルヴィーノが、妻を犠牲にしてまで遺産を得ようとする貪欲さにおいてばかりでなく、それをとうとうと弁じ立てる饒舌さにおいても、このからすという鳥に擬せられているとしても、不思議ではないであろう。

さて、コルヴィーノの長広舌の場面は、前節で述べた、ヴォルポーネの二番目と三番目の長広舌の場面の間に位置し、三つの部分から成っている。第一は、妻のチェリアが野師に扮したヴォルポーネの弁舌に魅せられて家の窓からハンカチーフを投げたことを、家でコルヴィーノが口汚くののしる場面であり、第二は、それとは打って変わったように、彼女をヴォルポーネの家へ連れてゆき、彼女からハンカチーフを貰って彼女に情熱を燃やすようになったヴォルポーネの相手をするようにと、コルヴィーノが彼女を熱っぽく口説く場面であり、そして第三は、そこへ入ってきたモスカをも交えて、コルヴィーノが嫌がるチェリアをせき立てる場面である。これらの三つの場面は、全部を合わせると大変長大なものになるので、ここでは、その中から、もっとも興味深いと思われる第二の場面だけを選び、突端《とっぱな》のところを少し省いてその前半の部分を紹介することにとどめたい。

チェリアがなかなか自分の言うことを聞かないので、コルヴィーノは説得をつづける。

コルヴィーノ　　わしはお前にわけは話しておいたね。
　医者がどう診断したかも、どれほどそれがわしに
関係があるかも、わしの仕事がなんであるかも。
わしの資力の状態も、そしてわしがそれを回復するために
資力が必要なことも。そんなわけで、もしお前が忠実で
わしのものであるなら、負けてわしの冒険を大事にしな。
チェリア　あなたの名誉よりもですか。
コルヴィーノ　　　名誉だって、ちぇっ、屁《へ》だ。
　世界にはそんなものはないんだ。馬鹿者を脅かすために
作られたただの言葉だ。わしの金貨が触られると
汚くなり、服が見られると汚れるなんてことがあるものか。

やれやれ、こんな話はよそう。哀れな老いぼれめ、感覚も体力もなく、他人の指で食事を食べさせてもらい、お前がやつの歯ぐきにやけどでもさせない限り大口を開けることも知らない。ただの声、ただの影。こんなやつがどうしてお前を傷つけられよう。

チェリア（傍白）　まあ、なんという悪霊がこの人の中に宿ったのでしょう。

コルヴィーノ　お前の名誉のためだ。これは大変愉快な話だ、わしが広場へ行って大声で話したくなるような。誰がそれを知ろう、話のできないあいつとわしがその弁舌を掌握しているこの野郎のほかには。お前自身を除いては、（お前が公言したいならするがよい）、ほかに誰もそれを知るようにならないことをわしは知っている。

コルヴィーノは、シェイクスピアのアントーニオと同様に、商船で海外貿易の「冒険」をする「ヴェニスの商人」であるばかりでなく、また借金で首が回らぬ様子である。しかし、二人はまたなんと異なることであろう。一方は、商業の中心地リアルトに住んで豪華な船団を持つ大商人であるが、他方は、権力の中心であって商業の中心ではないサン・マルコ広場に住んで、大した商人ではないように見える。また一方は、他人のためにした借金が返せなくなると、従容として自分の胸の肉を切り取らせようとするのであるが、他方は、ただ自分のためにした借金の埋め合わせをするために、自分ではなく妻を犠牲にしようとするのである。こうして、アントーニオが大商人としての名誉を重んじるのに対して、卑少な商人であるコルヴィーノが名誉などを屁とも思わないのは、自然の成り行きであろう。この醜聞を知っているのは、物の言えないおいぼれ老人のヴォルポーネと言うも言わぬもコルヴィーノの意のままだというモスカだけで、お前が言わない限り誰も知りはしない、とコルヴィーノはチェリアに言う。人に知られさえしなければ、どんなに悪いことをしても構わない、というのであろうか。狡猾さも、ここまで来てはもうおしまいである。

ともあれ、この『ヴォルポーネ』の主題は、主人公ヴォルポーネを主謀者としモスカをその手下として、他の三人ヴォルトーレ、コルバッチョ、コルヴィーノをおのおのその共謀者とする、一つの陰謀であるといってよいだろう。しかし、陰謀とはいっても、これは飽くまで個人的なもので、政治的な色彩をまったく持たないものである。だから、彼らは密告者のヴォルトーレを除いておのおの一応の所罰は受けるものの、劇は喜劇として終わるのである。これとは反対に、登場人物たちが国家に対する陰謀を企て、それが発覚して、最後に各自刑場の露と消える悲劇が、われわれが次節で扱うであろう、トマス・オトウェイ（一六五二–八五）の『暴露された陰謀』の副題を持つ『維持されたヴェニス』（一六八二）である。

三　『維持されたヴェニス』

オトウェイの悲劇『維持されたヴェニス』は、この劇より大分以前にヴェニスで実際に起こった陰謀事件を扱った史劇で、その史実を、フランスの史家サン・レアル（一六四三–九二）の歴史小説『一六一八年のヴェニスに対するスペイン人たちの陰謀』に仰いでいる。それでは、この史劇は、どの程度まで実際の史実に忠実なのであろうか。この問いに答えるために、そのストーリーの紹介に入るに先立ち、まずその陰謀の顚末《てんまつ》を略述しておこう。

さて、ヴェニスにおける陰謀の歴史は、十四世紀の初めにさかのぼる。一三〇〇年の最初の陰謀に続いて、一三一〇年六月には、バイヤモント・ティエポロなどを主謀者とする二度目の陰謀が起こる。この二度目の陰謀を裁くために、大議会に代わって、十人委員会が設置される。以後、それは、その機能の迅速さによってヨーロッパで恐れられる存在になるのである。ところで、ヴェニスには、その後もときおり陰謀はあったが、これらはみな、ヴェニス人によるものであった。これに対して、外国人による陰謀が、この、サン・レアルの言う、スペイン人たちによる陰謀だったのである。

それは、一六一八年五月のことである。ヴェニスをナポリに併合し、ナポリ王国の王になろうともくろんだ、スペインのナポリ太守オスナ公は、スペインのヴェニス大使ベドマール侯と結んで、ヴェニスを滅ぼす陰謀を企てる。その手先になるのが、二人のフランス人である。一人は、ほとんど無学であるが、海賊上りの血気盛んな船乗りのジャック・ピエールであり、もう一人は、彼とは反対に、インテリで雄弁家であるが、彼と同じく破廉恥なニコラ・ルニョーである。そしてやはりその立役者として、もう一人、同じくフランス人で、ヴェニス共和国に仕えるためにやって来たベルタザール・ジュヴァンがいるのである。

スペインの兵士たちは、平服で二、三人ずつヴェニスの市内に入り、ベドマールから武器を受け取る。一方、オスナの軍隊は、リド島に上陸し、ひそかにはしけで本島に送られる。こうして、一挙にヴェニスを占領しよう、というのであった。しかし、この計画は、ジュヴァンの裏切りによって見事に水泡に帰せられるのである。彼は、ヴェニスの宿屋で、同じフランス人のガブリエル・モンカッサンから今起こっていることを聞かされ、それに加わることを誘われた上、ピエールやルニョーに会わされて、彼らに加わることに同意する。ところが、スペイン嫌いのユグノー信徒であった彼は、心を翻す。一両日後に、モンカッサンを連れて宮殿を赴き、自分で事件のあらましを述べたのち、モンカッサンにその一部始終を告白させるのである。事態が明るみに出ると、この二人を除いて、ピエールとルニョーを始めとする他の陰謀者たちはことごとく、かの恐るべき十人委員会にかけられ、一刻の猶予もなく死刑に処せられるのである。
ここで、劇のほうへ目を向けよう。史上の陰謀の主要人物は、オスナを除いて劇にも姿を現わす。すなわち、史実のままの名のピエールのほかは、ベドマールとルニョーは、少し変わって、それぞれベダマールとルノーとして、またジュヴァンは、もっと大きく変わってジャフィエとして登場するのである。彼らは、他の共謀者たちとともに、彼らの根城であるギリシア人のコルティジャーナ、アキリーナの家で、二回にわたって集会する。第一回目の集会では、ベダマールも出席し、皆の者を鼓舞激励する。しかし、陰謀の実際の指導者は、ルノーである。彼は、持ち前の弁舌を振って、暴君たちを皆殺しにせよ、無垢《むく》な人びとの涙と苦悩で汚れたあののろうべき裁判所を焼き払え、とアジりながらも、一沫の不安を禁じ得ないのである。第二回目の集会のとき、その冒頭で、他の者たちが集まってくるのを待ちながら、次のように、ひとり不安をかこつのである。

なぜおれの選り抜きの野心が、哀れなやつがその上に
建物を建て得る最悪の地盤なのか。それはなるほど
遠くから見ると、人の目を誘うすばらしい眺望だ。
高さがわれわれを喜ばせる、そして山頂が
天に近いので、美しく見えるのだ。

しかし、基礎がどんなに砂ばかりなのか、どんなに暴風がわれわれを打ちゆすぶるかをわれわれは考えないのだ。

この彼の詞藻豊かな独白に込められた不安は、しかしながら、杞憂《きゆう》には終わらなかった。案の定、彼らは、ジャフィエの元老院への密告により、一網打尽、あののろうべき裁判所の十人委員会にかけられ、命を落とすことになるのである。

さて、こういう物語をパタンに用いて、この劇はおおむね史上の事件のそれに合致する。ただ、史実では、サン・レアルの小説の題名も示すように、オスナを主謀者とする「スペイン人たちの陰謀」であったが、劇では、オスナは全然登場しないばかりでなく、ベダマールもただ一度しか姿を現わさないという点で、それはスペイン人たちの陰謀であるというよりも、むしろフランス人たちの陰謀であるという印象を、読者に与えるのである。これは一つには、この時代の劇作家たちが金科玉条として重んじた、アリストテレスの「三一致」の法則のうち、「時の一致」の法則はともかくとして、「所の一致」と「筋の一致」の法則を守るために、ナポリのオスナによる陰謀の動機や計画の問題は切り捨てて、実際にヴェニスで起こった出来事に焦点を絞ろうとした、作家の意図にもよるであろう。しかし、また、当時イギリスのヴェニス大使であったヘンリー・ウォットン卿（一五六八―一六三九）のこれを「フランス人の陰謀」とする意見に従わざるを得なかったという事情もあったのではなかろうか。

ところが、この劇の主題は、陰謀だけではない。これに、作家の想像力の所産である、若干の修飾が付くのである。当時イギリスの政治家、大法官として有名であったシャーフツベリー(一六二一―八三)の戯画といわれるアントーニオのアキリーナとのこっけいな挿話もさることながら、何よりも重要なのは、オセロとデズデモーナを想起させる、ジャフィエとベルヴィデラの恋物語である。これは、オセロとデズデモーナの場合のように、ジャフィエがヴェニスの貴族の娘ベルヴィデラと結婚して、最後に二人とも死ぬ話だからである。しかし、二人の死ぬ順序は、両方の場合で逆になるのである。オセロとデズデモーナの場合は、彼女が先に死に、彼が後に死ぬのであるが、ジャフィエとベルヴィデラの場合は、あらまし次の通りである。すなわち、ジャフィエは、元老院議員をしているベルヴィデラの父プリウリへの反感から、ピエールの陰謀に共鳴し、それに加わる。しかし、彼は、その忠節のしるしとして指導者のルノーに預けた妻が、彼に辱しめられたと聞いてショックを受け、かつまた、彼女が自分の父に寄せる愛情にもほだされて、終に陰謀を元老院に密告してしまう。だが、前非を悔いた彼は、ピエールとともに死刑台に登り、彼を刺した剣で自分も自刃する。と、それを聞いたベルヴィデラも、乱心して死ぬ、というのである。

ところで、ルノーとピエールらの陰謀とジャフィエとベルヴィデラの恋という、その性質を異にする二つのストーリーは、この劇の中で、たがいに緊密に結びついている。それは、この二つのものをつなぎとめる鎹《かすがい》の役目をする人物として、ピエールがいるからである。そしてその彼のこのような役目は、彼のジャフィエに対する関係に如実にうかがわれるのである。それでは、その関係とはいかなるものか。彼の三つの見せ場について、これを見てみよう。第一は、ジャフィエが躊躇心《ちゅうちょしん》から座を外して妻のところへ行くのを見て、皆の者が彼の裏切りを恐れて、彼を殺せと言うが、彼が断固としてこれに反対する場面である。第二は、自分たちを裏切って密告したジャフィエを、口をきわめてののしる場面である。そして第三は、結局ジャフィエを許すと言い、彼とともに死刑台に登る場面である。この三つの場面は、正、反、合という弁証法的な論理の展開を示し、読む者を納得させ、感動させるのである。

さて、この劇には、とくに主役といわれる人物はいない。しかし、誰か一人を主役として選ばなければならないとすれば、それは、このピエールをおいてほかにはいないであろう。彼は、ジャフィエとともに、この劇のほとんど幕開きから幕切れまでもっとも頻繁に姿を現わすが、正義家肌の熱血漢としての彼は、最後には約束を守ってジャフィエとともに死刑台に登るとはいうものの、とかく優柔不断であるジャフィエよりも、嶄然《ざんぜん》頭角を現わしているからである。彼がジャフィエに仲間に入ることをすすめる台詞の中には、次のような、ヴェニスの元老院議員たちによる虐政を憤る言葉も、間々散見されるのである。

・・・わが国の元老院議員たちが、
国民の味わうはずのない自由の

見せかけで国民を欺くのを見ようとは。
やつらはおれたちの手かせを解いてやるのだと言う、
だが、やつらが喜ばせる人たちをやつらはむごく拘束するのだ。
やつらが喜ばせる人たちを堕落と悲哀に陥れるのだ。
われわれを難破船のように権力の荒波に沈め、
われわれを破滅から救うものは何も残されていないのだ。

とすると、ギリシアがトルコの圧政に苦しむのを見て悲憤慷慨し、義勇軍に身を投じたバイロン卿（一七八八－一八二四）が、この劇の登場人物の中から誰よりもこのピエールを選び、彼をシャイロックやオセロとともに忘れがたい人物として挙げているのも、もっともだといわねばならない。

四　ヴェニスのイギリス人

I

ここで、話は『ヴォルポーネ』に戻る。ヴェニスを舞台とし、ヴェニスの住人たちを主要な登場人物とするこの劇には、しかしながら、三人のイギリスからの旅行者が登場する。それは、ポリティック・ウッドービー卿とその妻ウッドビー夫人、それに卿の話相手ペリグリンである。ポリティック卿とウッドビー夫人は夫婦とは名のみで、一度二人が出合う場面を除いては、いつも別々に舞台に登場するのである。二人は性格を全く異にし、夫のほうがどちらかといえばお人好しで口下手であるのに対して、妻のほうはすごく古典の知識が豊富で多弁ときているのである。しかし、二人はまた、それぞれ別々の仕方によってではあるが、ともにヴェニスを知らないことから起こる、とんちんかんな場面を見せる点で、著しく共通するのである。こうして、二人は、この劇のこっけい味あふれる喜劇性を高めるのに、大きな役割を演じているのである。

ポリティック卿は、街頭で会ったペリグリンに、自分がヴェニスへ来た目的は、燻製の鰊を当地に売りこむことだ、と話す。まず、これは、なんと馬鹿げたこっけいな話であろう。ところもあろうに、この、新鮮な魚類に恵まれた水の都ヴェニスに、塩辛い燻製の鰊を売りこもうというのは。ともあれ、こうして、彼は、「人の注意をそらすもの」という、英語の「燻製の鰊」のもう一つの意味を例証するかのように、次から次へと話題を変えて、ペリグリンの注意を一から他へとそらしてゆく。ポケットに入る便利なマッチ箱の話をするかと思うと、こんどは、ヴェニスへ入港する船が持ってくる悪疫を防ぐためにそれを検査する方法を現在よりも簡単にする方法として、にんにくと水力を用いることを提案したのち、その具体的な方法を次のように説明するのである。すなわち、まず船を両側の壁の間へ入れ、それから一方の壁に張った防水帆布の上に張りつけた、半分に切ったにんにくに向かって、他方の壁にあけた狭間《はざま》から水力で動くふいごで風を送ると、甲板の上の船員を通って来た風がにんにくに当たる。と、彼が疫病にかかっている場合には、にんにくは変色し、そうでない場合には、変色しない、というわけである。ここにも、突拍子もないおかしなことがある。それは、平坦な土地に建つ島国ヴェニスでは、水力でふいごを動かすことはできない、ということである。このように、ここでは、ヴェニスを知らないことから起こる、こっけいな話は、一再にとどまらない。しかし、これらの話は、ただその前座にすぎない。真打の出番は、これからである。

こうして、調子に乗ったポリティック卿は、とうとう彼の秘密を洩らし始める。ポケットの書類を探りながら、彼はこう言う。

・・・もしもわたしが不正な人間だったら、
あるいはそうなるようになったなら、ガレー船その他にかかわらず、
わたしが今この国をトルコに売ることができる理由を、
あなたに示すことができるのですが。・・・

ペリグリンがあわててとめるのも無理はない。あの恐ろしい十人委員会が目を光らせている街頭で、こんな秘密を人に洩らすとは、彼はなんと無知で非常識な人間であろう。これがもとで、彼

はスパイをつけられるようになるのである。彼がペリグリンと一緒に部屋にいるとき、戸をノックする人がある。それは商人たちであったが、彼はそれが自分を捕えに来た人たちだと思いこんでしまう。矢庭に隠れようとするが、隠れるところがない。止むなく、彼は横になり、黒い手袋をはめ、帽子をかぶって、ちょうどそこにあった亀の甲をかぶせてもらう。そこへ入って来た三人の商人たちは、彼の代わりに大きな亀がいるのを見て驚く。

商人二　ここへ出てこい。

・・・

商人一　進め。

この、第三者の命令で、動かなかったものが動き出す場面は、いささか、『冬物語』(一六一〇―一一)の、ポーリーナの命令でハーマイオニの彫像が歩き出す場面を想起させる。しかし、このシェイクスピアのロマンス劇の場面が、ロマンチックで魔術的な趣を持つのに対して、これは、日常茶飯事的な、いわばこっけいのためのこっけいの場面である。だからこそ、彼はこの場を結んでこう言うのである。

おお、わたしはあらゆる宴会場の話題になり、

新聞のねたになり、船乗り少年の話の種になり、
そして一番悪いことには、酒場の陰口の種にさえなるだろう。

・・・

そしてわたしは・・・
・・・わたしの哀れな頭をわたしの甲の中に
縮めるのが、政策的によいことだと思う。

これが、あっぱれ、この茶番劇の「落ち」だというわけである。

それでは、ウッドビー夫人の場合はどうか。彼女がヴォルポーネの家で、彼に自分の古典の知識をひけらかして彼を閉口させるのを見て、居候のモスカは、夫のポリティック卿がコルティジャーナと一緒にゴンドラでリアルトのほうへ行ったと彼女にうそを言って、彼女を追い出す算段をする。彼女はそれを真に受けて、あわてて見に行くが、見つからない。こんなことがあってからしばらくのちのことである。彼女は、夫がペリグリンと一緒にいるのに出会う。と、すわ、この男こそ、自分が見失った、あのコルティジャーナが男装しているのだと思いこみ、彼をこっぴどくなじるのである。しかし、最後には、これがペリグリンというイギリスから来たばかりの若い男であることが分かる、ということで、この笑劇は幕を閉じるというわけだが、彼女が彼を責

める二人の対話の一節を引いてみると、次の通りである。

ポリティック夫人　おや、あんた、
あんたがあんたの厚かましさで、そしてここでのあんたの
軽薄な陸のセイレーネスの笑い声で、あんたのスポールスで、
あんたのヘルマフロディテで、わたしを憤慨させるんですもの。

ペリグリン　これはなんだ。
詩の強暴、そして歴史のあらしだ。

彼も言うように、この彼女の言葉には、なんと著しい古典の詩や歴史の学識が込められていることだろう。ギリシアの叙事詩人ホメロスに見る、その美声で船人たちを海に溺れさせ死なせたという海の精セイレーネス、ローマの歴史家スエトニウスを典拠とする、ローマの暴君ネロが女の服を着せて愛したという少年スポールス、そしてギリシアの風刺詩人ルキアヌスに出る、ヘルメスとアフロディテの息子であるところからヘルマフロディテと呼ばれた男女両性具有者と、ざっとこんな具合である。しかし、これは、ギリシア・ローマの古典の話で、この時代のヴェニスの話ではない。この時代のヴェニスには、娼婦が胸を露わにして客を引かねばならなかったほど、女装の男性の売春が盛んであったが、男装の女性の売春はなかったのである。彼女がこれほど古

典の知識を持ちながら、やはり当時のヴェニスを知らなかったというところに、この話のこっけいさとおもしろさがあるのである。

しかし、この劇のおもしろさ、おかしさの最高峰をなすのは、なんといっても、ポリティック・ウッドービー卿を当時の有名な旅行家ヘンリー・ウォットン卿に似て非なるものとして描く、一種のパロディーの見事さである。この二人の間に大なり少なり似ている点は、彼らがともにヴェニスへ旅行に来ている貧しいナイト爵で、彼らの名字がWの音で始まり、二音節で終わるということだけである。ところが、この二人の間の異なる点は、なんと見事な対照を示すことだろう。それは、なによりもまず、彼らの現在の職業の違いにあらわれる。ポリティック・ウッドービーが、その名の示す通り、なりそこないの政治家であるのに対して、ヘンリー・ウォットンは、現にヴェニス大使であり、彼らがそれぞれそうなった理由としても、ウッドービーがヴェニスに対する陰謀の主謀者になるつもりであったがそれに失敗したのに対して、ウォットンはジェイムズ王に対する陰謀を王に密告した功績によってヴェニス大使になったことが、挙げられるからである。もう一つ目立つ点は、ウッドビーが、ペリグリンに「彼はなにも知らない」と言われるほど、またサン・マルコ広場でのヴォルポーネの野師の演技に魅せられて、ペリグリンの止めるのも聞かずその傍を離れないほど、凡俗無知なのに対して、ウォットンはすでにオックスフォードの学生時代に学術賞を受け、卒業後は外国語と外国の知識を身につけた、たぐいまれな知識人だということである。こうして、最後に、二人の晩年の鮮やかな対比を述べる番がくる。それは、ウッドビーが亀の甲の中に首を縮めて波打つ深海の底に身を隠すのに対して、ウォットンのイートン・カレッジの学長としての生活は、アイザック・ウォールトン（一五九八―一六八三）の言葉を借りるならば、「静けさの中に坐し、眼下を見下して、せわしげな群集が困難と危険のあらしの海で揺られもてあそばれるのを眺める」岩の上の生活だったのである。このウォットンの恵まれた晩年と比較するとき、ウッドビーの「落ち」は、こっけいであったばかりでなく、哀切でさえあったのである。

Ⅱ

ところで、ウォットンは、再びウォールトンの言葉を借りるならば、大学を卒業すると、自分の書物を脇に置き、旅行という有益な図書館に通い、もっと広く人類と会話をして、自分の心を飾り、外国の知識という貴重な宝物を購《あがな》うために、自分の青春の残りの部分、自分の学力と富を使ったのだ。

これはまさしく、貴族が、自分の息子（とくに長男）が大学を卒業すると、学業の締め括りとして送り出した、グランド・ツアーと呼ばれる、大がかりな大陸旅行の走りであろう。このグランド・ツアーは、そののち次第に盛んになるのである。

ここで、とくに文学史に名をとどめる文学者として、ジョゼフ・アディソン（一六七二―一七一九）を例に取ってみよう。彼は、フランスを皮切りにイタリア周遊の旅に入る。その主要目的地はヴェニスである。彼はパドヴァから船でブレンタ河を下り、海上からヴェニスに着くのである。彼のヴェニスにおける生活は、国家地理学者のコロネッリ神父との会見から始まる。彼はその街が「旅行者にとって非常に楽しい」ところであると言うが、一般の旅行者のようにただ名所旧跡だけを見て回るのではなく、この迷路のような街々をくまなくめぐってその地理と人情を調べ、これを一つ一つ書きとめるのである。それは、彼の『イタリアの各地についての所見』（一七〇五）の中に見ることができるが、ここでは、その雑多な記述の中から、一つだけ、橋についての記述を取ってみよう。ヴェニスは橋の多いことで有名で、どこへ行っても橋がある。このヴェニスの橋には、今では、一つ一つ違った意匠の手摺がついていて渡る人の目を楽しませるのであるが、当時はまだそれがなかったようである。彼はこれがヴェニス市民の「冷静さ」を証拠立てるものだと、いかにもヴェニス人の心情までよく理解しているかのような言葉を吐くのである。ともあれ、こうして、彼は街を歩き回るばかりでなく、劇場へ歌劇や喜劇を見に行ったり、美術館へ絵画を見に行ったりするうちに、ヨーロッパの政情の変化もあり、予定を切り上げ、カーニヴァルだけは存分楽しむと、ローマへ向かって立つ。それからイタリアの諸都市を回り、ウィーン、ハンブルグとヨーロッパの諸国を回って、オランダで最後の滞在をしたのち、帰国の途につくのである。

ところで、このオランダ滞在中に、彼はある貴族の青年からトラヴェリング・チューターになってほしいと頼まれるが、報酬の点で折り合いがつかず、交渉が決裂するという事件が起こる。このような、貴族の子弟がトラヴェリング・チューターをつれて大陸を旅行するという、いっそう本格的なグランド・ツアーは、十八世紀が進むにつれてますます盛んになるのである。しかし、同じ世紀も末になり、ヴェニスが崩壊の憂き目を見るころになると、このグランド・ツアーも次第にしりすぼまりになってゆく。そして、『チャイルド・ハロルドの巡礼』（一八一二、一一六、一一八）のバイロンによって例証される、新しい型の大陸旅行へと、その姿を変えてゆくのである。

第三章　崩壊したヴェニス　バイロンとシェリー

一　崩壊前夜のヴェニス

紀元五世紀ごろにラグーナの上で呱々《ここ》の声をあげたヴェニスは、そののち海上国家として順調な発展をとげる。こうして、やがて共和国となったヴェニスは、一三一〇年のティエポロの乱のような危機も見事に切り抜けて、十一世紀から十五世紀にかけて最盛期を迎えることになるのである。しかし、十六世紀以後にはゆるやかな衰退の道を辿り始める。そして十八世紀になると、いまや共和国の維持に汲々《きゅうきゅう》としていたヴェニスは、イタリアのオーストリア軍を破って襲来したナポレオンの軍を前にしては、もはやなすべき術《すべ》もなく、一七九七年ついに崩壊のやむなきに至るのである。熱っぽいヴェニス礼賛の見られる、アン・ラッドクリフ（一七四六−一八二三）の小説『ウドルフォの怪異』（一七九四）が世に出たのは、まさにこのヴェニス崩壊の前夜ともいうべき、その僅かに三年前のことだったのである。

ところで、このラッドクリフは、俗に「イタリアもの」と呼ばれる、イタリアを主題にした小説を数多く書いたが、彼女自身はイタリア旅行をした経験がなく、彼女のイタリアの記述は旅行記などによったものらしく、間違いも少なくないのである。そして『ウドルフォの怪異』の場合も例外でないのである。しかし、彼女のイタリアの描写はきわめて扇情的で、彼女自身はいささかもロマンチックではなかったが、ロマン派詩人に少なからぬ影響を与えたのである。とりわけ、この小説における彼女のヴェニスの描写は、バイロン自身述べているように、彼の心にヴェニスのイメージを刻みつけたのであった。ロマン派詩人のヴェニス観の考察に入るのに先立って、まずこの小説における彼女のヴェニス観について一瞥《べっ》しておく次第である。

さて、ラッドクリフの『ウドルフォの怪異』は、中世ではなく十六世紀末のヨーロッパを舞台とするが、怪奇で恐怖に満ちた主題を扱うという点で、やはり当時流行したゴシック小説の一つであるといえよう。その荒筋を述べると、それは、フランスの地中海沿岸に住む、エミリーという美しい少女が、父母の死後に預けられた叔母とその夫によって恋人から引き離されて、夫の持ち家であるアペニン山中のウドルフォ城に連れ込まれ、そこで魔法にでもかけられたような恐ろしい目に会わされるが、ようやくそこから脱出して故郷に帰り、恋人と再会し、若干の紆余曲《うよきょく》折《せつ》を経て最後にめでたく彼と結ばれる、という話である。ところが、この小説には、彼らがフランスの地中海沿岸からアペニン山中のウドルフォ城へ行く途中に、ヴェニスの大運河に面する彼の邸宅に立ち寄る話がある。ヴェニスの描写が出てくるのは、その部分においてである。

エミリーの一行が国境を越えてイタリアの山中に入ると、まずヴェニスが話題に上り、その情景が語られる。それは、ヴェニスはいまカーニヴァルの季節に入ろうとしているということ、ヴェニスは海の真中に建てられた街なので、森も山も野原もないということ、そしてそこでは「あの享楽的な都市」の「腐敗した情景」しか見ることができないということ、である。それから、一行は平地に出、東に向かって、トリノ、ミラノ、ヴェローナ、パドヴァと進み、そこからは舟でブレンタ河を下って行く。両岸に瀟洒《しょうしゃ》な別荘の建ち並ぶ、普段は閑静なこの地帯も、いまはカーニヴァルの季節で、思い思いの仮装をして船でサン・マルコ広場へ向かう人びとで、大変な賑わいだ。

ともあれ、このように、一行はブレンタ河を下って海に出る。そしてあたりに散在するラグーナの島々の間から、近づくヴェニスの町を眺望する。時刻はもう日没時である。

ヴェニスを始めて見たときのエミリーの驚嘆の念ほど大きいものはなかった。その小島や宮殿や塔が海の中から立ち上り、海の澄んだ表面はその震える画像をみなそのままの色に写していた。西に沈んでゆく太陽は、アドリア海の北海岸に沿うている波とフリウーリの高い山々をサフラン色に染めていた。一方、サン・マルコ寺院の大理石の玄関や柱廊には夕方のきらめく光と影が投げかけられていた。彼らの舟がすべるように進むにつれて、この都市のいっそう壮大な様相がよりはっきりと見えてきた。空中にそびえるが壮厳な建物を戴いたその台地は、いまや落日の輝きを帯びて、人間の手で建てられたというよりもむしろ魔法使いの杖によって大洋から呼び出されたかのように見えるのだった。

ここには、ヴェニスを「魔法使いの杖によって大洋から呼び出されたかのよう」な都市とする、絶妙な比喩を用いての、ヴェニスの一番美しいといわれる、夕日の沈む時刻の描写、とりわけ、サン・マルコ寺院の正面に夕日のあたる輝かしさの描写がある。しかし、ここにはまた、ドゥカーレ宮の柱廊とすべきところを「サン・マルコ寺院の柱廊」としたり、あるいは平地であるはずのヴェニスを「台地」に見立てたりなどの点で誤解もあることは、見逃せない事実であろう。

さて、こうして、大運河の彼の邸宅に着いたエミリーは、ヴェニスのカーニヴァルの賑わいに浸ることになる。しかし、彼女はその楽しみにすっかり浸り切ることができない。そこには、何がなし悲しみが混じるからである。まことに、彼女のヴェニス滞在中の生活は、終始一貫して、この「楽しげな悲しみ」あるいは「物悲しい熱狂」という、いわば二律背反的なものとして定義づけられるであろう。この悲喜の混じり合う事態の恰好の例として、次に、彼女が海のニンフになった幻想にふける場面を取ってみよう。

角笛の音楽に誘われてバルコニーに出た彼女は、運河の上に水上行列らしいものが近づいてくるのを見る。やがて他の音楽も加わると、ネプチューンが、その女王として擬人化されたヴェニスとともに、トライトンたちや海のニンフたちに囲まれて波の上に姿を現わす。彼女が自分の心に呼び起こしたこの空想的なイメージは、この行列が過ぎ去ってからも長く彼女の心にとどまり、彼女は、ニンフたちに加わるために、人間の服を脱いで水の中へ飛び込んだら、どんな気持だろうと想像する。

「どんなに楽しいことでしょう。」と彼女は言った。「私の姉妹のニンフたちと一緒に、大洋の珊瑚《さんご》のあずまやや水晶の洞窟の中で生活し、頭上の響く水の音やトライトンたちの穏やかなライヤの調べに耳を傾けていたら。それから日没後には、峨々《がが》とした岩のまわりの波の表面すれすれに、へんぴな海岸に沿って飛んでゆけたら。その海岸には、ひょっとすると、ある悲嘆に暮れる放浪者が泣きに来るかもしれないわ。そしたら、わたしは美しい音楽で彼の悲しみを慰めてやり、ネプチューンの宮殿のまわりにぶら下がるおいしい果物を貝殻にのせて彼にあげるわ。

それでは、エミリーは、この楽しかるべきカーニヴァルの賑わいのうちに、なぜ、このようにいつも、悲哀の影を認めるのであろうか。それは、何よりも、彼女が郷里に残してきた恋人を思ってのことであろう。またヴェニスに来てからは、伯爵と称する男の昼夜を分かたぬ求婚に、彼女がうんざりしてのことでもあろう。しかし、それはまた、この小説の出た三年後に起こるはずのヴェニス崩壊時の人びとの気持を、なんと明白に予表していることであろう。ヴェニス崩壊後にこの地を訪れたロマン派詩人たちが、そのときの自分たちの気持をこれに重ね合わせてこれを読んだであろうことは、容易に推測されることであろう。だからこそ、バイロンは、一つの作品でほんの僅かヴェニスにふれただけのラッドクリフを、本格的なヴェニス作品を書いたシェイクスピアやオトウェイと同列に置き、彼らとともに、自分の心にヴェニスのイメージを刻み込んだ作家として、挙げたのではあるまいか。

二　崩壊したヴェニス（1）

ヴェニスが一七九七年にオーストリア軍を破ったナポレオンによって滅ぼされたことは、前章で述べたとおりである。しかし、ヴェニスは、同年レオーベンでフランス・オーストリア両国の間に取り交わされた密約によって、翌一七九八年以後オーストリアの領土になるのである。ウィリアム・ワーズワス（一七七〇–一八五〇）が『ヴェニス共和国の消滅について』（一八〇二）を書いたのは、このオーストリアのヴェニス領有後のことである。ところが、一八〇五年、アウステルリッツの戦いでオーストリアを破ったフランスによって、ヴェニスは再びフランスに領有されることになり、翌一八〇六年にはナポレオンが征服地に打ち立てたイタリア王国（首都ミラノ）に組み込まれることになるのである。このフランスのヴェニス支配は、一八一五年のウィーン会議でヴェニスが再びオーストリアの支配下に入ることが決まるまで、続くのである。このオーストリアのヴェニス支配は、ヴェニスがイタリア王国に編入される一八六六年まで続くことになるのであるが、そのことはともかくとして、バイロンが『チャイルド・ハロルドの巡礼』第四篇（一八一八）の冒頭の諸節で賛美するヴェニスは、この再度のオーストリア支配下に入って間もないヴェニスだったのである。

それでは、これらの二つの詩は、どのようにそれぞれの時代背景を反映するのであろうか。まず、ワーズワスの『ヴェニス共和国の消滅について』から見よう。この詩は、詩人が十四年の歳月を費して書き上げた、二部から成る長篇詩『国家の独立と自由に捧げる詩』（一八〇二–一六）の中の一篇（第一部第六節）である。したがって、この詩は、詩人がこの長篇詩の全体的なテーマの一環としてヴェニス共和国の独立と自由の喪失を嘆いたもので、たとえばバイロンのように、実際にヴェニスを訪れその町角に立って詠《よ》んだものではない。しかし、この詩は、滅亡直後のヴェニスに対するロマン派的な気持をよく表わしているので、十四行から成るソネットでかなり長いものではあるが、次にその全行を引いてみよう。

かつて彼女は豪華な東洋を領有し、

西洋の護衛者であった。ヴェニスの
価値は自由の最初の子ヴェニスとして
彼女が生まれたときより下がりはしなかった。
彼女は輝かしく自由な乙女の都市であった。
どんな策略にも迷わされず、どんな暴力も汚し得なかった。
そして、彼女が自分に配偶者を得たとき、
彼女は永久《とわ》なる海と結婚せねばならなかった。
そしてその栄光が色あせ、その称号が消え失せ、
その威力が衰えるのを、彼女が見たとしたらどうだろう。
しかし、彼女の長い生涯が最後の日を迎えたとき
なんらかの遺憾の意が表されるべきであろう。
われわれが人間である以上、かつて偉大であったものの
影でさえ消え去ったときには悲しむべきであろう。

この詩は、内容の点から見て、前半の八行と後半の六行とに分かれるだろう。前半は、ヴェニスが東方諸地域を領有して西欧の護衛者であったという史実と海洋都市ヴェニスをもっともよく象徴する彼女と海との結婚という古来の儀式とについて、また後半は、ヴェニスの栄光と威力が

失われたことへの悲しみについて、述べるのである。そしてこの前半と後半の二つの論点を敷衍《ふえん》して、これらについてさらに具体的に詳しく述べるのが、バイロンの詩だといってよいのである。

バイロンの『チャイルド・ハロルドの巡礼』は、ヨーロッパ大陸からギリシアまでの旅行を主題とする。その中で、第一篇と第二篇については、それらが世に出たとき、バイロン自身が「ある朝目を覚ますと、自分が有名になっていることが分かった」と言ったという有名な言葉もあるとおりで、この最初の二篇が彼の詩人としての声価を高めたことは、確かである。しかし、なんといっても、四篇中の圧巻は、イタリアを扱った第四篇であろう。（ちなみに、画家のJ・M・W・ターナー（一七七五―一八五一）や作曲家のエクトール・ベルリオーズ（一八〇三―六五）がこの詩を主題に選んだとき、そのイタリアの部分だけを取り上げて、前者が『チャイルド・ハロルドの巡礼――イタリア』（一八三二）を描き、後者が『イタリアのハロルド』（一八三四）を作曲したのは、その傍証となるであろう。）ところで、バイロンは、イタリアの都市の中でもとくにヴェニスを本拠地として選び、そこからイタリアの他の都市へ旅行し、旅行から帰ると、ここで第四篇を書いたのであった。ヴェニスが同篇冒頭の大きな部分（第一節―第十八節）を占め、とりわけ光彩を放つとしても、不思議はないのである。実際、バイロンがヴェニスを本拠地として選んだのは、一時の気紛れからではなく、ヴェニスこそ彼の幼少のころからの憧れの地だったからである。この点については、彼のヴェニス賛美の最後の言葉（第十八節）を聞いてみよう。

わたしは少年時代から彼女を愛した。彼女は
わたしには水の柱のように海から立ち上る
心に抱く妖精の都市のように思われ、
喜びの宿であり、繁栄の市場であった。
オトウェイ、ラドクリフ、シラーそして
シェイクスピアの芸術がわたしに彼女の像を刻みつけた。
わたしがこのような彼女を見ても、わたしたちは別れなかった。
彼女が自慢の種、驚異の的、そして見ものであったときよりも
彼女の苦難の日にいっそういとおしく思われるのだろう。

バイロンは、まだ少年のころの、滅びる前のヴェニスを、「妖精の都市」として愛し、それが滅びた今日もそのころに劣らず彼女を愛するという。彼は、子供のころから、ヨハン・クリストフ・フリードリッヒ・フォン・シラー（一七五九―一八〇五）の小説『幽霊を見る人』もさることながら、前述のオトウェイ、ラドクリフ、シェイクスピアの作品を読んで、ヴェニスへの情熱を燃やしていたのであろう。それは、ラドクリフに見られる「喜びの宿」としてのヴェニス、シェイクスピアの描く「繁栄の市場」としてのヴェニス、とりわけ、バイロン自身が夜な夜な女を引き入れて享楽の生活に耽った、あのヴェニスだったのである。

さて、話は前後するが、こんどは最初に戻り、第一節から始めよう。それは、ヴェニスと海との結婚のことを除けば、ワーズワスの詩とほぼ同じで、ヴェニスの史実のあらましと詩人のヴェニスに寄せる喜びと悲しみの交錯する気持とを、まずもって力強く歌い上げるのである。以下にその全行を示そう。

わたしはヴェニスでため息の橋の上に立った。
一方に宮殿があり、他方に牢獄があった。
わたしは魔法使いの杖の一振りによるかのように
彼女の建物が波間から浮かび上がるのを見た。
千年の歳月がそのもうろうとした翼を
わたしのまわりに広げ、滅びゆく栄光が
はるかな過去に微笑みかける。ヴェニスが
百の小島に堂々と君臨して、多くの属国が
有翼のライオンの大理石の建物を仰いだ過去に。

バイロンはまず、ヴェニスの具体化としての「ため息の橋」の上に立つ。それは、ヴェニスの喜びの

ため息の橋

海から見たドゥカーレ宮
ゴンドリエールの漕ぐゴンドラのむこうに、
岸につながれたゴンドラの群が見える。

象徴としてのドゥカーレ宮とその悲しみの象徴としての牢獄を仲介するものだからである。また、ワーズワスの「彼女がその栄光が色あせるのを見たとしたらどうだろう」の模倣だと思われる「滅びゆく栄光が微笑む」も、明らかに喜びと悲しみの交錯を表わすイメージであろう。しかし、他の部分は、ラドリフからの借用である「魔法使いの杖」で建てられたヴェニスのイメージを除けば、ヴェニスの歴史のあらまし、すなわち、人びとが今日のヴェニスの島に定住した八一〇年から共和国が崩壊した一七九七年までの約一〇〇〇年間に起こった出来事の叙述に当てられる。まことに、バイロンはここで、ヴェニスが、狭い運河で相互に隔てられた一七一の小島から成るという、その地勢の成り立ちから説き起こして、昔、その港に着いた多くの属国の使者たちが、まず海岸にそそり立つ大理石柱上の有翼のライオンの像を仰ぎ見、それから大理石の柱廊に囲まれた壮大なドゥカーレ宮に参入して、ドージェの命令を仰いだであろう、あのヴェニスの過去の歴史に思いを馳せるのである。

それでは、以上のような、ヴェニスにおける悲喜の交錯とヴェニスの史実という二つの問題は、他の節ではどのように取り扱われているのであろうか。以下、こんどは、この二つの問題を切り離して、それぞれ別個に考察してみよう。まず、前者の悲喜の交錯の問題から始める。

最初は第三節で、バイロンはここで、今ヴェニスではゴンドリエの歌うトルクワト・タッソ（一五四四―九五）の『解放されたエルサレム』（一五七五）の歌も聞こえず、館は岸に崩れかけているが、「美はまだここにある」と歌い、ヴェニスが「あらゆる祝祭の楽しい場所」であったことをまだ忘れていないと歌う。そして、次の第四節

リアルト橋

では、「われわれにとってヴェニスが物語の中の彼女の名前以上の魔力を持つ」と歌ったのち、こんどは反対に、すぐれた文学作品中のヴェニス人の名前をたたえながら、次のようにつづける。

リアルト橋とともに朽ちない記念碑を
われわれは持つ。シャイロック、ムーア人、
そしてピエールは押し流されもすりへらされもしない。
彼らは橋のアーチのかなめ石。すべてのものが消え去っても、
われわれにとっては淋しい岸辺に人影がまた現われるであろう。

さて、今日大運河のほぼ中心部に架かるリアルト橋は、一一八〇年に造られた、舟を並べた簡単な橋に始まるが、現在の石造の橋は一五九一年に落成したもので、さほど古いものではない。しかし、バイロンは、この橋を不滅の象徴として考え、とりわけ、大運河がどんなに増水しても押し流されたりすりへらされたりすることのない、この橋のアーチの頂上のかなめ石を、シェイクスピアのシャイロックやオセロ、オトウェイのピエールにたとえるのである。こうして、昔の繁栄とは打って変わった淋しい岸辺も、現在に生きるこれらの作中人物で賑やかさを取り戻し、ここに悲しみと喜びが一つになる、というのである。

次は、飛んで第十五節である。これは、今まで見てきたどの節よりも具体的なヴェニス——と

りわけ、三年前に始まったばかりのオーストリア支配下のヴェニス——への言及に富む一節である。ここには、なんとおびただしい、喜びと悲しみの交錯するイメージに、満ちあふれていることであろう。それはこのようなものである。

粉々に砕けたガラスの彫刻のように、
ドージェたちの長い列が塵《ちり》に帰した。
しかし彼らが住んだ壮大で豪華な建物は
彼らの輝かしい任務の華々しさを物語る。
彼らの折れた笏《しゃく》とさびた剣は
外国人に屈服した。誰もいない広間、
人影まばらな通り、そしてヴェニスを奴隷にするのが
誰で何なのかをいつも思い出させる外国人の顔つきは
ヴェニスの美しい壁に淋しい影を投げかけた。

さて、こんどは後者のほうで、ヴェニスの史実に関する部分である。第二節と第十一節から第十四節までの二つの部分が、それに当たるだろう。これらの節には、ワーズワスの詩には見られない史実で、ヴェニスが海の女王（海のキュベレ）であったこと、一二〇三年ドージェの盲目の

老ダンドーロの率いるヴェニス軍がコンスタンチノープルを占領し、戦利品として四頭のブロンズの馬を持ち帰ったこと、百年にもわたるジェノヴァとの抗争で、それは結局ヴェニスの勝利に終わったのだが、一度（一三七九年）ヴェニスが敵将ドーリアに和を乞わんばかりになったこと、そして今やヴェニスがオーストリアの支配下にあることなど、数々の史実も述べられる。しかし、これらのことはしばらくおくとして、ここでは、ワーズワスも述べている史実で、バイロンがこれを敷衍している、三つの場合を取って、以下順次これを考察してみよう。

第一は、ワーズワスの詩の第一行「かつて彼女は豪華な東洋を領有し」たに関するもので、バイロンの詩の第二節の後半の部分は、この行を敷衍したものだといえよう。バイロンはその前半部でヴェニスの偉大さをたたえたのち、次のようにうたう。

…ヴェニスの娘たちは寡婦の財産を
諸国の戦利品から受けた、そして無尽蔵の東洋は
あらゆる宝石をきらめく雨のように彼女の膝《ひざ》に注いだ。
彼女は紫衣をまとった、そして彼女の饗宴に
君主たちは与り、自分たちの威厳が増したと考えた。

第二は、ワーズワスの詩の第二行の「（彼女は）西洋の護衛者であった」を、バイロンが彼の

詩の第十四節の後半の三行で、どのように敷衍したかという問題である。彼はここで、古代のチレに代わって中世の地中海で覇を唱えたヴェニスを賛美してうたう。

そしてオスマン・トルコに対するヨーロッパの防護者。
トロイの好敵手、カンディアを見よ。証言せよ、
汝、レパントの戦いを見た不滅の波よ。

ワーズワスの詩では、ただヴェニスが「西洋の護衛者」とあるだけであるのに対して、バイロンはここで、もっと具体的に、ヴェニスが「オスマン・トルコに対するヨーロッパの防護者」であったとうたうばかりでなく、ヴェニスがトルコの侵入に対して、トロイ包囲の十年間をはるかに超える二十四年間（一六四五－六九）も、クレタ島北岸のカンディアを守ったことや、有名なレパントの海戦（一五七二）でヴェニスがトルコに大勝したことをも、高らかにうたうのである。
そして第三は、処女のヴェニスと海の結婚をうたう、ワーズワスの詩の第五行から第八行までと、次に引用するバイロンの詩の第十一節の最初の四行との関係である。

夫を失ったアドリア海は彼の死をいたむ、
そして年毎の結婚式はもはや復活されず、

ブチントーロは修理もされず朽ちるがまま、
寡婦になった女の婚礼の晴着のように。

両詩をくらべてみると、まずわれわれの目につく点として、ワーズワスの詩では、ヴェニスが女性で海が男性であるのに対して、バイロンの詩では、反対にヴェニスが男性で海が女性になっている点が挙げられる。この点では、イタリア語で、都市は女性形で海は男性形であることを考えると、ワーズワスのほうが正解であろう。しかし、その他の点では、ワーズワスの詩では単に海となっているのに、バイロンの詩ではアドリア海となっていたり、ワーズワスの詩には述べられていない、ドージェが乗って海に金の指輪を投げる、船首に人頭牛体の怪物を飾る、ブチントーロの名も上っていたりというふうに、バイロンの詩のほうが、ワーズワスの詩よりいっそう具体的で詳しくなっているのである。のみならず、ワーズワスの詩では、単に客観的な過去の史実として述べられているものを、バイロンは、現在の時点に立って、それが無くなつたことを惜しむ、という形で述べているのである。ここに、ただ遠くからヴェニスを望んで詩を書いているワーズワスと、実際に現地に立つて現在の状況をひしひしと身に感じながら詩を詠んでいるバイロンとの、根本的な相違があるのである。

最後に、以上の考察から漏れた諸節について一言しておこう。それは、具体的なヴェニスの描写を離れてただ詩人の空想を述べるにすぎない第五節から第七節までの三節を除くと、第八節から第十節までの三節と第十六節、第十七節の二節との二つの部分から成る。いずれの部分も、詩人が旅先のヴェニスから祖国英国へ思いを馳せる詩である。前者の部分では、祖国を追われた詩人は、言葉にも不自由しないとはいえ、祖国への望郷の念に捉えられるたびに、これも身から出た錆《さび》だと諦めざるを得ないのであるが、後者の部分では、詩人は態度を一変して、高飛車に祖国への警鐘を打ち鳴らすのである。後者の部分の第十六節で、ペロポネソス戦役のころ、シラクサで敗れて捕虜になったアテネ人の一人が、エウリピデスの悲劇を朗唱したため許されて故国に帰った、という故事をうたい、次の第十七節の前半で、そのように今日のヴェニス人の中にタッソの詩を吟唱する人があれば、その人はオーストリア人の虐待を免れることもできたであろう、とうたって、この節を次のように締め括るのである。

……そして汝の運命は
諸国にとって——とりわけ、アルビオンよ、汝にとって
不面目なことだ。海の女王は海の子らを
見捨てるべきではない。ヴェニスの没落に当たって
汝の水の防壁にもかかわらず汝の没落を思え。

ここには、詩人としての自分をないがしろにした祖国への怨みの念も込められているとはいえ、

これはまた、なんと時宜を得た、祖国への警鐘であろう。

三　崩壊したヴェニス（2）

こんどは、バイロンの友人パーシー・ビッシュ・シェリー（一七九二―一八二二）の番である。一部分ヴェニスを扱った彼の詩『ユーゲイニアの丘にて詠める詩』は、バイロンの『チャイルド・ハロルドの巡礼』第四篇と同年の一八一八年に書かれた。ところで、この詩が書かれたのはその年の十月となっているが、それは十二月までは完成しなかったので、その大部分は、彼がバイロンの詩を読んだ後に書かれたものであるに違いない。のみならず、この詩は、フランチェスコ・ペトラルカ（一三〇四―七四）が晩年を過ごしたアルクワからほど遠からぬ、ユーゲイニアの丘にあるエステ市の、バイロンのお陰で借りることのできた古い別荘で書かれた。だからこそ、シェリーはこの詩の中にバイロンに言及する一節（第七節）を挿入し、彼をホメロス、シェイクスピアそしてペトラルカと肩を並べる大詩人の一人として口を極めて称揚するのである。

さて、バイロンは街角に佇んであるいは海の上からヴェニスを眺めてうたう。ところが、シェリーはユーゲイニアの丘の上からはるかにヴェニスを望んでうたうのである。この詩にヴェニスの描写が現われるのは、第四節から第六節までであるが、これはその最初の第四節である。太陽の昇り始める朝まだき、詩人は今ユーゲイニアの丘の上に立つ。そして眼下に、パドヴァなどの美しい町々が海に浮かぶ小島のように点在するロンバルディア平原が、緑の海さながらに広がるのを眺める。と、彼の目路はるかに朝日に輝くヴェニスの街を見つけて、次のような感嘆の声を揚げるのである。

日の青い目の下に
人群れる建物の迷宮、
いま白鬚の父が
青く輝く波を敷きつめる、
アンピトリテーの定めの宮居、
大洋のいとし子、ヴェニスは横たわる。
見よ、太陽はそのうしろより昇り、
水晶をなす海の
揺れる水平線に半ばもたれて、
大きく、赤く、燦然と輝く。
そしてその光の切れ目の前に、
輝く炉の中にあるかのように、

円柱と塔と丸屋根と尖塔が
火の方尖碑のように輝き、
ゆらゆら揺れながら
暗い海原の祭壇から
サファイア色の空を指さし、
むかしアポローンが神託を下した
黄金の丸屋根につき入るように
大理石の神殿から
生けにえの炎が立ち昇るようだ。

ゴシック小説の作家ラッドクリフが——そしてこれにならってバイロンが——ヴェニスを海の上から眺めて、その建物が魔法使いの杖によって海の中から浮かび上がったようだと形容したのとは対照的に、ヘレニストとしてのシェリーは丘の上からヴェニスを遠望して、それをギリシア神話の海の神ネーレウスが青く輝く波を敷きつめた、娘のアンピトリテーの宮殿にたとえるばかりでなく、その「円柱と塔と丸屋根と尖塔」が太陽の光の中に揺れ動く有様を、ギリシア神話の太陽神、予言の神、アポローンが神託を下した神殿から生けにえの炎が立ち昇る有様になぞらえるのである。しかし、それはともかくとして、これはまた、なんと光り輝く明いるヴェニスの描写であろう。ホメロスの「アポローンの賛歌」を想起させるほどではないか。とはいえ、シェリーのこの詩のヴェニスの描写にも、暗い面がないわけではない。その点については、この節につづく第五節の冒頭に、次のような言葉が見えるのである。

陽光に包まれる都市よ、汝は大洋の
子であり、ついでその女王になった。
今や暗黒の日が訪れたのだ。

とすると、シェリーのヴェニスの描写には、バイロンのそれと同様に、光明と暗黒、喜びと悲しみの交錯が見られる。それでは、バイロンのヴェニス描写のもう一つの柱である、ヴェニスの史実についてはどうか。なるほど、ここにも、ヴェニスが「大洋の子であり、ついでその女王になった」と、簡略ながらその史実の記述は見られる。しかし、ここには、バイロンの場合のような、具体的な詳しい史実の記述はない。またここには、過去への言及としては、海の神ネーレウスとその娘アンピトリテーや太陽と予言の神アポローンのようなギリシア神話、あるいは方尖碑のようなエジプトの記念碑への言及はあるが、これらは、イメージとして使われているだけであり、中世から近世へかけて活躍したヴェニスの歴史とはなんのかかわりもないはずである。結局、この詩のシェリーが関心を持つのは、『チャイルド・ハロルドの巡礼』のバイロンの場合とは異なり、ヴェニスの過去の史実というよりもむしろその将来の運命になのである。以下、この点を、バイロンのもう一篇のヴェニスの詩、『ヴェニスに寄せるオード』と比較しながら、考察してみよう。

『チャイルド・ハロルドの巡礼』とほぼ同じころに書かれたと思われる、このバイロンのオードは、過去のヴェニスにおける自由の問題にも僅かにふれているが、主として現在のヴェニスが受けているフランス・オーストリアによる虐政と将来のヴェニスの運命という二つの問題にかかわっているのである。まず、将来のヴェニスの運命という問題から見ると、このオードは次のような言葉で始まっている。

おお、ヴェニスよ、ヴェニスよ、汝の大理石の壁が
水面と同じ高さになるとき、荒れる海の岸辺に
汝の沈んだ邸宅を悲しむ諸国民の叫びが、
大きな悲嘆の声が、聞かれるであろう。

次に、現在のヴェニスにおける両国の虐政という問題については、一三〇〇年間にわたってヴェニスが享受した自由――

栄光と帝国よ。いかに汝らはかつてはこれらの塔の上に
自由――聖なる三幅対よ――とともに坐したことか。

と、詩人が栄光と帝国とともに神聖視するヴェニスの自由――がついに失われ、今や暴君の虐政が始まったことを歎いて、次のようにうたう。

そして野蛮な太鼓の荒々しい響きが
退屈な日毎の不協和音をもって、
穏やかな波の上に汝の暴君の声のこだまを
繰り返す。その波はかつてはゴンドラの群とともに
月光の下で張り上げられる歌声にすっかり調子を
合わせたのだったが。……

ここでは、ヴェニスの人びとにとっては昔自分たちの先祖を襲った北方の蛮族となんら異なるところのない、フランス・オーストリア軍の太鼓の騒音が、上述の自由を謳歌《おうか》するタッソの詩をうたったゴンドリエの歌声と、なんと見事な対照を形づくることであろう。

ここでシェリーに目を転じて、もう一度彼の『ユーゲイニアの丘にて詠める詩』を見ると、こ

つづいて、

の詩も、上述のバイロンの詩と同じヴェニスの将来の成り行きと虐政による自由の喪失についてうたっている。まず、ヴェニスの将来の問題から見よう。シェリーは上述の第五節冒頭の引用につづいて、

そして汝はやがて大洋の餌食にならねばならぬ、
もしもここで汝を持ち上げた力が
こんなふうに汝の水の棺を聖化するものならば。

とうたう。そして

…数多の館の門は
大洋の中の岩のように
緑のいそぎんちゃくに蔽われて
潮が陰うつに変わるたびに
人影のない海の上に倒れそうに立つ。

と、上述の『チャイルド・ハロルドの巡礼』第四篇の一行、

館は岸に崩れかけている。

を敷衍したと思われる描写ののち、次のような陰惨きわまる比喩を用いてこの一節を結ぶのである。

日暮れどきに海路《うなじ》を
さまよう漁夫は、
帆を張り櫓《ろ》を握る、
そして陰気な海岸を通りすぎながら、
汝の死人どもが眠りから目覚めて
星明りの海に突然姿を現わし
彼の船路で死の仮面舞踏会を
先導するのではないかと恐れる。

ここにある「死の仮面舞踏会」のイメージは、中世絵画にしばしば見られる「死の舞踏」（死者が真夜中に現われて新しい仲間を求めて踊る踊り）のそれから出ていると思われる。しかしこれを「死の舞踏」とせずに「死の仮面舞踏会」としたのは、これにヴェニスの仮面カーニヴァルのイメージを加えようとしたからであろう。なぜなら、ヴェニスの仮面カーニヴァルの仮面は、一般には多産を表わすが、そればかりではなく、また多産を予言するために一日あの世から現われた死者の霊をも表わすからである。結局、シェリーは、この中世絵画の死の舞踏のイメージに、ヴェニスのカーニヴァルの仮面のイメージを付加することによって、この新しい死の仮面舞踏会のイメージを作り上げたのであろう。

次は、シェリーの詩に見られる虐政による自由の喪失の問題である。こんどはその次の第六節を取ってその問題を考えてみよう。シェリーはここで、まず現在の時点に立ち帰り、暴君とそれにしがみつく一般人民との関係を、前節につづく陰惨なイメージを用いて、次のように描くのである。

わたしが今ここで眺めているように、
汝の塔が夢幻的な金色の中に
揺れるのだけを見る人びとは、
それが墓場だとは想像もしないだろう、
そこでは人間どもが、
汚物を食べて生きる虫けらのように、

殺され今や朽ちてゆく
偉人の死骸にすがりついているのだ。

そしてバイロンと同様に虐政を説いて、しかしバイロンよりもっと明確に暴君を名指して——しかもナポレオンの実名を用いてではなく、その好戦的なところから戦士を意味するケルトと呼ばれるようになったともいう昔の民族の名を冠した「ケルトの反乱扇動者」の悪名を用いて——次のようにつづけるのである。

しかしもし自由が自己の全能に
目覚めて、たくさんの都市が、
不面目にも、汝のように
鎖につながれている
すべての冷たい牢獄のかぎを
ケルトの反乱扇動者の手から振り落とすなら
汝と汝の姉妹の一味は
昔の時代の想い出を
もっと崇高な新しい美徳と結びつけ

この太陽の輝く国を飾るであろう。

ここにはバイロンと同じ自由の賛美がある。しかし、ここにはまた、自分の詩を結んで、ヴェニスとともにオランダやスイスの現状を述べるバイロンの現実主義とは対照的に、この彼の詩の末尾にある言葉をもってするならば、けっして現実には存在しないであろう「人の心をいやす天国」に憧れるシェリーの理想主義があるのである。次節において、この自分たち二人の違いを二人の対話の形で描く、もう一篇の、ヴェニスを題材にしたシェリーの詩『ジュリアンとマッダーロ』(一八一八)を取り上げることとしたい。

四　バイロンとシェリーの対話

シェリーの詩『ジュリアンとマッダーロ』は、前述の詩と同じころに同じ場所のエステで書かれた。この詩の二人の主人公は、「私」として登場するジュリアンは言うまでもないとして、マッダーロはイギリス人でなくヴェニス人となっているとはいえ、それぞれシェリー自身とバイロンに該当することは明らかである。それでは、この詩の二人の主人公であるバイロンとシェリーのヴェニスにおける生活は、実際にどのようなものであったのだろうか。この詩の二人の主人公の考察に入るに先立ち、まず、この詩の制作に至るまでの二人のヴェニス滞在の模様を一瞥しておこう。

一八一六年四月英国を追われたバイロンは、ヨーロッパを遍歴するうちに、レマン湖畔でシェリーと近所に住むことになる。秋にシェリーが英国へ帰ると、十月中ごろイタリアへやって来る。そして一八一七年春以来ヴェニスを本拠地としてイタリアの諸都市を見て回ることになる。『チャイルド・ハロルドの巡礼』第四篇が書かれるのは、このころである。

一八一八年五月ローマ旅行から帰ったバイロンは、ブレンタ河畔の別荘ラ・ミーラに居を定める。そしてそこへマリアンナ・セガーニとマルガリータ・コーニという二人の女を引き入れる。二人はそれぞれ洋服屋とパン屋の女房で、バイロンは二人の口喧嘩を楽しむうちに、品は悪いが情熱的で動物のように旺盛なパン屋の女房のほうが彼のお気に入りになる。やがて彼は、ノッティンガムシャーの自分の住居ニューステッド・アビーを売り払って、大運河に面する大邸宅モチェニーゴを借りることになる。ここでマルガリータは、多くの召使を使って結構うまく家事を取り仕切るのである。

このマルガリータと、(ほかの女たちとの場合もしばしばだが、)彼はここで毎晩快楽のひとときを過ごすと、夜の明けるまで『ドン・ジュアン』(一八一九、―二一、―二三、―二四)の執筆に没頭するのである。こうして、彼にとっては、午後の三時が朝であった。それから、彼はゴンドラを漕がせてリド島へ渡り、そこに預けてあった馬に乗って夕闇迫るリドの砂浜を駆けるのが、彼の習わしだったのである。

一方、シェリーは、一八一八年八月二十一日にエステからヴェニスを訪問する。バイロンは彼との再会を喜び、彼をあの夕方のリド島騎行へ連れてゆく。それは、翌日彼がメアリーに出した手紙に、

こうして彼は、ヴェニスをアドリア海から守る細長い砂の島へ、ラグーナを横切って……彼のゴンドラで僕を連れていってくれました。僕たちが上陸すると、彼の馬が僕たちを待っていてくれました。そして僕たちは話し合いながら砂浜に沿って馬を走らせました。

とあるとおりである。彼の詩『ジュリアンとマッダーロ』こそ、実にこのときの楽しい想い出をもとにして書かれたものなのである。彼はこのバイロンとのリド島騎行の数日後にエステの別荘へ帰る。この詩はここで書かれたのである。

さて、『ジュリアンとマッダーロ』は、二人の主人公が馬で駆けるリド島、帰途のゴンドラの中、そしてそのとき近くを通り、翌朝実際に訪ねる男子精神病院の孤島（サン・セルヴォーロ島）の三つの舞台から成る。取りたてていうほどヴェニスとはかかわりのない、最後の孤島の精神病院の描写はおくとして、ここでは、リド島とゴンドラの中の描写だけを見ることにする。まず、リド島の描写である。リド島は、今日でこそエクセルシオール（一九〇九）など豪華なホテルの

立ち並ぶ一流のサマー・リゾートであるが、当時は、他の多くのラグーナの島々と同様に、網を干す孤独な漁師のほかには住む人もない、雑草の生い繁る荒廃地だったのである。この詩は、そのようなリドでの二人の騎行の描写から始まるのである。それは次のようなものである。

わたしはある夕方マッダーロ伯と一緒に
ヴェニスへのアドリア海の流れを遮る
陸地の土手を馬で走った。これは絶えず動く
砂がうず高く積み上げられた丘の裸の浜で、
あざみと、大地の抱擁からにじみ出る塩水の生み出す
水陸両生の雑草が敷きつめられたものだ。
孤独な漁師が彼の網が乾くと
見捨てる、人の住まない海辺だ。
そして一本の小さな木と折れたまま修繕されない
二、三本の棒のほかにはなに一つ荒地を
遮るものはない。そして潮流がその上に
狭い空間をつくっているのだ。日が沈む間、
そこを馬で走るのが、わたしたちの習わしだった。

ラグーナの島々は、ヴェニスの盛時には、サン・セルヴォーロ島が男子精神病院の島であったように、それぞれ独自の機能を持っていた。しかし、ヴェニスの没落後、その多くのものはその機能を失って荒廃に任せられている。シェリーは、前の詩でしたように、ここにヴェニスの将来の姿を予見して悲しむこともできたであろう。しかし、ここでは、彼はそうはしないのである。彼はつづけて言う。

…わたしはすべての荒廃した孤独な
場所を愛する。そこではわれわれの魂が
そうあれと願うように、われわれの見るものが
無限であることを信じる楽しみをわれわれは味わうのだ。

シェリーは、すでに彼の少年時代の習作『クィーン・マッブ』(一八一三)の中で、クィーン・マッブの命ずるままに広大無辺な天空を自由自在に駆けめぐるアイアンスィの霊を描いたが、ここでも、それとちょうど同じように、彼は自分の魂が無限であることを願うのである。ここにまず、シェリーの理想主義が鮮明に打ち出されるのである。

さて、二人はこの荒廃した海岸を馬に乗って駆けながら、議論に花を咲かせる。そしてそれは、

最初は笑いを交えた楽しい想い出話であったが、日が山の端に近づくにつれて、だんだん真剣味を帯びてくるのである。

われわれは論じ合った、そしてわたしは（なぜならいつでも
禍を転じて福となすことが賢明だからである。）
失望することに反論した。しかし、自尊心が
わたしの友により悲観的な立場を取らせた。
彼が他の人より偉大であるという自覚が、
それ自身の非常な光輝を見つめることで
彼の鷲《わし》の魂を盲目にしたように思われるのだ。

一方の、「失望することに反論し」「禍を転じて福とな」そうとするジュリアン、他方の、自分の「非常な光輝」に目が眩んだにせよ、「より悲観的な立場を」取ろうとするマッダーロ伯。ここにはまさしく、理想主義のシェリーと現実主義のバイロンとの、鮮烈な対照があるのである。つづく有名なイタリア賛歌はおくとして、次は二人がゴンドラに乗る前の一瞬の描写である。それはこのようなものである。

……われわれは、
夕方と、空のイメージを映した、
都市と海岸の間に横たわる海とを、
眺めながら立っていた。……

理想主義は、プラトンのイデアの説に源を発する。プラトンは、たとえば、ある物が美しいのは、その物自体が美しいのではなく、美のイデアがそれに映っているからだと説く。シェリーがここで、ヴェニスとリド島との間の海が空のイメージを映しているという言葉は、まさにこのプラトンの説に見られる物とイデアの関係を図解的に示すものだといえよう。とすると、シェリーの理想主義は、プラトンのイデアの説にまでさかのぼることになるのである。

つづいて、太陽がユーゲイニアの丘に沈む描写になる。これは、シェリーが前の詩でユーゲイニアの丘の上から朝日の昇るヴェニスを眺めたのとはちょうど反対に、彼がヴェニスのほうから夕日の沈むユーゲイニアの丘を望む描写である。彼は夕日がユーゲイニアの丘の間へ沈む直前の「豊麗な紋章のような雲」を描写したのち、こうつづける。

それから――まるで大地と海が溶けて
一つの火の湖になったかのように、

それらの山々は霧に包まれた太陽の周りに
炎の波からのようにそびえ立って見えた。
その波から内奥の紫色の光の精が現われ、
その頂上を透明なものにしていた。……

これは、秋の日がユーゲイニアの丘に沈むときの、なんと正確な描写であろう。通常の大気の状態では、実際に、秋の日がユーゲイニアの丘に沈もうとするときの真赤に燃える空の上の方が紫色に変わり、さらにその上の方が薄く透明に見えるのである。

ところで、プラトンのイデアの説は、カントに代表される観念論によつて受け継がれる。それは、人間の経験を、白紙の上に外界の現象が書きこまれていくことだとする、凝古典主義時代の経験論に対して、外界の現象を人間の心が創造するものだとする思想である。イギリスで逸早くこのカントの立場を取り入れたS・T・コウルリッジ(一七七二―一八三四)は、『失意のオード』(一八〇二)で、

…われわれはわれわれの与えるものだけを受け取る、
そしてわれわれの生命の中にのみ自然は生きるのだ。
…

…魂そのものの中からこそ、光、栄光、
大地を包む美しい輝く雲は、
発するのだ——

と明言する。まことに、シェリーがまさにこの「大地を包む美しい輝く雲」としか言いようのないヴェニスの夕焼雲を、あれほど正確に描写し得たのは、彼がそれを自分の魂から出たものだと感じたからではあるまいか。彼こそまた、コウルリッジの衣鉢を継ぐ観念論者であったのである。
ここで、この点に関する一つの傍証として、ペイターの「コウルリッジ論」(一八六六)の言葉を紹介しておこう。コウルリッジは同じ詩の中で、シェリーの詩の夕焼空の代わりに、夕焼前の西の空について、

西のほうに
たゆたう緑の光、

そしてまた

西の空

とその黄緑の特殊な色合い

とうたっているが、ペイターはこの二つの詩行を引いたのち、それについて次のように言うのである。

これはバイロンがこっけいなほど本当でないと言ったものであるが、確かに弁護の必要がないほど本当のものであって、彼の書いたすべてのものに一貫して見られる、細密な事実に対する一種独特の注意深さ――あの観念論哲学となんらかの関係を持つ、自然の正確な外面的特色に対する近似性――の特有の例である。……それは疑いもなく一般に広まった傾向であった、なぜならシェリーもまたその影響を受けたからである。

このペイターの言葉には、現実主義的なバイロンと観念論哲学の影響を受けたシェリーとの対比が、なんと見事に浮き彫りにされていることだろう。

ゴンドラに乗ったジュリアンとマッダーロは、ラグーナの上を滑ってゆく。そしてゴンドラの上から

わたしは体を乗りだして都市を見た、そして

夕方の薄明りの中で、多くの島々の間から、
天まで積み上げられた魔法の建物のような
寺院や大邸宅を見ることができた。

なるほど、バイロンもヴェニスを魔法の世界にたとえている。しかし、それは白昼のヴェニスのヴィジョンである。ところが、このシェリー（ジュリアン）の場合は、夕方の微光の中の天まで届くヴェニスのヴィジョンなのである。ここでも、バイロンの現実主義的なヴィジョンに比べて、シェリーのそれが、観念論的であるとはいえないまでも、多分に理想主義的であるとはいえるであろう。

とかくするうちに、ジュリアンとマッダーロは精神病院のよく見えるところまでやって来る。ゴンドラを止めさせて眺めると、彼らと太陽との間に「窓のない、ぶかっこうなそして索漠とした大きな建物」が見える

そしてその頂上に窓の開いた塔があって、そこに
光の中で振り動かされて揺れる鐘がぶら下がっていた。
われわれはちょうどそのしゃがれ声の鉄の舌を聞くことができた。
大きな太陽がその背後に沈んだ、そしてそれは

くっきりとした黒い浮き彫りになって鳴った。——「われわれが見ているものは精神病院とその鐘楼だ」とマッダーロは言った、「そしていつもこの時刻に水上を横切る人びとはその鐘の音を聞くのだ。その鐘は患者たちをそれぞれの部屋から夕べの祈りへ呼び出すのだ。…」

上述の魔法の世界にいるジュリアン（シェリー）とこの精神病院の現実を厳しく見据えるマッダーロ（バイロン）は、重要な時刻を告げる鐘の「鉄の舌」のイメージと相俟って、われわれをシェイクスピアの『夏の夜の夢』（一五九五–六）の世界へと導くであろう。ここで現実主義者マッダーロが、魔法にかかっているジュリアンに狂人たちが夕べの祈りに行く時刻を告げる「鐘のしゃがれ声の鉄の舌」をわれわれはちょうど聞くことができたと言うところは、魔法を信じないシーシュースが魔法の世界にいた四人の恋人たちに

真夜中の鉄の舌が十二時を告げた。
恋人たちよ、さあお休み。もうほとんど妖精の時間だ。

と言うところと符合するだろう。そしてジュリアンが魔法に翻弄される四人の恋人たちに当たるとすれば、マッダーロはそれをたしなめて現実に帰ることを説くシーシュースに当たるだろう。とすると、シェリーがここでヴェニスを『夏の夜の夢』のイメージで描こうとしたことは、間違いないであろう。

ところで、夏の夜の夢ではないが、同じ夢のイメージでヴェニスを描いた作家に、チャールズ・ディケンズ(一八一二―七〇)がある。彼についての問題は、一章おいてその次の章で取り上げられるであろう。

第四章

ヴェニスの石　ラスキンとペイター

一　ラスキンとターナー

本題のジョン・ラスキン（一八一九―一九〇〇）の『ヴェニスの石』（一九五一―一三）の問題に入るに先立って、彼の前作『近代画家論』第一巻（一八四三）にも少しくふれておかねばならない。なぜなら、ここにはターナーのヴェニス風景画についてのラスキンの批評が二篇あるばかりでなく、そのうちの一篇である、ターナーの『出航する「ヴェニスの太陽」号』（一八四三）の批評では、その結語に、「ターナーさん、私たちは今ヴェニスにいるのです」とあるとおり、彼にとってはターナーの絵の中のヴェニスは、とりもなおさずヴェニスそのものだったからである。

さて、これらの二篇の批評のうち、この『出航する「ヴェニスの太陽」号』の批評のほうはあ

ターナー『ジュリエットとその乳母』

とでまたふれるので、ここでは、もう一篇のほうの『ジュリエットとその乳母』(一八三〇)の批評を例に取ってみよう。この絵は、もともとヴェローナに置かれていたシェイクスピアの『ロメオとジュリエット』の舞台を、ターナーがヴェニスに移し変え、これを彼のヴェニス風景画の最高傑作に仕立て上げたものである。それでは、この絵はどういう意味で彼のヴェニス風景画の最高傑作であるのか。またラスキンはこれをどのように批評するのであるのか。以下、この問題を少し詳しく考えてみたい。

このラスキンの批評は、「ブラックウッズ・マガジン」誌上で因襲的な批評家ジョン・イーグルズ師がこの絵をやれ「奇妙な不手際さ」だ、やれ「困乱に輪をかけたような困乱」だと手きびしくこき下したのに対して、ラスキンが若き日の情熱を傾けてこれを弁護したものである。全体ではかなり長いものであるが、次にその主要な部分を引いてみよう。

彼の想像力はその逞《たくま》しさにおいてシェイクスピア的である。『ジュリエットとその乳母』の場面が詩人の念頭に浮かび、「燃える言葉」で述べられたとき、それは世界の嘆賞の的となったのだった。だが画布の上に描かれてわれわれの前に示されると、それは画筆とパレットの批評家たちが批判力を犠牲にして才気を衒《てら》う場を提供するものとなり、真の芸術家たちや感受性と趣味のあう人びとは賞賛せずにはいないが、あえて模倣する勇気を与えられないものとなるのである。さまざまな色合いの靄《もや》が遠くの都市の上に漂っているが、それは霊妙な精霊で、イタリアの墓場からその輝く大空の紺青の中へと吹き出され、漠然たる無限の光輝を帯びて、かつて愛した大地のまわりをさまよう、今は亡き霊魂のように思われる靄なのである。ゆらめく光の美しさに満たされながら、青ざめた星の間を動いて混ざりあい、広大無辺の天空の輝きの中へと昇ってゆく。その天空のやさしい悲しげな青い目は海の深い水をとこしえに見下ろし、その海の静止する無言の透明さは、深い眠りの精神の中に現われる輝く夢のように、そのるり色の晴朗さの中から発する燐光《りんこう》で輝いている。そして壮麗な都市の尖塔は、ある広大な祭壇からの青白い火のピラミッドのように、そのゆらめく靄の中にぼんやりと輝いてそびえ立ち、夢幻的な光輝の中に、入場する群衆の声がいわば目に見えるのであり、その声は、ささやきが群衆の間に聞こえるとき、森の木の葉を渡る夏の風のように都市の静寂さの中から立ち昇ってくるのである。

おお雑誌よ、これこそ、おまえの批評家が「青と白のすじをつけて粉桶《こなおけ》に投げ込んだ、ヴェニスの様々な部分のモデル」のようだと明言した絵なのである。この絵の光源が星の光でも、日の光でも、月の光でもあるいは火の光でもないことは、全く真実である。それはほかのいかなる芸術家も作り出し得ない彼独自の光であって、ある空気中の燐光的性質に由来するようにみえる光である。その絵は具現された魔法であり、描出された魔術であるということができ、またそういうものとしてのみ見られるべきである。

これは一見、十七歳の少年ラスキンがみだりに美辞麗句を連ねて勝手気ままな放言をしている、ひとりよがりの批評のように見えるかもしれない。しかし、事実はけっしてそうではなくて、これは、この絵の具現するシェイクスピア的な想像力と『ロメオとジュリエット』的な詩情に鮮やかな光を投ずる、見事な批評なのである。以下少しく、これを『ロメオとジュリエット』第二幕第一場と照らし合わせてみよう。

キャピュレット家の庭園に夜陰に乗じて忍び込んだロメオは、バルコニーの上のジュリエットを見て、東天の太陽かと思ったり、彼女のほおの輝きが太陽の光の前のランプのように星どもを顔色なからしめるように思ったりし、また大空中の一番美しい二つの星が何か用があって、帰るまで自分たちの星座で輝いていてほしいと彼女の目に頼むならば、

天にあがった彼女の目は
大空中を輝き渡るので、
小鳥たちも歌をうたい、夜ではないと思うだろう。

などと想像したりする。かと思うと、彼女を「輝く天使」になぞらえ、

彼がゆっくりと進む雲にまたがり
大空のただ中を漂うとき、

人びとが驚異の目をもって見上げる「翼のある天の使者」のように、「この夜の闇に輝く」彼女をたたえたりもする。つまり、ロメオはこのキャピュレット家の庭園が、現に星がまばたき、月が木々の梢《こずえ》を銀色に染める夜の庭園でありながら、小鳥の歌う昼間の世界でもあるかのよう

に想像するのである。ターナーが描いたのも、このようなロメオの想像の世界であり、その光は星の光でも、日の光でも、月の光でも、火の光でもなく、「ターナー独自の光」だと言うのである。

しかし、これは現実ではない。ロメオは、

おお、幸せな、幸せな夜よ、

夜なので、これはみんな夢ではないかしら、

と我知らずささやくのである。そしてこういうロメオには夜の恋人たちの声は、「銀《しろがね》の鈴のように美しい響き」であり、「こよなく静かな楽の音のように」聞こえるのである。ターナーはまさにこのようなロメオの気持を、「夢幻的な光輝の中に、入場する群衆の声が森の木の葉を渡る夏の風のように都市の静寂さの中から立ち昇ってくる」光景として象徴的に描いているのだと言うのである。

とはいえ、このキャピュレット家の庭園はロメオにとっては不倶載天の仇敵の家の庭、見つかれば殺される場所である。すなわち、ロメオにとっては「この場所は死」を意味するのである。またいま一つのキャピュレット家の庭園の場、第三幕第五場でも、ロメオは「墓場の底に横たわる死人」として描かれているのである。ターナーはこういうロメオの死と墓場のイメージを輝く

靄のイメージに重ね合わせたのであり、だからこそその靄は「霊妙な精霊で、イタリアの墓場からその輝く大空の紺青の中へと吹き出され、漠然たる無限の光輝を帯びて、かつて愛した大地のまわりをさまよう、今は亡き霊魂のように思われる」のだと言うのである。

ラスキンの批評は、ターナーの絵がシェイクスピアの想像力の場面を見事に視覚化している点を、きわめて的確に突いている。シェイクスピアは、『夏の夜の夢』のシーシュースの口を借りて、「想像力は知られざる物の形を表現する」力だと言っているが、ラスキンは、ターナーも、これと同じ想像力によって、この世にない光、「彼独自の光」を創造したのだ、と言うのである。「彼の想像力がその逞しさにおいてシェイクスピア的である」ことを、力強く説いているのである。

しかし、ラスキンの批評は、この引用の部分では、ヴェニス風景画としてのこの絵にはまったくふれていないのである。それでは、この問題についてはどうであろうか。

さて、この絵は、批評家によってヴェニスのさまざまな部分を寄せ集めたものだと言われるが、ラスキンがこの引用文の前で言っているように、サン・マルコ広場の西南角の屋上——ジュリエットが乳母の前でその手摺《てすり》にほお杖をついて恋の思いに耽っている——から眺めた景色の、細部まで正確な描写なのである。この絵は、十六世紀に流行した「世界風景画」ふうに高い視点から風景をとらえる画法によっているので、ゴンドラの浮かぶ海を隔ててサン・ジョルジョ・マジョーレ島の建物が見えるばかりでなく、ドゥカーレ宮の向こうにホテル・ダニエリらしい建物も見える、広大な画面を展開するのである。ところで、広場はいま、仮面カーニヴァルの最中である。しかも、今日がその最高の盛り上がりを見せる最終日であることが、サン・ジョルジョ・マジョーレ島の上に上がる花火によって示される。こうして、この絵は、仮面カーニヴァル華やかなサン・マルコ広場を中心に据えた、壮大なヴェニスの風景画だということになるのである。とすると、この壮大な構図のイメージは、引用文中の「広大無辺の天空」、「無限の光輝」と「独自の光」、そして「さまざまな色合いの靄」のイメージとともに、ラスキンがターナーのヴェニス風景画の一般的な特質として述べている、「空間の無限性、光の輝かしさ、色彩の多様性」を、見事に例証するものではなかろうか。

最後に、ラスキンがあれほど熱烈に弁護したターナーとの関係について述べておこう。ロマン派の画家であるターナーが同じロマン派の詩人であるバイロンとシェリーから自己の領域を越えてなんらかの影響を受けたであろうことは、当然のこととして想像されるからである。まず、バイロンの場合である。ターナーは、バイロンの『チャイルド・ハロルドの巡礼』を早くから読んでいたようで、すでに『ウォーターローの戦場』(一八一八)の王立翰《かん》林院のカタログには、画題につづけて同じ戦場をうたった同詩第三十八節の引用が用いられているばかりでなく、一八三二年には、そのものずばり、『チャイルド・ハロルドの巡礼――イタリア』という絵も描いているのである。このことは、同詩のヴェニスをうたう部分についても同様で、彼は、『溜息の橋』(一八四〇)という絵では、同詩に倣ってドゥカーレ宮と牢獄の間にあるその橋を描いたが、同

ターナー『出航する「ヴェニスの太陽」号』

年の展覧会のカタログに、そのさまをうたう同詩第四篇の最初の二行が引かれていたのも、なんら不思議はないのである。

バイロンほどではないが、シェリーの場合も同様である。その好例として、上にふれた『出航する「ヴェニスの太陽」号』を取ってみよう。この絵は、シェリーの『ユーゲイニアの丘にて詠める詩』第四節がユーゲイニアの丘の上から海に浮かぶヴェニスを眼下に見下ろしてうたうのとは反対に、帆船やゴンドラの浮かぶ海の上からヴェニスの向こうにユーゲイニアの丘を望む風景を描くものである。しかし、その見る場所こそ違え、両者はともにまったく同じ太陽の昇る朝のヴェニスを描くものであり、またまったく同じ一抹の悲観的なヴェニス観を表わすものなのである。この絵の同年の王立翰林院のカタログには、ターナーの断片的叙事詩『希望の誤り』からの朝は美しく輝き、西風は心地よく吹く。
ヴェニスの漁船は彩色した帆をいとも陽気に広げ
不気味な休息のうちに夕べの餌食《えじき》を待つ
悪魔に気をつけようとしない。

が載せられているが、これはイメージにおいてシェリーの同詩第五節と近似するのである。とすると、この絵は、ターナーがこのシェリーの詩を念頭に置いて、これと技を競おうとして描いたものではあるまいか。(ちなみに、ラスキンのこの絵の批評に、

あの空は・・・ゆっくりと動く霧の帯の切れ目を通してあえぎながら溶けてゆく。その霧は見渡す限りの波に沿って、ひっそりと静まりかえるユーゲイニアの山々へと見る人の目を導いてゆく。・・・白い叉状《さじょう》の帆は・・・その輝く影の震えが海面の絵影をかき乱し、その水晶の神秘に包まれた、紺青の、底ひなき深淵《しんえん》の上には、船足の早いゴンドラが・・・浮かぶ。・・・壮麗きわまりなく、数限りない館がうつろな海からその円柱をそびえ立たせ――静止する炎の青白い列のように並び――館の巨大な塔はさらに熾烈《しれつ》な火の舌のように天に向かって立ち昇る

とあるが、その中の、水晶という海のイメージばかりでなく、霧の帯の切れ目というイメージや、立ち昇る火の舌という塔のイメージも、シェリーの同詩第四節の中の、ずばり水晶という海のイメージとばかりでなく、またおおむね光の切れ目というイメージや立ち昇る火の方尖碑という塔などのイメージとも合致するであろう。そしてこのことは、このターナーとシェリーとの関係についての、ラスキン自身の傍証となるものだとはいえないだろうか。）

それでは、ターナーの熱愛者であったラスキンは、このようなターナーと同様に、ロマン派の詩人からなんらかの影響を受けたであろうか。もし受けたとすれば、それは、どのようなものであったであろうか。次節において、こんどは『ヴェニスの石』を巡ってこの問題を考えてみよう。

二　退廃のヴェニス

ラスキンの『ヴェニスの石』は、第一巻（一八五一）と第二、第三両巻（一八五三）の全三巻から成っている。第一巻はヨーロッパ建築の基礎的一般的問題について、第二巻はヴェニスのビザンチン様式とゴシック様式の建築について、そして第三巻はやはりヴェニスのルネサンス様式の建築について論じる、という構成になっている。これに各巻ごとに付録がつき、第三巻にはさらに全巻の索引がついている。したがって、本題のヴェニスの建築についての議論が始まるのは、第二巻からだということになるのである。ただ、しかし、第一巻の末尾に、ラスキンは読者をヴェニスへのゴンドラの旅に誘う一節を挿入することによって、第一巻を第二巻以後と結びつけるという、巧妙な仕組になっているのである。それはこのようなものである。

ある秋の朝、ラスキンはパドヴァを出発し、メストレで昼食を済ませると、そこからゴンドラに乗ってヴェニスへ向かう。そしていよいよヴェニスに近づくと、

・・・低いごたごたした煉瓦《れんが》の建物のまばらに続く線が、水面から見えてくる。それは、その間に混じる多くの塔がなかったなら、イギリスの工業都市の郊外にでも見えただろう。青白いもっと遠くにあるように見える、四つか五つの円屋根が、その線の真ん中あたりに現われる。だが、最初に目を捕えるものは、その線の北半分の上に漂う、そして教会の鐘楼から出る、黒い煙の陰気な雲だ。

これがヴェニスだ。

さて、第二巻は「玉座」と題する一章から始まる。この仰山な表題はいったい何を意味するのであろうか。次に、この問いに答える一節を引いてみよう。

このような都市がその存在を逃亡者の恐怖よりもむしろ魔法使いの杖に負うものであったことは、もっともだと思われ、彼女を取り巻いた水が、彼女の裸身を隠す保護物としてよりもむしろ彼女の尊厳さを映す鏡として選ばれたことも、もっともだと思われるし、そして自然の中で荒々しく無慈悲であったすべてのもの——荒波と暴風とともに歳月と退廃——が、彼女を破壊するためにではなく彼女を飾るために任されたのであり、海の砂とともに砂時計の砂を玉座のために定着させたのだと思われるあの美しさを、来るべき時代のために取って置いたのかもしれないことも、もっともだと思われるのだ。

ラスキンはここで、もともと蛮族の侵入を恐れた人びとが、周囲の海が守ってくれる島の上に建てた都市であったヴェニスを、（ラッドクリフやバイロンのイメージを借りて）まるで魔法使いの魔法の杖の一振りでできた魔法の島でもあるかのようにたたえるのである。そしてそれが長年の荒波や暴風に耐えて今日まで生き残ったように、いつまでもその美しさを持ち続けることを祈念するのである。しかし、ここで、とりわけ注目すべきことは、彼がヴェニスを取り巻く海の水を鏡にたとえ、その海の砂を表題の玉座にたとえていることである。ヴェニスが四面水の鏡に囲まれた砂の玉座だとは、ラスキンはヴェニスを玉座のある鏡の間だとでも言おうというのであろうか。もしそうだとすれば、それはなんと壮大なヴェニスのイメージであろう。

とはいえ、ここで見落としてはならないことは、「歳月と退廃」と「砂時計」の語である。ラスキン自身この一節の直前で、ヴェニスについて、「その歴史とその現状のより暗い真実を忘れること」を固く戒めているからである。ロマン派の詩人ワーズワス、バイロンそしてシェリーが、ヴェニスの今は無き往時の繁栄を偲んで感慨に耽るように、実際ラスキンも時折ヴェニスの過去と比較してその現在の退廃を嘆くのである。このラスキンのヴェニスに寄せるロマン的な嘆息を示す具体的な例として、以下に、二つの場合を取ってみよう。

一つはヴェニス周辺部の荒廃ぶりである。昔、ヴェニスの東北部（造船所からミゼリコルディア修道院まで）の一帯やムラーノ島とその周辺の島々には、ヴェニス人たちの快楽と憩いの場として、小さな館が建てられていた。大運河の立派な館は盛儀やビジネスのために取っておかれたのである。このような小さな館には、通常海岸まで広げた庭園がついていた。そしてこれらの別荘や庭園には、夕方になると、いつもいっぱいゴンドラが集まるのだった。

・・・都市のこの部分とムラーノ群島との間の空間は、勢力のある時代のヴェニスにとっては、ロンドンにとっての公園のようなものであった。ただ、馬車の代わりにゴンドラが使われ、住民たちは日没ごろまでは姿を現わさず、一つのグループが他のグループの人びとと交互に歌をうたって答え合い、夜の更けるまで歓楽を長びかせるのだった。

ところが、ラスキンの時代はどうだっただろうか。なるほど、ムラーノ島では、繁昌するガラス工場や民家や十七の静かな教会の間に僅かながらその跡を認めることもできたであろう。しかし、都市の東北部とその目と鼻の先にあるサン・ミケーレ島には、その跡はほとんど残されてはいなかった。サン・ミケーレ島は、今や煉瓦《れんが》の塀に囲まれた共同墓地になったばかりでなく、都市の東北部も、フォンダメンタ・ヌオヴェという海岸通りが新しく造られて、昔の小館の跡には新しい建物が建てられ、昔の小館は、チシアンの借りていた家のように、もし残っていたとしても、昔のようにその住居と庭園に直接ゴンドラを着けることはできなくなってしまったのである。ラスキンは、上の引用につづいて、このような都市の東北部とサン・ミケーレ島の変り果てた姿を、次のように嘆くのである。

もし、このヴェニス人の習慣を知っていて、海岸に沿って並ぶ夏の別荘と海に向かって傾斜する庭園のイメージを心に抱いて、いま旅行者がこのヴェニスの郊外を探し求めるならば、六十年か八十年前に建てられたものだが、すでにぐらついて倒れそうになったみじめな家々の列の前に、造船所からミゼリコルディア修道院まで伸びる長さ一マイルほどの新しいがまったく寂れ果てた海岸通りを見つけて、そしてさらに、これらの家々が・・・いま見渡す眺めの主要なものは、水面を横切る四分の一マイルほどの死んだように静まり返る煉瓦の塀であることを見つけて、彼は驚き、不思議に思い悲しむだろう。

そしてもう一つは、サン・マルコ寺院の信仰面での退廃ぶりである。もともと、サンマルコ寺院は、ヴェニスの二商人がエジプトのアレキサンドリアから盗み出したサン・マルコの遺体を祭るために建てられたものである。それは、ドージェの礼拝堂としてドゥカーレ宮に隣接して建てられ、ドゥカーレ宮で選ばれたドージェは、そこの説教壇から市民に宣言するのだった。それはまた、のちには市の大聖堂ともなり、そこで市民のためのさまざまな儀式も執り行われるのであった。そして内部は、信仰者のための聖書の物語のモザイクによる図解ばかりでなく、また文字によって飾られているのである。ところが、それはラスキンの時代には、どうだったであろう。それは、まったくその本来の機能を失っていたのである。人一倍カトリック教の信仰の厚かったラスキンは、これを黙視することはできなかった。彼はこの状況を慨嘆して次のように説くのである。

・・・われわれは、サン・マルコ寺院に、それがもともと意図された儀式に今日なお使われているように見えながら、その印象的な付属物は信者によってまったく理解されなくなってしまった一箇の建物を見るのだ。・・・そしてこんなに長い間それが奉仕してきた市の真ん中にありながら、そしてその壮厳さを負っている人びとの子孫たちの群れで今日なお満たされていながら、それは実際、わがイギリスの谷間に牧羊場が途絶えることなく続く廃墟にも増して荒涼として立っているのだ、そしてその大理石の壁に書かれたものも、汚れた僧院の墓のこけの薄いところで、牛飼いが指でたどる文字よりも、人目につかず人を教える力を持っていないのだ。

なるほど、このようにラスキンは、いかにもロマン派ふうにヴェニスの荒廃ぶりを慨嘆するのである。しかし、だからといって、彼はバイロンのように——そして彼に倣ったターナーのように——ただ感傷的に溜息の橋を「ヴェニスの理想の中心」に据えるような真似はしないのである。そして

その名が記憶に値するような、あるいはその悲しみが同情に値するような囚人はねバイロンのヴェニスの理想の中心であるあの「溜息の橋」を、いまだかつて渡ったためしがないのだ。

と言い切るのである。彼の任務はむしろ、石工たちの血と汗の賜物《たまもの》としてのヴェニスの建築物、彼が言うように、「自然の災厄と人間の激情と戦いながら鉄の手と辛抱強い心によって建てられた」建築物を、「その真の性質に対する率直な探求によってのみ」評価することにあるのである。そしてその最高の例が、ほかならぬ、彼のもっとも重んじるヴェニスの二大建築物、ビザンチン様式のサン・マルコ寺院とゴシック様式のドゥカーレ宮なのである。

三　ヴェニスの石

ヴェニスの二大建築物サン・マルコ寺院とドゥカーレ宮は、それぞれ市の宗教と政治の中心として、そして両者を合わせて市全体の中心として、機能するのである。両者とも、前にそれぞれサン・マルコ広場と小広場を持ち、小広場の一端は、海に接するのである。そこが海からのヴェニスへの入口であり、その両側に立つ、それぞれヴェニスの守護聖人サン・マルコのライオンと以前の守護聖人であった聖テオドーレの像をいただく二本の石柱は、このヴェニスの入口を示すものにほかならないのである。

さて、このように、この二本の柱は、このヴェニスの二大建築物とは切っても切れない深い関係にあるのである。ところが、この二本の柱が述べられているのは、この二大建築物が論じられている『ヴェニスの石』においてではない。それは、ラスキンの晩年の作品で、彼の死後に出版された『サン・マルコの休息』(一九〇二)においてである。しかし、それは、彼の叙述の方法をもっとも明確に示す例でもあるので、『ヴェニスの石』におけるこの二大建築物の叙述を扱うのに先立って、その叙述を簡単に見ておこう。

まず、ラスキンは読者を、この二本の柱を見晴るかす対岸のサン・ジョルジョ・マジョーレ島

二本の石柱
右側にドゥカーレ宮サン・マルコ寺院、左側に図書館が見える。

へゴンドラに乗せて連れてゆき、そこでこの二本の柱の由来を語り聞かせる。ドージェのドメニコ・ミキエルはエルサレム王を助けてサラセンと戦い、多くの戦利品を得るばかりでなく、エルサレム王をしてヴェニスに朝貢させる。そしてフェニキアのチェロスの町を攻略して、エルサレム王が三分の二、ヴェニスが三分の一を取得することになる。ところが、ビザンチンのキリスト教皇帝がダルマチアのヴェニス領地を犯したので、ドージェはこれを奪還すると、ヴェニスへ凱旋するのである。この二本の柱は、このとき、他の戦利品とともに、彼が持ち帰ったものなのである。それは一一二六年のことであった。彼はそののち四年間生きてヴェニスの市民にさまざまな善政を施すのであるが、彼が最後に修道士として生活し、葬られることになるのが、いま読者がその入口の石段に腰を下ろしてラスキンの話を聞いている、このサン・ジョルジョ・マジョーレ教会なのである。

ここで話題は一転する。ラスキンは、二本の柱を持ち帰ったドージェ・ミキエルの伝記を、この彼とゆかりの深いサン・ジョルジョ・マジョーレ島で語り終わると、こんどは、二本の柱がもっとはっきりと見える対岸の小広場へと、読者を連れ帰り、そこでその二本の柱の芸術的価値について語り始める。ラスキンによると、この二本の柱は「世界中で一番美しい円柱だが、このことは、単に柱身についてだけではなく、基礎群、柱身、柱頭の全体について言えるのである。まず基礎群は何枚かのものが重ねられて階段をなすが、これは人が通る邪魔になる柱廊の場合には不必要であるが、この場合のように記念碑である場合には絶対に必要である。次に柱頭の上部が広がってテーブル状になる場合、鰐《わに》の上の聖テオドーレの載っている痩せている方の柱の柱頭をこころもちどっしりしたものにすることによって、両方の柱の均衡を取り、両者を一対の柱、小広場の二人兄弟にしているのだ。それでは最後に柱頭そのものについてはどうか。それは「ヴェニス人の実際的な心を表わしながら、その古代の形式である軽やかな葉の豊かな群がりから凝固した純粋なコリント人の」ものである。

さて、ラスキンは、このように、小広場からサン・ジュルジョ・マジョーレ島へ、そしてそこからまた小広場へと、巧みに場所を移しながら、臨地講演ふうに、その地にまつわるあるいはそこにあるものについて、読者に話をして聞かせる。これは、ラスキンが晩年に達した融通無碍な境地を示す旅行案内記の手法である。彼の『建築の七燈』（一八四九）を挟んで、『近代画家論』に続くもう一つの大作である『ヴェニスの石』においては、もっと真摯ではあるがもっと平板な叙述が目立つのである。しかし、ここにはまた、『近代画家論』の場合と同様に、ときおり、初期の批評にふさわしい新鮮なイメージに満たされた、いわゆるラスキン調の名文も見いだされるのである。その好例として、サン・マルコ寺院の北玄関の描写をあげてみよう。

ラスキンは、サンマルコ広場の入口である南西の角から、まぶしく輝くサン・マルコ寺院を望み、下がくぼんで、五つの、大きな、丸天井のある玄関になっている、無数の柱と白い丸屋根の宝の山を仰ぎながら、サン・マルコ広場をゆっくりと斜めに横切って、いまその一番北の玄関の前に立つ。

サンマルコ寺院の一番北の玄関

そして玄関の周りの壁には、いろいろな色の石の柱が立てられていて、その石は、碧玉《へきぎょく》と斑岩《はんがん》と、雪ひらの点々とついた濃緑の蛇紋石、そして大理石で、その大理石は日の光を半ば拒み、それに半ば屈して、クレオパトラばりの、「口づけをさそうそれらのこの上なく青い静脈」だ——日の光がそれらからこっそり退くと、引き潮が砂浜に波の模様を残すように、影の中に空色の起伏の線また線が見えてくるのだ。それらの柱頭は、絡み合った曲線模様のはざま飾り、草の根の結びひも、そして吹き寄せられて積ったアカンサスやぶどうの葉、そしてすべて十字架に始まりそして終わる神秘的な記号で満たされているのだ。そしてそれらの上には、幅の広い曲がり額縁に、間断なき一連の言語と生活——天使と天のしるしとおのおの定められた季節における地上の人びとの労働——が刻まれているのだ。そしてこれらの上には、きらめく小尖塔《しようせんとう》が赤い花のへりのついた白いアーチに囲まれたもう一つの区域——喜びの狼狽《ろうばい》——があり、その間には、黄金の力を振り絞ってたけり狂っているギリシア馬の胸が見え、そして星で蔽われた青い一画に上げられたサン・マルコのライオンも見える。そして最後に、恍惚《こうこつ》としてかのように、アーチの頂上は大理石の泡と化し閃光《せんこう》と彫刻されたしぶきの花輪となって舞い上がり、あたかもリドの海岸の高波が崩れる前に凍結して、海のニンフがそれらに珊瑚と紫水晶をちりばめたかのようだ。

われわれがサン・マルコ寺院の一番北の玄関の前に立つとき、われわれの注意をもっとも強く引くのは、その最上部の半円壁面に描かれた、サン・マルコの遺体を運ぶ図のモザイクであろう。しかし、ラスキンはそれをよそにして、あまりわれわれの目を引かないその下の部分に目を留め、それを細大洩らさず懇切丁寧に解説するのである。その精細な観察は驚異に値する。しかし、ここでわれわれをもっと驚嘆させるのは、そのイメージの豊かさである。アリストテレスはイメージを定義して「異中に同を見る」ことだとしたが、ここでこのアリストテレスの言葉をもっとも見事に例証するのは、大理石をクレオパトラになぞらえるイメージであろう。ラスキンはここで、シェイクスピアの『アントニーとクレオパトラ』（一六〇六—七）第二幕第五場のクレオパトラの「口づけをさそうわたしのこの上なく青い静脈」という言葉を借りて、これを二重のイメージとして使うのである。すなわち、「わたしの」を「それらの」に変えることによって、クレオパトラの青い静脈を大理石の青い縞のイメージとしてばかりでなく、またクレオパトラの静脈への男の口づけを日が大理石に当たるイメージとしても使っているのである。ともあれ、日の光が美しい大理石の青い縞に当たるのを見て、男が美しいクレオパトラの青い静脈に口づけするさまを想起するのは、まことに、ラスキンならではの離れ業であろう。このことは、アーチの上の装飾をリドのニンフの仕業に見立てるイメージについても同様であろう。ラスキンは、ここでもやはり、はっきりと断わっているわけではないが、前述のラッドクリフにおけるエミリーの夢想のイメージ——ニンフと珊瑚と水晶のそれ——を巧みに操作することによって、このイメージを作り上げたのであろう。いずれにせよ、引用の一節は、イメージの狩人《かりうど》としてのラスキンの姿を、なんと鮮明に浮かび上がらせることであろう。

それでは、こんどはラスキンのドゥカーレ宮の批評の場合はどうか。ラスキンは、ここでふたたび、その歴史、その各部分の制作年代の考察から、その柱を、とりわけその柱の柱頭彫刻の出来栄えを、一つ一つ吟味する批評に帰るのである。

まず、ドゥカーレ宮の建設年代から始めよう。ラスキンによると、現在のドゥカーレ宮のうちもっともすぐれもっとも美しい部分である、大会議室を支える一階の華麗な柱廊は、一三四〇年に建設が開始される。一時建設が中断されたが、一三六二年に再開され、三年のうちに完成した。しかし、大議会が、この「ヴェニスにおけるゴシック様式のドゥカーレ宮」ではじめて開かれたのは、一四二三年であったのである。

このように、ゴシック建築としてのドゥカーレ宮の建設過程を述べたのち、ラスキンは、この建物の出来栄え、とりわけ、そのうちでもっともすぐれているという、一階の柱廊の評価に移るのである。ところで、この柱廊は、海岸に面する南向きの面と小広場に面する西向きの面から成り、前者の向かって右端と左端、それから後者の左端と、三つの角を持つ。この、それぞれ、葡萄の木の角、無花果《いちじく》の木の角、ソロモンの審判の角と呼ばれる、三つの角は、柱も他より太く、柱頭も他より大きく、その装飾彫刻も他より大きく凝ったものになっているのである。そういうわけで、われわれの紹介も、ラスキンのこの三つの角の彫刻の批評から始まることになるであろう。

さて、ラスキンは、この三つの彫刻のうち、ソロモンの角のものはルネサンス期のものとして退け、ゴシック様式のものである、ぶどうの木の角のものといちじくの木の角のものとを重視するのである。この二つのものは、それぞれ、ぶどうの木のそばにマノとその二人の息子のいる「ノアの泥酔」と、蛇の巻きつくいちじくの木のそばにアダムとイヴのいる「人間の堕落」の場面とを扱うが、両方とも、木の葉の彫刻においても人物の彫刻においてもいずれ劣らぬ出来栄えであると言う。このうち、木の葉について両方を比較する部分は、微に入り細を穿《うが》つ入念なものであるが、これを全部引用するにはあまりにも長すぎるので、ここでは一応、手際よくまとまった、人物と木の幹についての部分を引くにとどめよう。

無花果の木の角のそれぞれの面に彫られたアダムとイヴの像は、ノアとその息子たちの像よりもっと生硬ではあるが、それらが建築に奉仕するのにもっと適している。そしてその周りに角ばった蛇の体がくねくねと巻きつく木の幹は、結末的には線の集合体として、葡萄の木の幹よりもっと気品高く扱われている。

ここには、ドゥカーレ宮の二大柱頭彫刻を比較して、人物像の優劣を論ずるばかりでなく、木の幹を形作る線の一本一本に至るまで入念に吟味するラスキンの姿が、あるのである。

そこで、こんどは、ラスキンの柱廊全体についての批評を見る番である。ドゥカーレ宮の一階柱廊は、いま見た三つの角の柱をも含めて全部で三十六本の柱から成るが、ラスキンは、これらの柱の柱頭彫刻を、葡萄の木の角のものから順番に一つ一つ丹念に調べてゆくのである。そしてこの、おのおの八つの面を持つ柱頭彫刻を、第一面から第八面まで一面一面詳細に吟味するのである。ところで、柱頭は地上からかなり高いところにあるので、これを調べるためには、観光客や物売りの犇《ひし》めく中に梯子《はしご》を掛けて登らねばならないのである。ラスキンはこのような苦労を重ねて柱頭を一つ一つ一面一面入念に調査したのである。ラスキンは、たとえば、二十二番目の柱頭の第一面の解説を他人から借りなければならなかった事情を説明して、次のように言う。

わたしはこの面についての覚え書を持っていないが、それはわたしの調査の規則的な過程の中で、果物の屋台店かその他の妨害物のために、その面に梯子を掛けることができなかったからだったと思う。

ラスキンのヴェニスの石への執着と熱意は、まさにこのようなものだったのである。

四　色彩のための色彩

ラスキンの『ヴェニスの石』の特徴は、著者がこのように、ヴェニスの主要な建築物を、イメージ豊かな名文で解説したり、建物の柱や柱頭を一本一本一面一面丹念に調査し、克明に記述したりすることにあるだろう。しかし、そればかりではない。それはまた、著者がこのような建物の批評から、一種の美学理論を引き出すことにもあるのである。それでは、その美学理論とは、どのようなものであるのか。またそれは、後世に対してどのような影響を持つものであるのか。このような問題を、ここで、しばらく考えてみたい。

ヴェニスの人たちは、北方の人たちがオークや砂岩で薄暗い街路や陰気な城塞を建築している間に、斑岩や黄金で邸宅を飾る。彼らは逸早くコンスタンチノープルから芸術家を雇って、サン・マルコ寺院の筒形天井のモザイクを設計させ、玄関口を色美しく飾らせるのである。しかし、彼らは、より活気に満ちた状況のもとで、東邦人たちの手法を発展させるのである。まことに、サン・マルコ寺院こそは、「完全で永続的長期的な装飾が可能である唯一のもの」なのである。

こうして、サン・マルコ寺院は、信仰に捧げられた場所としてよりも、色彩的装飾が可能である場所として、より重要な意味を持つことになるのである。ラスキンは信仰の原点に立ち帰って、原始キリスト教の素ぼくな信者たちが色どられた絵の助けによって始めて強く訴えられ得たのだと説いたのち、巧妙な比喩を操りながら次のように説くのである。

その大建築物全体は、お祈りをする聖堂としてよりもむしろそれ自身一冊の祈禱書《きとうしょ》として、すなわち、羊皮紙の代わりに雪花石膏《せっかせっこう》で製本し、宝石の代わりに斑岩の柱をちりばめ、そして裏と表にエナメルと金で文字を書いた、巨大な彩飾祈禱書として見なされるべきだ。

そしてこのことは、ヴェニスの他のすべての建物についても言えることである。なるほど、ラスキンも、ヴェニスのすべての建物の主要な装飾である十字架の表わす宗教的な意味はいうまでもなく、たとえば、孔雀がほかのどの鳥よりも復活の象徴であること、ぶどうの木がほかのどの木よりもキリスト自身あるいはキリストと合体する人びとの象徴であること、そしてその木の根本にいる鳩が聖霊の降臨を表わすこと、を認めぬわけではない。しかし、彼はこのようなより不可解な意味合いには重きを置かないのである。それどころか、彼が自明の理として重んじるのは、ひたむきな色彩への愛であり、彼の言葉をもってすれば、「修飾された形でのちにすべてのヴェニス派絵画の始祖になったものだが、その最上の素ぼくさにおいてはビザンチン時代だけの特徴であった、あの輝かしく純粋な色彩への愛」である。

「あの輝かしく純粋な色彩への愛」——この言葉は、ラスキンの色彩のための色彩への愛、言い変えれば色彩至上主義の理論へと、われわれを導くであろう。上の引用に少し間を置いて続く、彼の真情を吐露する、熱情あふれる言葉を聞いてみよう。

・・・もし空から青色が取り除かれるならば、そしてもし日の光から黄金色が、そして木の葉から緑色が、そして人間の生命である血から深紅色が、頬からばら色が、眼から暗黒色が、髪の毛から輝きが取り除かれるならば、世界と人びとの生活はどんなものになるだろう。・・・事実は、人間の視覚へのすべての神の贈り物の中で、色彩がもっとも神聖で、もっとも神々《こうごう》しく、もっとも荘厳なものだということである。・・・そしてもっとも純粋でもっとも思慮深い心の持ち主とは、色彩を最高に愛する人のことである。

それでは、ラスキンは、このような色彩のための色彩の説から、どのような美学を引き出すのであろうか。それは、この議論を結ぶ、次のような彼の言葉に、明白にうかがい知られるであろう。

まず第一にわれわれが銘記すべきことは、色彩と描線の配列は音楽の作曲と類似の仕事であって、事実の表現から完全に独立するということである。良い彩色はそれ自身以外にほかの物の形象を伝えるとは限らないのだ。それは光線のある種の均衡と配列に存するが、いかなる物との類似にも存しない。巨匠の手によって白紙の上に塗られた一、二筆のある種の灰色や紫色は、良い彩色であろう。そのそばにもっと多くの筆が加えられると、われわれはそれらが一羽の鳩の首を描くつもりであったことを見いだすかもしれない、そしてわれわれはその素描が進むにつれて鳩の首の完全な模倣をたたえるかもしれない。しかし、良い彩色はそのような模倣に存するのではなくて、灰色や紫色の抽象的な特質と関係とに存するのである。

この、ラスキンが第一義的に彩色を音楽と同様に事実の表現と無関係のものとし、これをある種の光線の配列にすぎないものとする点と、これが段階的に模倣になる過程を説く点とは、次節でもう一度詳しく述べることになろうが、ペイターの芸術のための芸術の説を、優に先取りするものとなるのである。

こうして、われわれはラスキンのいわゆる「壁面装飾」の問題にたどりつく。ここでふたたびサン・マルコ寺院に帰ると、ここは内部が全部モザイクでおおいつくされている。ドゥカーレ宮の場合も同様で、ここも、内部が、モザイクではないが、大画面でくまなく飾られているのである。ラスキンは、そういう大画面こそ、洗浄や修復でもとの姿を失った美術館の絵とは違って、「本物」であるとするのである。そして次のように言うのである。

・・・誰にせよ高貴な画家のもっとも貴重な作品は、大抵の場合、速やかに、そして最初の思いつきの熱気のさめぬうちに、大規模に、仕上げられたものであり、その場所も、人によく見えるという見込みも少なく、あるいはその発注者からの十分な報酬もあまり望めないというようなものである。一般的に言って、最良の物は、こんなふうに作られるのであるが、そうでなければ、とくに制作時間も短く、状況も不利なときに、大聖堂や共同墓地に端から端まで絵を描くというような、大きな目的を達成する熱意と誇りのうちに仕上げられるのである。

そして、ラスキンにとって、このような大画面の最高の例は、チントレット（一五一八-九四）が僅かに三年間でほとんど独力で描き上げたという、そしてラスキンが「チントレットの最大の作品で、そして純粋で雄々しく老練な油絵の、世界中でもっとも驚異的な一点」とたたえる、大会議室の正面の壁をうずめつくす『天国』（一五八八-九〇）の絵だったのである。

さて、ラスキンは、このように、チントレットを高く評価するのである。まことに、ラスキンの色彩のための色彩の説は、サン・マルコ寺院のモザイクからばかりでなく、絵画では、彼が色彩が不純だと非難するチシアンからではなく、このチントレットからも出ているといってよいのである。とすると、チシアンから出るペイターの芸術のための芸術の説は、このチントレットから出るラスキンの色彩のための色彩の説を受け継ぐものだといってよいのである。この問題を次節で考えてみよう。

五　芸術のための芸術

I

さて、ペイターの芸術のための芸術の説は、ラスキンからばかりではなく、ジョン・キーツ

（一七九五―一八二一）やチャールズ・ラム（一七七五―一八三四）からも影響を受けているのである。実際、ペイター自身、彼のチャールズ・ラム論の中で、ラムについてこう述べているのである。

彼は散文を書くことにおいて、キーツが詩を書くことにおいてするのと同じように、芸術それ自身のための芸術の原理を実現している。

ところで、本節の主題である、ラスキンの説がどのような過程を経てペイターの説へと発展したのかという問題は、ペイターの説とキーツやラムの説との関係を解明することによって、おのずから明らかになるであろう。それでは、この、ペイターの説とキーツやラムの説との関係とは、いったいどのようなものであろうか。最初にこの問題を考察しておこう。

この二人のロマン派とペイターとの関係は、ほかにもいろいろあるであろうが、ここではその一例をあげるにとどめる。まず、キーツとペイターの関係から見ると、キーツが「ギリシアの壺に寄せるオード」（一八一九）を結んで、「美は真にして真は美なり」というところを、ペイターは、文体論で「すべての美は結局のところ真の精妙さにすぎない」と言って、キーツが美を真と同一視するのに対して、ペイターは美を真より上位に置こうとするのである。こんどはラムとペイターの関係で、ラムが「老年退職者」の結語として、「人間は働いている間は自分の本領の外にあるのだと、わたしは本心から信じている。わたしは観照的な生活のほうに完全に味方する」

と言うのを、ペイターはワーズワス論のやはり結語の部分で、「人生の目的は行為ではなくて観照——為すことから区別された在ること——であるということは・・・なんらかの形で、より高次の道徳の原理である」といって、ラムが単にエッセイの酔狂として述べているものを、大真面目に理論立てようとするのである。要するに、キーツやラムが自分の立場を十分に意識することなしに述べていることを、ペイターは、自分の芸術のための芸術の理論の方向へ持ってゆこうとするのだといってよいのである。そしてこの、キーツとラムからペイターへの立場の移り変わりを、何よりもよく例証するのが、ヴェニス派の画家チシアンの名画『バッカスとアリアドネ』（一五二〇—二三）に対する、前二者から後者への理解の仕方の変化なのである。以下、この点を、少し詳しく見てみることとしたい。

フェラーラのエステ家の依頼で描かれた、このチシアンの名画は、同家の没落後は、一七九六年までローマにあったが、一八〇六年にイギリスに渡り、一八一六年に英国協会で展示される。そののち一八二六年にナショナル・ギャラリーに入り、今日に及んでいる。そしてキーツがはじめてこの絵を目にするのは、この英国協会での展示のときである。そのとき、彼はこの絵から大変大きな感銘を受け、この絵のイメージを彼の詩のいたるところにちりばめることになるのである。この絵は、もちろんヴェニスそのものではなく、ただヴェニスから来たものだというにすぎないが、ヴェニスへ行ったことのないキーツにとっては、この絵を目の当たりに見たことは、はじめてヴェニスを見たにも等しい感激事であったろう。

チシアン『バッカスとアリアドネ』

さて、チシアンの『バッカスとアリアドネ』は、彼のいわゆる「詩想画」の中でも、もっとも詩想豊かな絵の一つで、ここには、過去、現在、未来にわたる、込み入った物語が描かれているのである。このうち、未来の物語に当たる、バッカスとアリアドネの結婚後に彼女に与えられることになっている、クノッソスの宝冠をかたどる九つの星——彼女の頭上はるかに輝く（一つ足りないが）八つの星を見よ——にまつわる物語はしばらくおくとして、ここではまず、この絵の過去と現在の物語について、まとめておきたいと思う。

i 過去　まず、画面左端のアリアドネに目を向けよう。アテネの王シーシュースによってナクソス島まで連れてこられたクレタ島の王女アリアドネは、朝目を覚ますと、隣に寝ていると思っていた彼の姿が見えない。彼女はしどろの体《てい》で彼を探しに浜辺までさまよい出たところである。彼女を置き去りにしたシーシュースは、海上はるかかなたの水平線上に、彼を乗せた船の帆影とともに消え去ろうとしている。彼女の上げられた右手は、彼に帰るようにと差し招いているように見える。彼女のうしろの黄金色の布とその上のつぼは、彼女が丸めたままにして家に残してきたシーツと蹴飛ばしてきたつぼを表わすのであろうか。もしそうだとすれば、この部分もまた、見る者の心を過去の出来事へと導くであろう。

ii 現在（1）　ゼウスに焼かれたセメレーから生まれた葡萄酒の神バッカスは、いま従者たちの行列を引き連れて、インドから凱旋して帰ったところである。こういう意味で、この部分は、見る人の想像力を彼のインドでの活躍振りへと導くかもしれない。バッカスの戦車を引く、豹のように見える動物が、もしインド・チータであるならば、あるいは、ある批評家が形容するように、バッカスの翻す銀と真紅の衣が、もし彼のインド「征服の旗」であるならば、なおさらそうであろう。しかし、ここでは、そのような想像的作業は抜きにして、ただこれを一箇の視覚的図像として見るにとどめよう。と、バッカスを先頭にサテュロスたちや巫女たち、さては小児までが、酔っ払って、千鳥足の行列をつくる。サテュロスたちは蔦を巻いた杖を持って山羊の足を振り上げたり、蛇を体に巻き付かせたり、巫女たちは、タンバリンやシンバルを勢いよく打ち鳴らしたり、小児は、吠え立てる小犬の前で山羊の頭を引っ張ったりと、各人各様のポーズである。そして一番最後に、バッカスの養父シレノスが驢馬《ろば》の背の上で酔っ払い、眠りこけながらついてくる。これは、われわれが実際に目の前に見る、紛れもない現在の出来事として描かれているのである。

iii 現在（2）

従者たちを従えて先頭の戦車に乗るバッカスは、いまや美しいアリアドネが浜辺をさまよっているのを見ると、矢庭に戦車から飛び降り、彼女を追おうとする。彼女のシーシユースに注がれた目は、いまやバッカスのほうへ向けられる。こうして、二人の視線は合い、二人の愛は成立するのである。心なしか、彼女のほおは紅に染まっているようにも見える。そしてこの地上の出来事は、天上に映し出される。バッカスの頭上にある、彼の頭部と右肩の輪郭線をかたどる積乱雲と、アリアドネの頭上にある、彼女の頭部と上げた右手先と肘の輪郭線をかたどる積乱雲とは、水平の細い層雲によって結びつけられているからである。

さて、こんどはいよいよ、キーツとラムのこの絵の扱い方を見る番である。まずキーツから始めると、彼がもっとも大掛かりにこの絵の主題を扱うのは、『エンディミオン』（一八一八）の最終巻である第四巻においてである。そしてそれは、月の女神に憧れて地上をさまよい海底にまで下った揚句、故郷のラトモスへ帰ったエンディミオンが、そこで会った月の女神の化身であるインド娘から聞く話の体裁を取る。彼女はこう語り始める。

「そしてわたしが坐っていたとき、薄青色の丘を越えて
酒盛をする人びとの騒音が聞こえてきた。
紫色の小川が広い河になった——
それはバッカスとその仲間だった。
懸命なラッパが鳴り響き、美しい振音が
打ちかわすシンバルから楽しい調べをつくりだした——
それはバッカスとその一族だった。
流れる葡萄酒のように彼らはやって来、
緑の葉を冠にいただき、顔をすっかりほてらせて、
みんな楽しい谷間を通って狂おしく踊りつづけた、
・・・
車のなかに高々と若いバッカスは立ち、
木蔦を巻きつけた杖をもてあそび、踊りの気分で、

横向きになって笑っていた。
そして真紅の葡萄酒の小川は、ヴィーナスの
真珠の歯の口づけにふさわしい彼のふくよかな
白い腕と肩を染めた。
そして彼の傍にはシレノスが驢馬に乗って、
酔いどれて酒をあおりながら進むあいだ、
花々を投げつけられた。」

人物たちの持ち物や所作など、細かい点では絵と異なるところがあるとはいえ、これは紛れもなく、上述のii現在（1）の絵の描写に該当するだろう。もっとも、ここにはまた、近づく彼らの行列を「紫色の小川が広い河になった」とか、「流れる葡萄酒」とかにたとえたり、バッカスの体を紅に染める葡萄酒の働きを「真紅の葡萄酒の小川」になぞらえたり、あるいはバッカスの白い腕と肩を「ヴィーナスの真珠の歯の口づけにふさわしい」と形容したりするなど、詩ならではのイメージも加わっているとはいうものの。

それから、この行列に加わり、インドからラトモスまでやってきたというインド娘は、その間に行列の人物たちと会話を交わしたことを述べたのち、最後に道中で目にしたいろいろな動物の

ことを述べ終わると、旅行の道筋のことで彼女の話を結ぶのである。それは、彼女の旅行の順序にしたがってではなく、回想の順序にしたがっているので、エジプトから始まり、インドに終わっているのである。

わたしはオシリスのエジプトが葡萄の花輪の
冠の前にひざまずくのを見た。
わたしは熱気にあえぐアビシニア人が目を覚まして
シンバルの音に合わせて歌うのを聞いた。
わたしは勝ち誇る葡萄酒が昔のどうもうな
ダッタン人を酔いしれさせるのを見た。
インドの王たちは宝石の王冠を下に置いて、
彼らの宝庫から真珠のあられをまき散らす。
大神ブラーマは神秘な天上からうめき、
僧侶たちもみなうめき声をあげる。
そして若いバッカスの一瞥に顔色を失う。
・・・

こころみにこのバッカスたちの旅の道筋を実際の順序に戻して、これを地図の上で確かめてみると、インドから西方の小アジアのラトモス山へと進む彼らは、まず北上してダッタン人の国を通り、こんどは南下してアビシニア（現在のエチオピア）に達し、ふたたび北上してエジプトを通り、少し戻り気味に目的地へと、ジグザグに遠回りをしながら進んだことになる。ともあれ、ここはラトモス山でナクソス島ではないが、これは、上述のii現在（1）の冒頭で示唆した彼らのインドからの凱旋の旅を敷衍して描いたものであろう。とすると、結局、キーツは、上述のii現在（1）ばかりでなく、その冒頭で示唆したものをもさらに発展させて述べていることになる。そこで、もしこれに上述のiii現在（2）に当たる、「眠りと詩」（一八一六―一七）の次の二行半

・・・バッカスが戦車の中から
速やかに飛び降りようとしたとき、彼のまなざしが
アリアドネのほおを赤らませるように見えたこと。

を加えるならば、キーツは、上述のi過去に当たるものを除いては、この絵の詩想をことごとく――しかもときにはこれをさらに十全なものにして――扱っているということになるのである。

こんどはラムの場合であるが、彼のこの絵の批評は、『続エリア随筆』（一八三三）中の一篇「近代芸術作品における想像力の貧弱さ」の中に見いだされる。これは二節から成り、全部挙げると

かなり長くなるので、そして第二節はほぼ第一節の論旨の要約でもあるので、ここでは第一節を引くにとどめたい。

チシアンがナショナル・ギャラリーの『アリアドネ』におけるあの驚嘆すべき二つの時間の結合において成し遂げたことに——匹敵することは要求しないが——なんらかでも類似するものが、現代美術にあるだろうか。ぶどう酒以上の新しい情熱に酔い、荒地をたちまちにまた賑やかにし輝かしくしながら、よろめくサチュロスの群に取り巻かれてまっしぐらに、火のなかで生まれたバッカスは火のようにクレタ人に身を投げかける。これが現在の時である。これだけの物語をすれば——芸術家、しかも非凡な芸術家は、十分誇りに思うことができるかもしれない。・・・しかし、チシアンは想像的精神の深淵《しんえん》から過去を呼び起こして、それを現在とともに、一つの同時的な効果に寄与させたのである。荒野はことごとく彼の従者たちの狂おしいシンバルの音で鳴りひびき、神の出現と新しい贈り物のために輝きわたっているのに、アリアドネはバッカスに気がつかないのか、あるいはなにかつまらない行列をただなにげなくながめているかのように——彼女の心はまだシーシュースから離れないで——夜明けに目が覚めてみると、アテネ人を乗せていった船の帆の最後の影が寂しく目に入ったときに劣らぬほどの心の寂しさとほとんどそれと同じほどの土地の孤独に捉われながら、今もなお寂しい浜辺をさまよっているのである。

ここには、上述のii現在（1）とi過去が強調されているが、iii現在（2）は完全に無視されていることが分かるであろう。ラムがこの絵の題を『バッカスとアリアドネ』とする代わりに、ただ『アリアドネ』としているのは、このゆえであろう。こうして、キーツとラムは、この絵で強調する部分を必ずしも同じくしないとはいえ、この絵の詩想を強調する点では、完全に一致するのである。

ところで、この絵は詩想の点ですぐれているばかりではない。それはまた、色彩の点も際立っているのである。それゆえ、この絵の色彩を賛美した画家は、古来、イギリスにも少なくないのである。そのうち、一、二の例を挙げるならば、サー・ジョシュア・レノルズ（一七二三－九二）は、すでにローマでこの絵を見て、その「色彩の調和」をたたえたし、サー・トマス・ロレンス（一七六九－一八三〇）も、この絵が英国協会で展示される以前にロンドンでこれを見て、その「色彩の輝かしさと力強さと新鮮さ」に打たれたのである。こうして、結局のところ、キーツとラムがこの絵の詩想に取り付かれたのに対して、この絵のこのような色彩の美しさに魅せられたのが、ほかならぬペイターだったのである。

II

ペイターは、彼の芸術論の総括ともいうべき、『ルネサンス』（一八七三）の「ジョルジョーネ派」（一八七七）の序論で、本質的な絵画的特質として、素描と彩色を挙げているのである。ところで、これらの二つの特質は、そのそれぞれのもっとも典型的な代表者として、われわれにミケランジェロ（一四七五－一五六四）とチシアンを想起させるであろう。このことについては、まず、コウルリッジが『哲学講義』の中で引いている、次のような、チシアンについてのミケランジェロの言葉を聞いてみよう。

人間は自然と同様に、もっとも強力な作因、すなわちすべての点で情熱と結びついた色彩という作因によって、もっとも強力に働いたがゆえにのみ画家と呼ばれるにふさわしいのだ。しかし彼が素描すること、下図をつくることを習わなかったということ、描線の力にもっと注意を払わなかったということは、遺憾なことだ。

さて、ペイターはコウルリッジ論の中で、自己の相対精神をコウルリッジの絶対精神から区別しているが、相対主義者ペイターは絶対主義者コウルリッジが是認して引いているミケランジェロの彩色と素描の明確な区別を軽視し、素描を彩色に近づけようとするのである。すなわち、ペイターは素描を、ミケランジェロのそれとは異なり、この絵の「木々の枝によって・・・空中にたどられる唐草模様」のように、ただ事物の色面と背景との間に見られる仮想的な線にすぎないとするのである。こうして、ペイターは、この意味での素描が、彩色とともに、まず第一に感覚を喜ばせなければならないと説くのである。そして次のようにつづける。

その第一義的な様相においては、偉大な絵画は、壁か床の上で偶然数秒の間戯れる日光と影以上にわれわれに明確な使命を持っていないのだ。それ自身としては実際、色彩が東方の絨毯《じゅうたん》において捉えられたような、しかし洗練されて自然そのものよりはもっと微妙に精妙に扱われた、このような落ちた光の空間なのだ。そしてこの第一義的本質的な条件が満たされるとき、われわれは、上昇する細かい段階を経て絵画に詩が入ってくるのをたどることができる、たとえば、最初はわれわれがただ抽象的な色彩を見るにすぎない日本の扇絵から、それからほんの少し混ざった花の詩の感じ、それからときおり完全な花の絵と、そういうふうに進んで、最後にわれわれは、チシアンにおいて彼の『アリアドネ』の詩を・・・得るに至るのだ、

ペイターはここで、チシアンの『アリアドネ』のような偉大な絵画の「第一義的本質的な条件」は、単なる色彩であって、詩はそのずっとあとに来るもの、結局第二義的なものにすぎないと説くのである。とすると、ペイターは、キーツとラムに自説を負っていると述べているけれども、またここでラムにならってこの絵を単に『アリアドネ』と呼んでいるけれども、キーツとラムがこの絵の詩想を強調するのに対して、ペイターはその色彩を重要視することになるのである。こ

の点で、ペイターの芸術のための芸術の説は、キーツとラムの説よりもむしろラスキンの色彩のための色彩の説に近づくであろう。結局、ペイターの説は、キーツとラムの説を否定して、ラスキンの説と合体することによって成立するのだといってよいのではなかろうか。

ところで、ラスキンが理想の芸術として建築を挙げるのに対して、ペイターは音楽をすべての芸術の目ざす究極の芸術として重んじるのである。ラスキンの色彩のための色彩の説がサン・マルコ寺院やドゥカーレ宮のような建築から出るとすれば、彼の芸術のための芸術の説は、音楽重視の上に立つといってよいのである。なぜなら、芸術のための芸術の説は、人生のための芸術の説が芸術の内容、芸術が何を表現するかに重きをおくのに反して、芸術の形式、芸術が内容をいかに表現するかを重んじるのであり、音楽は芸術のための芸術の説にとってかっこうの芸術だからである。ペイターの有名な定言「すべての芸術は絶えず音楽の状態にあこがれる」は、こうして生まれるのである。ペイターはこの定言を解説して、次のように言う。

なぜなら、すべての他の種類の芸術では内容を形式から識別することができ、知力がつねにこの区別をすることができるが、これを抹殺しようとするのが芸術の不断の努力である。たとえば詩の単なる内容、その主題、すなわちその与えられた事件あるいは状況——絵画の単なる内容、一つの事件の実際の状況、一つの風景の実際の地形——は、形式、取り扱いの精神がなければなんの値打ちもないものだということ、この形式、この取り扱いの様式が目的それ自体になり、内容のすべての部分に浸透すべきだということ、このことはすべての芸術が絶えず求めるべく努力し、さまざまな程度になしとげるものなのである。

こうして、内容が形式の中に吸収される音楽を最高の芸術とするペイターの芸術のための芸術の説は、人生のための芸術の説とは異なり、芸術の内容の持つ道徳性を軽んじることになるだろう。しかし、ペイターによると、芸術は、道徳ではないとしても、一種の処世の智恵を与える力を持つという。そして彼はそれを重んじるのである。彼のワーズワス論における次の言葉は、その一例であろう。

詩人の任務は道徳家のそれではない。そしてワーズワスの詩の第一の目的は、読者に一種独得の快楽を与えることにある。しかし彼の詩を通して、またその中のこのような快楽を通して、彼は実際に実践的な事柄における異常な知恵を読者に伝えるのだ。

ペイターが『ルネサンス』の結語で説くのは、まさにこのような処世の知恵としての芸術のための芸術の説なのである。ペイターはそこで人生のはかなさを説き、それに処する処世の知恵を列挙したのち、次のようにその議論を締めくくるのである。

このような知恵のうちで、詩的情熱、美への欲求、芸術それ自身のための芸術の愛が、最大の利点を持つのだ。なぜなら、芸術は通り過ぎるあなたの刹那《せつな》に、そしてその刹那のためにのみ、最高の特質以外のなにものも与えないと率直に申し出ながら、あなたのところへやってくるからだ。

ところで、われわれは上で、ラスキンの色彩のための色彩の説は、サン・マルコ寺院やドゥカーレ宮、とりわけチントレットの『天国』の絵のような、すべてヴェニスにあるものに由来するが、ペイターの芸術のための芸術の説は、もっぱらロンドンのナショナル・ギャラリーにあるチシアンの『バッカスとアリアドネ』に依っていることを述べた。それでは、ペイターは、何度もヴェニスへ行ったラスキンとは異なり、実際に一度もヴェニスへ行ったことがないのであろうか。ペイターはイタリア旅行をしたことはあるが、ヴェニスへは行っていないようである。ペイターは「ジョルジョーネ派」の序論で、いかにもヴェニスの風景を見て知っているかのように、こう述べている。

ヴェニスの風景は・・・その物質的な状態において、固いあるいはきびしく明確なものを多分に持っているが、ヴェニス派の巨匠たちはそれを大して重荷に感じていない様子であった。彼らはそのアルプスの背景の、涼しい色彩や静かな線のような、いくらかの抽象化された要素だけを保持し、風に揺れる褐色の小塔、麦わら色の畑、木々の唐草模様のような、その実際の細部を用いるのだ。

しかし、実際ここに出る、抽象化されたアルプス、風に揺れる褐色の小塔、麦わら色の畑、そして上でも述べた木々の唐草模様のイメージは、ことごとくこの絵の背景に見いだされるものなのである。とすると、この序論におけるペイターの議論は、ヴェニスの風景論に至るまで、ほとんどすべてこのロンドンにあるチシアンの名画に負っているといえそうではないか。この絵こそ、ヴェニスへ行ったことのないイギリス人にとっては、まさしくイギリスにおけるヴェニスともいうべきものだったのである。

第五章

ヴェニスの夢　ディケンズとロレンス

一　ヴェニスの夢

ここで話は前章を飛び越えて前々章にさかのぼる。本章の最初のテーマであるディケンズの『絵になるイタリア』（一八四六）は、前章の最初のテーマである、一八五一年から一八五三年にかけて出版されたラスキンの『ヴェニスの石』より少し以前に出ているからである。さて、その前々章で、われわれは、シェリーがその最後の締めくくりとして、ヴェニスを「夏の夜の夢」のイメージで描こうとしたことを述べた。ところが、ここでは、ディケンズは、ヴェニスを、夏の夜の夢に限るわけではないが、やはり夢として、それも「すばらしい夢」として、描こうとしているのである。ディケンズは、のちにも、ヴェニス旅行の話の出る、『リトル・ドリット』（一八五七）と題する長篇小説を書いているが、これは後に回すことにして、この旅行記の中のヴェニスの章から始めることにしたい。それは、彼のほとんど一年間にわたるイタリア旅行の輝かしい成果の一つで、文字通り「イタリアの夢」と題される、ヴェニス賛美の章である。

なるほど、ここにも、バイロンやシェリーの詩におけると同様に、没落後のヴェニスを見て悲嘆に暮れる場面も、あるにはあるのである。ヴェニスを地中海に雄飛させることを可能にした、あの有名な造船所が、いまは槌《つち》の音も絶え果てて、「それは海上に漂流するのが見つかった難破船そのもののように見えた」と、彼の嘆くのが、その一例であろう。また、やはり両詩人の場合と同じように、ヴェニスの将来の成り行きを憂えるくだりも、ないわけではない。それは、ひしひしとわれわれの胸に迫る、次のような、その章の結語である。

・・・波止場や教会、大邸宅や牢獄のすぐ近くまで、その壁を吸い、都市の人知れぬ場所までわき出して、水は絶え間なくはいまわる。それは、老いた蛇のように、音もなく用心深く、そのまわりにいく襞《ひだ》にもぐるぐるとぐろを巻き、その女主人になることを要求してきた古い町の石を見ようと、人びとがその深みをのぞきこむときを待っているようだった。

しかし、なんといっても、一章全体を貫く論旨の基調は、表題の示すとおり、ヴェニスをイタリアの夢として見ようとする立場を、ほとんど一歩も出ることはないのである。

夜、わたし（ディケンズ）を乗せた黒い船（ゴンドラ）は、海上はるかに見える大きな灯火に向かって漕ぎ出す。それは、近づくにつれて輝きを増し、始めは一つであったものが、ちらちら輝くいくつかの灯火になる。色を塗った柱の標識が立つ「夢のような路」に沿って海を進むうち、やがてわたしは「わたしの夢の中でさざ波が立つ音を聞いた」。海の中の墓地（サン・ミケーレ島）に近づいているからだった。海の中に墓地があるのを不思議に思って、振り返って見ていると、それは突然見えなくなる。もうわれわれは、水の上に家が両側に立ち並ぶ、狭い路地（小運河）に入っているのだ。窓からの光で黒い川の深さが分かる。漕ぎ手（ゴンドリエーレ）は、急な角を回ったり、対向船をよけたりして、巧みに舟を操る。途中の舟のつないである邸宅の中からは、華やかに着飾った人が出てくるのが見える。が、次の瞬間、低くて船に密着する橋がそれを遮る。「夢を惑わす多くの橋の一つだ」。

以上は、章の書き出しの部分のあらまし（カッコ内と傍点は筆者のもの）である。これから話は大運河の遊覧になるのであるが、ここではこの話は省くことにして、他日の昼間の同じ大運河遊覧の話を取り上げたい。こんどは、これを引用によって示そう。

そこで、わたしの夢のさ迷う空想の中で、わたしは、老いたシャイロックが、上にぎっしり店が立ち並び、人びとの話し声で賑やかな橋の上をあちらこちらと歩きまわっているのを見た。わたしがデズデモーナの姿として知っているように思った人の姿が、前かがみになって格子作りのよろい戸の間から花を摘んでいた。そして夢の中でわたしは、シェイクスピアの霊が都市の中をさまよって水の上のある場所に現われたのだと思った。

ここには、バイロンの場所と同様に、シャイロックが、そしてバイロンのムーア人（オセロ）の代わりに、デズデモーナが、呼び出される。ここにシャイロックが行き来する橋とあるのは、その上に店が立ち並び、人びとの話し声で賑わっている点で、『ヴェニスの商人』の一方の舞台になるリアルトに架かる橋、あのリアルト橋であることは、明らかである。またデズデモーナがよろい戸の間から花を摘むという家は、古来デズデモーナの家と呼ばれてきた、サンタ・マリア・デラ・サルーテ教会のほぼ対岸にあるコンタリーニ・ファザン荘を念頭に置いたものだと考えられる。この館は、バルコニーの特異な美しさで知られているが、実際、今日のわれわれも、そのバルコニーを見ていると、その上に置かれた植木鉢の花が車輪の透かし模様を通して見え隠れし、それを摘みにいまにもデズデモーナの姿が現われるのではないかと、ディケンズならずとも、思いたくなるのである。

ともあれ、こうして、ディケンズは夜となく昼となく運河巡りを続ける。まことに、それは、わが国の浦島太郎の竜宮城のお伽噺《とぎばなし》さながらに、ディケンズにとっても、「ただ珍しく面白く月日の立つのも夢のうち」の生活だったのである。ディケンズは言う。

すばらしい驚異に満ちた、このようなまれに見る夢の中で、わたしは時間というものをほとんど気に留めなかったし、時間の立つのもほとんど知らなかった。しかし、ここにも昼と夜というものはあった、そして日が高いとき、また灯火が流れる水にゆがんでうつるとき、わたしはいつも水に浮いているような気がした、わたしの黒い舟が潮流の上を運ばれて水路を滑るように走るとき、潮の粘着物ですべすべする家の壁をぴしゃぴしゃ言わせながら。

ときどき、運河を巡りながら、教会や大きな館に立ち寄り、部屋から部屋へ、側廊から側廊へと回って、昔のヴェニスを生き生きと甦らせる絵画に感嘆する。そしてそれを見終わると、大理石の階段を降りて舟に戻り、「私の夢を見続け」るのである。

さて、以上要するに、ディケンズのヴェニスの夢は、ゴンドラの中で結ばれる水の上の夢である、それでは、ヴェニスの名所としてどこよりも名高いサン・マルコ寺院やドゥカーレ宮や二本の石柱など、地上の建造物についてはどうであろうか。ディケンズは、それらについても、述べるには述べているのである。しかし、それらは、ディケンズ自身の言う、「この夢の中でわたしに突然現われた昼間の栄華」に属する領域である。そしてこの領域では、彼は、たとえばドゥカーレ宮の回廊を「妖精の手になる作品」と形容するように、いまだ、ラッドクリフ、バイロン、シェリーの域を多く出ていないのである。彼は、この三人の先輩たちとともに、ドゥカーレ宮を遠くから眺めてそう形容しているにすぎないのである。ラスキンのように、もっと近くへ寄って、その列柱の一本一本を丹念に調査し、実証的にその魅力のカギを解くというわけではないのである。

とすると、結局、この旅行記におけるディケンズのヴェニスは、水の上はシェリー的な夢のイメージで、そして陸の上は、ラッドクリフ、バイロン、シェリー的な妖精のイメージで描かれる、夢と妖精のロマン的な世界だということになるのである。しかし、ディケンズは、この彼の若き日のロマン的世界に長くとどまることはできないのである。それでは、彼のヴェニス観は、そのちどのような変遷を遂げるのであろうか。次に、この点を彼の後期の小説『リトル・ドリット』について見てみることにしよう。

二 『リトル・ドリット』

『リトル・ドリット』は、当時ロンドンのサザックにあったマーシャルシー監獄の場面から始まる。この監獄は、ディケンズの父がそこに入れられていたという関係もあり、その描写は彼がもっとも力を入れたもので、小説中もっとも生彩に富む部分である。背が低いのでリトル・ドリットと呼ばれる主人公エイミーは、彼女の父ウィリアムが借金のために長年入れられていたこの監獄で生まれ、兄や姉の誰よりも父思いの娘として成長する。ところが、やがてドリット一家の運命は一変するのである。予期もしなかった遺産が一家に転げこむからである。極貧の状態からにわかに大金持になったウィリアムは、その新たに得た財力を誇示する第一歩として、トラヴェリング・チューター格のジェネラル夫人を始め、一族郎党を引きつれてのグランド・ツアー張りの大陸旅行を企てることになるのである。一行は、フランスからスイスへ渡り、そこの山々を観光したのち、大セントバーナード峠を越えてイタリアへ入る。一行のヴェニス生活の情景が実際に現われるのは、彼らがここに滞在することになる、ローマに出発する以前の二、三ヶ月という短い期間にすぎないのである。

さて、ヴェニスに着いた一行はばらばらになるが、ドリット一家は、マーシャルシー監獄全体の六倍もある、大運河に面した大邸宅に陣取る。家族の他の者たちは早速陽気な生活を始めるが、エイミーだけはそれに加わることをためらって、ひとりにしておいてほしいと言う。ときどき、彼女は、こうるさい侍女の目を逃れられるときには、戸口の色を塗った柱につないであるゴンドラに乗って、この不思議な都市をぐるっと見て回ろうと思い立つ。

他のゴンドラの中の社交的な人びとは、いま自分たちが通りすぎた、舟に坐って自分のまわりをとても悲しそうに不思議そうに眺めながら、両手を組んでいる小柄な孤独な少女が誰なのかを、たがいに尋ね始めた。自分や自分の仕草を注意深く観察してもなんの役にもたたないだろうと考えながら、リトル・ドリットは、にもかかわらず、静かな、おびえたような、当惑したような様子で、都市をまわった。

前の旅行記に描かれた、ゴンドラの中での「すばらしい夢」は、いったいどこへ行ってしまったのだろうか。それは、同じゴンドラの中の彼女には、跡方もなく消えてしまったのである。エイミーの孤独なイメージは、さらにつづく。こんどは、舞台は、大運河の上に架かる、邸の最上階にある彼女の部屋のバルコニーである。彼女が小さな体をバルコニーのどっしりした手摺りにもたせかけて外を眺めているところを、ゴンドラに乗った人びとが仰ぎ見て、あそこにはいつも小さなイギリス人がひとりでいる、と言って通っても、彼女は少しも臆する気配がないのである。

彼女は、日没が紫と赤の長い低い線を描き、その燃えるような輝きが空高くに現われるのを、じっと見ているのだった。それは建物の上に照りつけその構造を明るくしたので、まるでその強固な壁が透明になって、内部から輝くように見えた。

ここには、リド島からとバルコニーからとの違いこそあれ、シェリーのジュリアンが見たのと同様の、ヴェニスの空を焦がす紫と赤の夕焼雲のイメージがある。しかし、ジュリアンの場合は、これを見たのち、「夏の夜の夢」の境地に入るのであるが、彼女の場合はどうであろうか。彼女は、その華やかな夕焼けが消えるのを待つことをやめて、客たちを音楽とダンスの会へ運ぶ眼下の黒いゴンドラを見、それからこんどは、目を上げて空に輝く星を見る。すると、ふと、これらの客たちの中にこの星に照らされた昔の自分の仲間がいるのではなかろうか、と思ったりもするのである。今ごろそんな昔のマーシャルシー監獄の木戸口を思ったりするなんて。

彼女は、あの昔の戸口、そして真夜中にそこに坐っている自分・・・そして他の場所、そしてそういういろいろな時代と結びつく他の場面について考えるのだった。そしてそれから彼女はバルコニーにもたれかかって水を見下ろし、まるでそれらのものがみなその下に横たわっているかのように思うのだった。彼女はそう思いながら、水の流れるのをじっと見つめると、まるで漠然とした幻想の中で、水が乾いて、ふたたび監獄と彼女自身と昔の部屋と昔の住人と昔の訪問者をふたたび彼女に見せてくれるかのように思うのだった。そういうものはすべて、けっして変わることのなかった永続的な現実だったのだ。

彼女がヴェニスに滞在中に一貫してこの町に見るのは、まさにこの彼女が昔過ごしたマーシャルシー監獄のイメージにほかならないのである。

さて、こうして、エイミーは、恋人クレナムにヴェニス滞在の模様を知らせる手紙を書いたり、ジェネラル夫人と会談中の父ウィリアムのところへ呼び出されておずおずと入っていったり、姉のファニーと一緒にゲットーにある画家ゴーワン夫人の家を訪ねたり、或いは姉と二人で議論に花を咲かせたりするうちに、ヴェニス滞在の期間は終わりに近づく。そして最後のパーティーが開かれることになるのである。このヴェニス滞在の間には、彼女がヴェニスをマーシャルシー監獄にたとえる言葉は、彼女の恋人への手紙にも見られるが、その総結論ともいうべきものは、このパーティーの後の、そして一行がいよいよローマへ立つ前の、彼女が自分の心境を述べる一節である。これはかなり長いものであるが、以下にこれを引用しよう。

彼らが住んでいたこの同じ社会は、より高級なマーシャルシーに大変よく似ていたと、リトル・ドリットには思われた。人びとが監獄に入ってきたのとかなり同じように、沢山の人びとが外国からやって来たように思われた。借金のために、怠惰のために、親族、好奇心、そして一般的に家庭でうまくやって行けないことのために、である。ちょうど負債者が監獄に入れられたように、彼らは供の者やその土地の従者に守られてこれらの外国の町々へ連れてこられたのだ。彼らは教会や美術館を、昔の索漠とした監獄の庭と同じように、さまよい歩いたのだ。彼らは大抵の場合、明日か来週にはまた去って、めったに自分自身の心を知らず、また自分たちがしたいと言ったことをせず、あるいは自分たちが行きたいと言ったところへ行かないのだ、すべてこの点でも監獄の負債者に大変よく似ているのだ。彼らは宿泊設備のために高い金を払い、場所が気に入ったような素振りをしながら、それを軽蔑したのだ、それはまさしくマーシャルシーの慣習だったのである。彼らは、立ち去るときには、去りたくないふうを装って、後に残された人びとにうらやまれたのだ。そしてそれはまたいつも変わらず、マーシャルシーの習慣だったのである。大学や監獄に付属する酒場におけると同様に、旅行者の間に使われる、一そろいの語や成句が、いつも彼らの口に上るのだった。彼らは、囚人たちがいつもそうであったのとまったく同じように、なにごとにも腰を据えてかかる能力を欠いていたのだ。彼らはむしろ、囚人がいつもそうだったように、次々に堕落してゆくのだった。そして彼らはだらしのない服装をして、不精者の生活に陥るのだった、やはりいつもマーシャルシーの人びとのように。

さて、『リトル・ドリット』におけるエイミーのヴェニス挿話は、小説の中のほんの僅かの部分を占めるにすぎない。しかし、開巻の重要なテーマであり、かつまた小説全体の中でももっとも生彩に富んだテーマであるマーシャルシーのイメージを、彼女自身と同様に読者にも想起させるという点で、小説の中で重要な役割を演じているのである。この意味で、このエイミーのヴェニス挿話は、次に述べるであろうD・H・ロレンス（一八八五―一九三〇）の『チャタレー夫人の恋人』（一九二八）における巻末のコニーのヴェニス挿話を、先取りするものではなかろうか。それもまた、同様に短いけれども重要な、しかももっと重要な小説全体のテーマを、反復し要約するものだからである。

ところで、考えてみると、これは、内気で孤独な一人の少女の主観的なヴェニス観である。ここには、もっと客観的なヴェニス観はないのであろうか。まず、ヴェニス本島全体について見てみよう。それは、(今日でこそ音を立てて走るモーターボートの類も珍しくなくなったが、)ゴンドリエーレが静かな手さばきで漕ぐゴンドラを唯一の交通機関とする運河を街路とし、道路もあるにはあるが、このゴンドラを通すアーチ型の橋のために、騒々しい車の通行を免れているという、世界に類を見ない不思議な町である。ディケンズは、このヴェニス本島の特色を、

すべての街路が水で舗装され、昼と夜の死んだような静けさが、教会の鐘の響き、潮流のさざ波を立てる音、そして水の流れる街路の角を回るゴンドリエーレの叫び声のほかの物音によっては破られることのない、この無上の非現実性

と名づけるのである。前の旅行記の「すばらしい夢」の語は、ここでは、「無上の非現実性」の語に置き換えられているのである。

それでは、これに対して、「都市の中の孤島」と呼ばれるゲットーについては、ディケンズはどう考えるのであろうか。ゲットーの沿革については、すでにあらまし述べておいたが、ここでもう一度少し違った角度からこの点にもふれながら、この問題を考えてみよう。

一五一六年、ヴェニスに住むユダヤ人は、強制的に、市の北西部にある一つの小さな無人島に移される。ここは、以前鋳造所のあったところなので、それに因んで、ヴェニスの方言でそれを意味するゲットーという名で呼ばれることになる。これがゲットーの起こりで、新ゲットーと呼ばれるのである。ところが、ゲットーは、そののち隣接する地区に旧ゲットーと最新ゲットーが新しく加わり、全部で三つの地区から成る。が、いずれにせよ、狭い地域に多くの人が住まねばならなかったために、家は無恰好に屋上屋を架して、当時のヴェニスには例がなかったほどの高層の建物になる。長年放置されてきたその建物は、薄汚くよごれ、窓の戸もがたがたになり、窓際に置かれた鉢植の草花も雑草と一緒に伸びるに任されている。建物と建物の間を流れる運河の水も、両岸にぎりぎりに建てられた汚い建物の影を映して、思いなしか他の運河よりもよどんでいるように見える。そしてその運河の両側の建物の窓から窓へと張り渡された綱にぎっしりと吊るされた、色とりどりの洗濯物の風に翻る有様は、ゲットーの風物の一つとなっているのである。小説でディケンズが描く、ドリット姉妹の訪問先も、まさにこのようなものとしてのゲットーにほかならないのである。

二人は盛装して父の家の窓先からゴンドラに乗って出かける。訪問先のゴーワン夫人の家に近づくと、入り組んだ細い水路は「ただの溝」のようで、彼女たちの盛装は「恐ろしく場違いの」感じがしてくる。

小さな寂しい島の上の家は、他の場所から切り離されて、その葉の下に生えていた哀れな草とほとんど同じくらい手入れの行き届いていない葡萄の木と一緒に、偶然現在の錨地に流れ着いたかのように見えた。周囲の景色の特徴をなすのは、修復材料が百年も立っているように見え、それ自身が朽ちてしまったほど長い間修復中だと思われてきた、周囲に板囲いと足場のある一つの教会であり、日に干すために広げられた沢山のリンネルの洗濯物であり、奇妙な形に切られた、うじのわいた、腐ったアダム以前のチーズのように、たがいに不均等で、グロテスクに傾いた、多数の家であり、そして格子のよろい戸がみな斜めに垂れ下がり、裾を引きずるように薄汚くぶら下がった、熱病患者のような困惑ぶりを示す窓である。

ゲットーの銀行業者

さて、当時のユダヤ人はゲットーに閉じ込められるばかりでなく、また一目でそれと分かるように、帽子に黄色のまるをつけることが義務づけられる。そして冬などマントを着るときには、それを帽子につけなければならないのだが、のちにはそれが帽子そのものになり、さらに黄の帽子から赤の帽子へと変わってゆく。ところで、ゲットーのユダヤ人の主要な生業の一つは、銀行業で、金貨や銀貨が袋や壺《つぼ》に入った金庫を開けたままにして、机の上にそれを並べる、黄や赤の帽子をかぶった、ひげずらの銀行業者の姿が、もっともユダヤ人らしいユダヤ人の姿の一つとなるのである。しかし、これは、ヴェニス共和国が崩壊する一八九七年までのゲットーの話で、そののちは、ユダヤ人ばかりでなく、一般の人びとも住む住宅地に変身するのである。小説に描かれるのは、このようなヴェニス崩壊後の話で、三階に住むゴーワン夫人を訪れる二人が、途中、二階の銀行の前を通るときの場面である。ここでは、銀行員たちは、黄でも赤でもなく、緑という自由な色の帽子をかぶっているのである。またゲットーが開放されてそこにはいろいろな人びとが自由に出入りできるようになったので、開けたままの金庫に多額の金を入れておくことは、不用心であったろう。それは、机のうしろに隠されていたのである。

ディケンズは上の引用につづけて、こう言う。

その家の二階には銀行があった。・・・そこには、金色の飾り房のついた緑色のびろうどの帽子をかぶった、日干しの竜騎兵のようにやせた二人の銀行員が、ぼうぼうとあごひげを生やして、小さな部屋の小さなカウンターのうしろに立っていた。その部屋には、扉の開いたままの空の金庫、水の入った水差し、そして造花のばらの花輪のほかには目に見えるものはなにもなかったが、彼らは法の命令によって彼らの手をちょっと人の見えないところへ下げるだけで、五フラン貨幣の無尽蔵の山を出して見せることができるのだった。

「五フラン貨幣の無尽蔵の山」――この言葉は、なによりもシャイロックの豊かな富を、われわれに思い出させるであろう。シャイロックを思い出すといえば、ディケンズ自身も、前の旅行記では、大運河に架かるリアルト橋の上を行き来する「老いたシャイロック」の姿を思い出しているではないか。しかし、それはともかくとして、シェイクスピアは、シャイロックの性格を完《かん》璧《ぺき》に描き切りながら、彼の容姿や服装については何一つ述べていないのである。これに対して、ここでは、二人の銀行員の容姿や服装が、詳細に興味深く描かれているのである。とりわけ、彼らのやせた直立不動の姿勢を形容する「日干しの竜騎兵（ドライド・ドラグーンズ）」の語は、そのイメージの奇抜さと語路合わせの巧妙さの点で、注目に値するであろう。

ともあれ、これは、ディケンズがヴェニスの夢（非現実）から目覚めて見る、ゲットーの現実である。そしてこのディケンズの小説における夢（非現実）と現実の二元性が形を変えて現われるのが、われわれが次に見るであろう、ロレンスの小説『チャタレー夫人の恋人』のコニーが、それぞれヴェニス本島とラグーナの島々に見いだす、生と死のイメージの二元性にほかならないのである。

三　『チャタレー夫人の恋人』

ロレンスの小説『チャタレー夫人の恋人』は、作者の生まれ故郷である英国中部地方の、クリフォードという炭坑経営者の住居であるラグビー邸とそれに隣接する森とを舞台として、妻のコニー（コンスタンス）が下半身不随の夫である彼をよそにして、森番のメラーズと愛の日々を過ごすようになる話である。最後にコニーがヴェニスに旅行し、また事件が発覚してメラーズが森から追われるまでは、話はほとんど邸と森に集中するのである。したがって、このコニーのヴェニス挿話は、読者によってほとんど見逃されてしまうほどの短いものである。しかし、この挿話は、この小説を締めくくるものとして、けっして見逃されてはならない重要な意味を持っているのである。その意味とは、いったいどのようなものであるのか。以下しばらく、この問題について考えてみよう。

さて、この小説の目的は、これを要約すると、メラーズと森の象徴する生命の原理とクリフォードの代表する死滅の原理の対立を示し、コニーが死滅の原理を捨てて生命の原理におもむく過程をたどることにあるといえよう。それでは、この目的は、コニーのヴェニス挿話とどのようなかかわりを持つのであろうか。これがわれわれの問題である。しかし、その問題に入るに先立って、まず、この二つの原理そのものが何であるのかの問題を考えておかねばならないだろう。以下、やや繁雑になるが、これを二つの箇条に分けて、少しく詳細に考察してみよう。

(1) 生命の原理

コニーがメラーズと交わるラグビー邸の森は、文字どおり、生命の原理に支配される世界である。まず、その世界の中心に位置するメラーズの小屋と彼の裸の肉体について考えよう。コニーはある日、家政婦のボールトン夫人にすすめられて、メラーズの小屋の裏に咲いている黄水仙の花を見にゆく。ちょうどメラーズが留守なので、コニーが裏へまわると、

黄水仙はそこにあった。茎の短い花はぱらぱら音をたて、ひらひらひらめいて、震えながら、輝き、生き生きとしていた。彼らは風から顔をそむけながらも、顔を隠す場所がなかった。彼らは、その輝かしい、日のあたった花弁を、困惑しながら振っていた。だがたぶん、彼らはそうすることを好んでいるらしかった。たぶんそういう動揺を好んでいるようだった。

コンスタンスは松の若木にもたれて坐った。松の木は不思議な生命力をもち、しなやかで、力に満ち、そびえ立ちながら、彼女の背中のうしろで揺れていた。それは、そのいただきに日をうけて、直立した、生き生きしたものだった。

このメラーズの小屋は、黄水仙にせよ、松の木にせよ、なんと生き生きと生気に満ちていることだろう。

こんどは彼の裸の肉体について考える番である。それについては、体を洗う彼を、コニーが目撃する場面を取ってみよう。彼女は、彼のズボンが腰までずりおちているのを見て、幻想的な衝撃をうける。そして彼女がそこに見るのは、

美の素材でもなければ、美の実体でもなくて、一つの柔らかな光彩、手で触れられる輪郭の中に表現された、一箇の生命の、暖い、白い炎、一つの肉体

である。「一箇の生命の、暖かい、白い炎」――これはなんと強烈な生命のイメージであろう。

それでは、次に森全体についてはどうであろうか。ここでも、事情は同じである。森の木々は「生気に溢れた存在」であるばかりでなく、満開の「やふいちげの花は生命の歓喜のうちに絶叫しているよう」であり、雉《きじ》の雛は「生命、生命。純粋な、生気溢れる、恐れを知らない新しい生命。新しい生命。」と人に呼ばせるものであるなど、森は一面「生命のほとばしり」なのである。まことに、ここは、コニーがメラーズの生命力を与えられ、彼女自身、生気溢れる木になったようにも感じる舞台なのである。

のみならず、ここはまた、彼女の次の舞台である水の都ヴェニスにも似て、生命のイメージと

ともに、水のイメージでも満たされているのである。まず、生命のイメージを伴う、雨のイメージを拾ってみると、メラーズとコリーが雨の中で交わる森、そしてまた霧雨の中で「卵の神秘」に満ち、木々が「自分の着物を脱いだよう」に裸だったりという、森の描写もさることながら、二人が交わる雨の丸太小屋の描写が、圧巻であろう。雨の降る日、コニーがその小屋の入口の丸太の踏み台に腰をおろして眺めると、

周囲には古い柏の木々が立ち並び、雨に黒くぬれた、丸い、生き生きした、灰色の、力強い幹が、向こう見ずな大枝を張り出していた。

とはいえ、雨は、水のイメージではあるが、ヴェニスに限るものではない。もっと特定的にヴェニスにかかわる、やはり生気を帯びた水のイメージとして、この項の最後に、海と航海のイメージについて考えてみよう。一つは、彼女が森から帰ったある日のことである。

公園の木々は、海に錨をおろした舟が波のうえにもちあげられて、ゆらゆらと揺れているようすに似ていた。そして波のうねりのような、家への坂道も、生命に躍動していた。

そしてもう一つは、彼女が上述の生気溢れる黄水仙と松の木を見たときの、心の変化を描写す

るくだりである。

・・・ただひとりじっとしたまま、彼女は自分の本来の運命の潮流に棹さしたような気がした。停泊所の小舟のように、綱でつながれたまま、揺れたり突き当たったりしていた彼女だったが、いまや解き放たれて、漂流しだしたのである。

(2) 死滅の原理

死滅の原理は、第一次大戦に従軍して下半身不随になったクリフォードに集中する。彼は、車椅子によらなければ庭の散歩もできない「半ば死体」なのである。その彼が自動式車椅子を操るときの、やはり水の都を暗示する航海のイメージを、次に示そう。

そして車椅子は、生い茂る、青いヒヤシンスの花に浸食され、洗われている、美しい、広い道を、ゆっくりと、揺れながら、くだって進みはじめた。ヒヤシンスの浅瀬を進む最後の舟よ、なんじはいずこへとゆるやかな進路をたどるのか。静かに、満足げに、クリフォードは古風な黒い帽子をかぶり、ツイードの上着を着て、身じろぎもせずに、用心深く、冒険の車に坐っていた。おお、船長よ、わが船長よ、われらのすばらしき旅は終わりぬ。

ここには、「ゆっくりと、揺れながら」というゴンドラの進み方を暗示するイメージや、青い「ヒヤシンスの浅瀬」というゴンドラの進むラグーナを暗示するイメージもあるのである。こうして、もしクリフォードの乗る舟（車椅子）がゴンドラのイメージだとすれば、「黒い帽子」をかぶって舟に乗る彼のイメージは、ゴンドラに乗せられて、墓の島サン・ミケーレ島へ運ばれる彼の死体を暗示するイメージだということになりそうである。しかし、ここにあるのは、個人としての彼の死滅のイメージばかりではない。それはまた、人類の文明全体の終焉《しゅうえん》を予告する、なんと壮大なイメージであろう。

以上で前置きは終わり、ここで本題のヴェニス挿話に入る。話はやはりラグビー邸から始まる。迎えに来た姉のヒルダを待たせて、情熱的な最後の一夜をメラーズの森小屋で過ごしたコニーは、姉と一緒に、父のマルカム卿と落ち合う。三人は、しばらくパリに滞在したのち、夏の暑い季節だったので、スイスを通って、ブレンナー峠からイタリアへ入る。ドロミテ山塊を下ってメストレに着くと、車をそこに預け、定期船に乗ってヴェニスへ向かう。

それはうららかな夏の午後だった。浅いラグーナはさざ波を立てていた。水を隔てて彼らに背を向けているヴェニスは、いっぱいに日を受けて、かすんで見えるのだった。

一行は、駅の船着場でゴンドラに乗り換えると、暗いわき運河を通って開けた運河に入り、そこから直角に大運河に出る。大運河をぐるぐる回ってから海に出ると、こんどは長いラグーナ地帯をどんどん漕ぎ下って、ようやく目的の宿に着く。それは、ロレンスが「エスメラルダ荘」と名づける館である。

エスメラルダ荘は、とてもはるかかなたの、ラグーナの端に、キオッジアに向かって立っていた。それは大して古い家ではなかったが、海のほうに面したテラスがあり、下にはラグーナから塀で囲まれた、木々がうっそうと茂る、とても大きな庭があって、気持のよいところであった。

ここにエスメラルダ荘とあるのは、今日サン・フェリーチェ館と呼ばれている（現在は軍事用として使われている）建物であると推定される。この、ソットマリーナの尖端の木立の中にキオッジアに向かって立つ建物は、そこが今日のような夏のリゾート地として発展する以前の、まだ一面の荒廃地にすぎなかったころに建てられたもので、その正面玄関がキオッジアの波止場に向いて海岸に接しているのは、その交通がもっぱらキオッジアとの間の舟によるものであったことを、物語るものであろう。しかし、ここはまた、広漠としたラグーナ地帯を自由自在に漕ぎ回るのに、最適の基地としても役立ったであろう。

ところで、このラグーナ地帯であるが、ここには、北から南にかけて大小さまざまな四十ほどの島々が散在するのである。しかし、これらの島々は、昔はもっと沢山あったもののうちの、今日まで生き残った僅かなものにすぎないのである。これから先も島々の消失はつづくであろう。ヴェニスの港の防波堤として重要な役割を果たしているリド島やペッレストリーナ島も、その外海に接する沿岸部に築かれた石の堤防によって、僅かに余命を保っている状態なのである。こうして、かつてはヴェニスの一部としてそれぞれの任務を持っていた、これらの、今日まで生き残った島々の中にも、今は索漠とした残骸をとどめているにすぎないものも、少なくないのである。ヴェニスが現在のリアルト島に国を築く前に栄えたといわれるトルチェロ島も、今日では僅かに三十人しか人が住んでいないというではないか。なるほど、それぞれガラスとレース編みの産業を今日までなんとか維持しているムラーノ島とブラーノ島の例もさることながら、どこよりも著しい例として、観光業で栄えているリド島が挙げられよう。それについては、ロレンスも、

幾エーカーもの赤く日に焼けたあるいはパジャマを着た肉体が並ぶリドは、交尾するために陸に上ってきた無数のあざらしの群れで埋められた砂浜のようだった。・・・リドにおけるあまりにも多くの人間の手足と胴体、

と、海水浴場としてのリドの賑わいを述べているのである。しかし、リドがこのように観光客で賑わうのは、海水浴のできる夏場だけのことであり、他の季節はいかにも物淋しい孤島になり果

てるのである。

それでは、これに対して、ヴェニス本島についてはどうであろうか。ロレンスは本島についても述べているのである。彼の諷刺の利いたヴェニス賛美の饒舌《じょうぜつ》を聞いてみよう。

ここは世界の行楽地の中の行楽地であった。・・・あまりにも多くの広場の人びと・・・あまりにも多くのゴンドラ、あまりにも多くの機動艇、あまりにも多くの汽船、あまりにも多くのはと、あまりにも多くの氷、あまりにも多くのカクテル、チップをほしがるあまりにも多くの男の召使い、ぺちゃくちゃと賑やかなあまりにも多くの言語、あまりにもあまりにもあまりにも多くの日光、あまりにも多くのヴェニスのにおい、あまりにも多くの苺の積荷、あまりにも多くの絹のショール、露店に並ぶあまりにも多くの巨大な生肉の切り身のような西瓜、まったくあまりにも多くの享楽。はるかにあまりにも多くの言葉。

ここで話を、宿に落ち着いた三人の旅行者のほうへ戻そう。父のマルカム卿は二人の娘をつれて、本島へ展覧会を見にいったり、有名な喫茶店フロリアンに席を取って広場に坐ったり、あるいは劇場へヴェニス劇壇の巨匠カルロ・ゴルドーニ（一七〇七–九三）の芝居を見にいったりもするのである。しかし、父がスコットランドからヴェニスまでやって来たのは、そんなことをするためではなかったのである。

マルカム卿は絵を描いていた。そうだ、彼は、彼のスコットランド風景画と対照して、ときにはヴェニス・ラグーナ風景画なるものを作ろうと、いつも心掛けていたのだ。そういうわけで、朝になると、彼は大きなカンバスを抱えて、彼のお決まりの場所へ漕いでゆかせるのだった。

孤独なラグーナを愛することにかけては、コニーも父に引けを取らなかった。姉のヒルダは、上述のヴェニスの「享楽」に浸り、ロレンスがつづけて言うように、夜になると、ジャズに合わせて「自分のおなかをある男のおなかにくっつける」ことを好んだが、コニーはそんなことを好まなかった。そんなときには、「かわいそうにコニーは不幸だった。」

一番幸福な時間は、彼女が自分と一緒にヒルダを、ラグーナを越えて、はるかにラグーナを越えて、ある寂しい砂浜へ行かせたときだった。そこで彼女たちは、ゴンドラを砂州の内側に留めておいて、まったく二人だけで泳ぐことができたのだ。

こうして、コニーの主要な活動舞台は、父の場合と同様に、このようなラグーナにあったのである。それでは、コニーはここに、いったい何を見たのであろうか。

さて、ゴンドリエーレのジョヴァンニは、一人で彼女たちを遠くのラグーナの島まで運ぶのが大変だったので、自分の助手としてダニエレという男を雇うことにする。ジョヴァンニは自分のゴンドラのお客の婦人たちに売春するのを常としたが、それは、この場合、お客の婦人が二人だったので、もう一人お相手の男が必要だったからでもある。ところが、彼自身は、けっしてそんなことをするような男ではなかったのである。

ダニエレは美しく背が高く格好がよくて、小さな密生した薄い色の金髪のカールをした、優美な丸い頭と、少しライオンに似た男前の顔と、遠くまで見える青い眼とを持っていた。彼は、ジョヴァンニのように、感情を表わさず、おしゃべりでなく、また酒好きでもなかった。彼は無口だった、そしてまるで水の上にただ一人でいるかのように、力強く楽々と漕ぐのだった。婦人たちは婦人たちであり、自分からは遠い存在であったのだ。彼は彼女たちを見もしなかった。彼はまっすぐ前を見ていた。

彼は真の男であり、ジョヴァンニがワインを飲み過ぎて大きなオールを荒っぽく差して不手際に漕ぐようなときには、少し腹を立てるのだった。彼は、売春などはすることなく、メラーズが男であったように、男であったのだ。

ここでは、ダニエレは、ヴェニスの象徴としてのライオンになぞらえられるばかりでなく、生命の原理としてのメラーズと同一視される。このことは、生命の原理がヴェニスにあることを示すだろう。そしてこのダニエレの場合は、生粋のヴェニスの住人としての彼の妻の場合にも、そのままあてはまるのである。

ダニエレの妻は、あの都市の迷路の裏に、人が今日なお見るような、あのつつましやかで花のような、しとやかなヴェニス人の妻たちの一人であったろう。

ダニエレと同様に、彼女は典型的なヴェニス人として、生命の原理を表わすだろう。メラーズとダニエレのイメージが重なるように、コニーは自分の上に彼女のイメージを重ねているのではなかろうか。

これに対して、ジョヴァンニのほうはどうであろうか。彼はダニエレとは異なり、上述のように、「おしゃべりで」、「酒好きで」、その上、

ジョヴァンニは、自分自身、売春することに恋いこがれ、女に自分を与えることを欲して、犬のようによだれをたらしていた。しかも、金銭のために。コニーは、水の上に、はるかかなたの、低い、ばら色のヴェニスを見た。金銭で建てられ、金銭の花を咲かせ、そして金銭で死んだのだ。金銭による死。金銭、金銭、金銭、売春そして死。

生命の原理がヴェニスにあるのに対して、ここラグーナには、死滅の原理が支配するのである。コニーは、はるかかなたのヴェニスを望みながら、商業と売春の町として栄えた昔のヴェニスに思いを馳せているけれども、ここラグーナでいま彼女が目撃するのは、ジョヴァンニの「金銭、売春そして死」の姿である。ちょうど雇人のメラーズが生命力の化身であるのに、雇主のクリフォードが「半ば死体」であるように、ここでも、雇人のダニエレがメラーズと同じ生命のイメージを表わすとすれば、雇主のジョヴァンニは死滅のイメージで描かれているのである。

こう考えると、この、コニーの目撃しあるいは想像する、ジョヴァンニとダニエレとその妻の演ずるヴェニスの舞台は、この小説の主要なテーマを展開する、クリフォードとメラーズとコニーの演ずるラグビー邸の本舞台のいわばエコーであり、短いものではあるが、小説の主要なテーマを最後に締めくくるという、けっして見逃されてはならない重要な役割を果たしているのである。とりわけ、コニーの見る、ジョヴァンニの「金銭、売春そして死」のイメージは、クリフォードの「半ば死体」のイメージのエコーであるばかりでなく、またロレンスのこの小説における主要な論点である。現代人はみな「・・・人間の本体を殺してしまい、包皮一枚について一ポンド、睾丸《こうがん》一対について二ポンドずつ払うというわけだ。機械的な交わり以外に何があるのか。・・・」というメラーズの言葉を、文字どおりこの三語に要約したものであり、この小説のほとんど結論的な意味を持つものだといってよいのではなかろうか。

第六章

ヴェニスに死す（1）　ブラウニングとパウンド

一　さわやかなアーゾロ

ヴェニスから北に向かって半時間ほど列車の旅をしてトレヴィーゾまで行き、そこからこんどは西へ向かってバスで一時間ほど行ったところで小型バスに乗り換え、狭い山道を登ってゆくと、山腹の小さな田舎町に着く。これが、詩人ロバート・ブラウニング（一八一二―八九）が「さわやかなアーゾロ」と呼んでこよなく愛したところであり、ここを舞台にして彼の詩劇『ピッパが通る』（一八四一―六）を書き、またここをめぐって彼の最後の詩『アソランド』（一八八九）を書いたところである。

さて、トレヴィーゾからバスで単調な田舎道を走ってゆくと、小型バスに乗り換える地点に近づくころ、突然、車窓から奇妙な形のものが目に入る。ちょうど椀《わん》を伏せたような形の丘の上に、角ばった建物が載っているのである。その建物は古い要塞なのである。アーゾロの話は、まずこの要塞から始まるであろう。

この要塞は、中世に建てられたもので、奇怪な九角形の建物の一辺に入口がついており、丘の中腹にあるこの町からその入口まで、湾曲した、段のある、ゆるやかな登り道がついている。ブラウニングが彼の詩『ソーデロ』（一八四〇）で叙しているのは、まさに、この要塞とそこへの登り道なのである。彼はこの山道をひとりで登る少年を描いて、次のようにうたうのである。

見よ、きらめくアーゾロのそばの、荒涼たる
褐色の名もなき丘の上を、霧と寒気の中で、
朝早く、一人のはだしの紅顔の子供が
高く高くへと走り登るのを――見よ、太陽が
角ばった城塞の中庭の緑色の壁を照らすのを、
その壁は、半ば土と花に化した、ある種の
の背骨のようだ、そして靄《もや》の中を、
（飛び越えなければならない、灰色のとうもろこしの
細長い畑を除いては）メリッサや山カモミールが

一面に生えている、露と粉の霜が置いている
山腹を、全部、その少年は横切ったのだ。
彼は、神の造った詩人、雲雀《ひばり》に負けまいと、
その間じゅう、わけのわからない歌をうたいながら、
気絶しそうな足取りで、上へ上へと登ってゆくのだ。

その岡は、一本の登り道以外は、密林におおわれているが、その中に点々と家が立っているのである。ブラウニングが同じ劇詩の中で、一人の登場人物に語らせているのは、このような家の一軒においてなのである。彼は、その家から要塞を仰ぎながら、次のように言う。

・・・頭の上に揺れている
ただのしおれたにおいあらせいとうは、なんだろう。
それは頂上の要塞から垂れ下がる、薄い野ざらしの
髪の毛をもつ妖精の群れのように見えるのだ。

これだけ見ただけでも、ブラウニングが、この要塞とその周囲を、雑草の一本一本に至るまで、いかによく知りつくしていたかが、分かるであろう。それでは、この要塞の話はこれだけにとど

めることとし、早速次の話に移ろう。

話はもとに戻る。街道を出発した小型バスがしばらく狭いだらだら坂を登っていったところに、アーゾロの町の古い城壁の入口がある。その向かって左側の崩れかけた城壁の一部を取り込む形で建てられたのが、城壁を意味するイタリア語でラ・ムーラと呼ばれる彼の旧居である。彼はこの家からのすばらしい景観がすっかり気に入り、晴れた日には窓辺に立って、広大なカムパーニャのはるかかなたのユーゲイニアの山々を望んでは、シェリーやバイロンをしのび、その前に右から左へ、ヴィチェンツァ、パドヴァ、ヴェニスと、点々と横たわる町々を眺めて、感慨に浸るのであった。彼がこの家に住むのはもっとあとの話であるが、同じ劇詩の中で一人の女が相手の男に向かって言う次の言葉は、このような彼の体験を予告するものとして興味深い。

ああ、よく晴れた朝だわ、サン・マルコ寺院がよく見えるわ。
あの黒い線が鐘楼よ。待って、ヴィチェンツァも
あるはずだわ・・パドヴァがあるわ、はっきりと、あの青よ。
わたしの肩越しに見て、わたしの指先をごらん。

ここから、小型バスは、アーゾロが誇るイギリスの大詩人の名にちなんで、ロベルト・ブラウニング通りと名づけられたアーケード街に沿って、左回りに少しゆるやかな坂道を走ると、その

ガルバルディ広場と大聖堂

終点に着く。ここが町の中心で、ヴェニスを象徴する有翼ライオンを頂いた噴水柱が真中に立つ、ガリバルディ広場である。われわれの次の話題であるアーゾロの大聖堂は、この広場に隣接してそのすぐ下にあるのである。

このローマの温泉の跡に建てられたというきわめて古い建物、ブレダのサンタ・マリア大聖堂は、いまはカプチン派の教会になっている。ブラウニングが描くのは、このようなカプチン派の教会としての大聖堂なのである。同じ劇詩の上述の女が上述の言葉につづけて言う、次の言葉がそれである。

褐色の頭巾《ずきん》をかぶりはだしで、カプチン僧の
ベネットが自分の用事で、大聖堂から
とぼとぼ出てくるの。いつも教会の一つ場所に
いるの、

南の入口のそばの石の壁の下にくっついてね。
彼はわたしを通すためにそこから立ちのいたので、
わたしは彼を壁そのものの褐色の冷たい
一片だと思っていたの——最初はそうだったの。
今ではあの無言の姿がわたしから離れないので、
わたしはむしろその白壁を、彼の一片だと
考えるようになったの、そんなに冷たく見えるのよ。

これを読んで、この広場に面して立つ建物のすぐそばまで放置された車がずらりと並ぶ現状を思えば、われわれは、いささか今昔の感に堪えない思いを禁じ得ないのである。

さて、こんどは徒歩で、いま小型バスで来た道をまっすぐ進み、広場を通り過ぎて少し坂道を登ると、そこにキプロスの女王カテリーナ・コルナーロの宮殿がある。この宮殿は、ブラウニングのラ・ムーラからは、ほとんど指呼の間の、木立の向こうの高みに立っていて、彼はこの宮殿を仰ぎ見るたびに、彼がケイトと愛称で呼ぶ女王の奇《く》しき運命が、脳裏を去来したことであろう。それでは、彼は作品の中でこれをどのように描いているのであろうか。これがわれわれの問題である。しかし、この問題に入るに先立ち、この女王の運命とアーゾロでの宮廷生活がどのようなものであったかの問題について、少し詳しく述べておこう。

さて、ヴェニスの貴族の娘であったカテリーナ・コルナーロは、彼女の一族が以前からキプロス島の産業に関係していたこともあって、キプロスの若い王ジャコモ二世から結婚の申し込みを受けることになる。彼女はそのとき十四歳であった。これを聞いたヴェニスの元老院は大変な喜びようで、王の気の変わらぬうちにと、事前にヴェニスにおいて彼女とキプロス大使との代理結婚式を挙げさせる。それは一四六八年のことであった。彼女は、その四年後の一四七二年にキプロスに向かって出発するのである。ところが、それから二年後に王は急死し、遺児も間もなく世を去ってしまう。すると、すかさず、ヴェニスは彼女の兄のジョルジョをキプロスへ急派し、彼に迷うカテリーナを説得させ、翌年早々、彼女に自発的にキプロスをヴェニスに譲渡させることに成功するのである。それは一四八八年のことであった。こうして、同じ年の六月に、彼女は兄とともにリド島に着き、そこでヴェニスの盛大な歓迎を受けたのち、十月、当時ヴェニスの領地であったアーゾロに着く。そして一五一四年に五十六歳で亡くなるまで、彼女はここで暮らすことになるのである。

彼女のアーゾロでの生活は、「金色《こんじき》の流離」と評されるように、味気ないものではあったが、また華麗なものでもあったのである。「キプロスの女王」の称号を保持したまま、彼女のために新しく建てられた豪華な宮殿に住み、八十人にも及ぶ小姓や待女などの召使をかかえ、宴会の前には銃猟や鷹狩《たかが》りによる大狩猟会を開き、当時の一流の知識人や文化人に囲まれての生活だったのである。その中には、偉大なヴェニスの古典文学研究家ピエトロ・ベンボ（一四七〇－一五四七）

などの顔も見られたが、とりわけ注目すべき芸術家として、当時ヴェニス派最大の画家と目された、アーゾロの近郊カステルフランコのジョルジョーネ（一四七八?—一五一一）を挙げることができよう。彼は、宮殿の祈禱室を飾る壁画を描いたと伝えられ、また女王の等身大の肖像画を描いたともいわれているのである。

ここで本題に入ると、この女王ケイトのアーゾロにおける宮廷生活への言及は、同じ劇詩の中に見いだされる。ブラウニングは、ピッパのうたういくつかの歌の一つとして、ここにこれを持ち出しているのである。それは、一人の小姓が女王に寄せるひそかな恋をうたった、次のような一節である。

僕を愛する許しを少しだけでも女王様に与えてほしい。
いつ——どこで——
どのようにして——この腕が女王様を抱きかかえられるだろうか、
もし運命が永遠に僕をとがめることになるとしても、
女王様を僕の恋人として決めてくれたならば。
（「しーっ、」——女王ケイトは言った。
だが、「おお、」——侍女は、女王様の髪をゆいながら叫んだ、
「あれは、女王様の猟犬の餌《えさ》を砕きながら、

陰で歌をうたっている小姓にすぎません。」）
女王様はお傷つきになるだろうか――女王様の名誉をお救いしなさい、
わが心よ。
もし女王様が貧しかったなら――授与者と呼ばれることは簡単だ。
ただ大地がくっつき海が別れるようなものだ。
だが、運命が女王様にこんなにすべてのものを与えてしまったとは。
（「いいえ、お聞き、」――女王ケイトは命じた。
すると、侍女は女王様の髪をゆいながら、なおも叫んだ、
「あれは、女王様の鷹に足緒をつけながら、
陰で歌をうたっている小姓にすぎません。」）

ここには、多くの召使をかかえ、狩猟に明け暮れる、アーゾロの宮廷でのケイトの華やかな生活が、手に取るように描かれている。それでは、こんどは、キプロスからアーゾロへ流されるケイトの数奇な運命のほうは、どうであろうか。そちらのほうは、このようなはっきりした形では出てこないが、比喩的な形で出てくるように思われるのである。次に、この問題について考えてみよう。

話は、同じ劇詩の、いま述べたピッパの歌の出る第二部である。舞台がアーゾロの近郊ポッサ

ーニョになっているが、ここではこれをアーゾロの一部と考えてよいだろう。有能な芸術家であるジュールズは、これをねたむ仲間の芸術家たちの陰謀によって、リド島から来た十四歳のギリシア人のモデル、フィーニと結婚させられる。それが仲間たちの陰謀であったことを知ったジュールズは、その首謀者を殺そうと考える。そのとき、彼は、ピッパが外を通りながらうたう、上述の、報いられぬ恋の歌を聞いて、心を翻し、彼女の恋に報いてやろうと決心する。これが話の大意であるが、ブラウニングは、この話をピッパの歌と並置することによって、このフィーニのイメージをケイトのそれと重ね合わせようとしたのではないだろうか。なぜなら、二人はともに、自分より目上の男と結婚することばかりでなく、十四歳であること、いわば他人（無能な芸術家たち、ヴェニスの元老院）の意志で結婚させられること、そして東方（ギリシア、キプロス）↓リド↓アーゾロと移動すること、などの点で、両者のイメージはほぼ合致するからである。

以上、われわれは、いわばブラウニングを案内者として、要塞、ラ・ムーラ、大聖堂、宮殿と回った。このブラウニングのアーゾロ案内の締めくくりとして、もう一つ、さくらんぼの産地として知られるアーゾロの、春の景観を色どる桜の園について、ふれておこう。アーゾロは、町の周囲にヴェニス共和国の造船材料として膨大なオークの森林を持っていたが、次第に伐採されて、その跡の一部分に植えられたのが、桜の木だったのである。こうして、アーゾロには至るところに桜の園がつくられることになるのである。この桜の園は、四月には、白い薄絹のような花でアーゾロの町を飾るのである。ブラウニングは、同じ劇詩の中で、一人の少女に他の少女について次のように言わせているのである。

・・・彼女はいつも家に帰りたがっているのよ。いつも出るのは、桜の園の間にある農園の話や、四月には、彼女が走っていると、頭の上に、白い花が雪のように降る話だわ。・・・

さて、順序は逆になったが、最後に、話はブラウニング自身の旅行になる。ブラウニングの最初のヴェニス旅行は一八三八年で、このとき彼はイタリアに一か月しか滞在しなかったが、ヴェニスに特別の用事がなかったにもかかわらず、この水の都に魅せられて、二週間以上もそこに滞在したのである。ヴェニスを去ると、彼はトレヴィーゾに立ち寄り、そこから平野を歩いてジョルジョーネのカステロフランコを見たのち、バッサーノまでゆく。そして次に近隣のアーゾロが、彼の四日間の滞在地となるのである。ところで、この旅行は、前述の『ソーデロ』の執筆中のことであった。したがって、この詩には、途中からこれらの町々の印象がちりばめられることになるのである。その一例として、ヴェニス、バッサーノ、アーゾロへの言及が見られる、次のような一節を取ってみよう。詩人はいまヴェニスに来て、イギリスで書き始めたマントーヴァの詩人ソーデロについての詩想を練りながら、旅行で途絶えた霊感を、隣で百合の花輪をつくっている少女に求めるのである。

わたしはこれをヴェニスの人気のない宮殿の階段で
うたった。なぜわたしは詩作を中断し、この階段に
坐ることを止めず、イギリスが生んでくれた
情感を枯渇させねばならないのか。誰がわたしのために
・・・
女王になってくれるに足る尊い人だろうか。新鮮な果物の
かごの間で忙しそうなあのバッサーノの人だろうか。
柱廊玄関の上の鳩よりも美しい、多分われらの
さわやかなアーゾロから来たであろう、これらのきらめく
人たちは、橋のそばの礼拝堂を飾るために、
散った金粉で汚れた葉を落としながら、
遅咲きの百合の花を束ねているのだろうか。ああ、彼女は
褐色のほおをしてアーチの下にしゃがんでいる。彼女の花輪は
一月か半月しか持たないだろう、がもしわたしが
彼女を女王にするならば、ソーデロの物語は彼女のために

永続するだろうか。・・・

詩人はいま、ドゥカーレ宮の外側の柱廊のアーチの下の段に坐って、やはり近くのアーチの下で果物のかごをそばに置いたまま、しゃがんで忙しそうに百合の花を束ねては花輪をつくっている少女を見ている。ところが、この少女は、「あのバッサーノの人」と、最初は一人のバッサーノからの少女であったものが、途中から「多分われらのさわやかなアーゾロから来たであろう、これらのきらめく人たち」と、複数のアーゾロからの少女、しかも美しく光り輝く少女に変わり、「ああ、彼女は褐色のほおをしてアーチの下にしゃがんでいる」と、再びもとの褐色のほおの一人の少女（彼女）に戻るのである。この途中の、一人のバッサーノ娘の、複数の美しいアーゾロ娘への変貌《へんぼう》は、「多分」の語が暗示するように、詩人が一瞬現実の世界から瞑想の世界へ逃避したことを示すのであろう。要するに、詩人はいま自分のいるドゥカーレ宮の柱廊のアーチの下から上を仰いで、そこに群がりとまる鳩を見てその美しさをたたえ、それからはるかかなたの山の上の町アーゾロに思いを馳せ、いま見る鳩よりも美しく星のようにきらめくアーゾロの娘たちを心に思い描くのである。ここには、詩人の想像力の中で、ヴェニスが、とりわけ共和国の政治的中心であったドゥカーレ宮が、彼が何度繰り返しても飽きることを知らない、あの「さわやかなアーゾロ」と、なんと見事に結びつけられていることだろう。

ともあれ、このように、ブラウニングは想像の翼に乗って一飛びにアーゾロからヴェニスまでやって来たようである。しかし、そういう離れ業のできないわれわれは、最初来た道を戻って、陸上をトレヴィーゾ経由でヴェニスへ帰らなければならないだろう。そして途中トレヴィーゾにしばらく立ち寄ってゆきたい。なぜなら、そこには一見に価するものがあるからである。それは、大聖堂のチシアンの絵である。ブラウニングの同じ劇詩の中に、母と息子の対話の形で、母が息子に彼の恋人の来る話を持ち出すと、息子は「僕たちは一緒にトレヴィーゾのチシアンを見にゆくことになっていました」と答える話が出てくる。しかし、結局、その予定は実現しないことになるのであるが、われわれは、二人に代わって、それを見ておくことにしよう。

大聖堂の玄関から右側の通路を進むと、突き当たりに大きな聖母の姿が見えてくる。ゆったりした赤い服を着てその上に青いマントをはおり、肩にベージュ色のベールをかけた、大柄の聖母である。これに対して、天使はそのうしろに小さく（そして寄進者はそのうしろにさらに小さく）（多分弟子の手によって）描かれているのである。これは、聖母と天使を（そして寄進者のいる場合は寄進者をも）前方に並んで対座させる、伝統的な受胎告知画とは、なんと異なることであろう。これこそ、ヴェニス派絵画の巨匠チシアンの、もっともヴェニス派らしい、華麗な色彩と豊満な女性像の強調であろう。

さて、ここで、われわれはトレヴィーゾに別れを告げ、早速チシアンの町ヴェニスへ向かおう。この絵がこのようにその特質の一端を明示するヴェニス派の芸術を、ブラウニングがヴェニスでどのように受けとめるかということが、われわれの次の問題となるであろう。

二　ブラウニングとヴェニスの芸術

さて、前述のように、ブラウニングは一八三八年に最初のヴェニス旅行をした。そののち、一八四六年九月、相愛の女流詩人エリザベス・バレット（一八〇六―六一）と結婚し、翌年四月から十四年間二人でフィレンツェに住むことになる。そして一八五一年二人はヴェニスに旅行し、ゴンドラで静かな波を切ってリド島に渡ったり、ヴェニスのオペラ劇場でオペラを鑑賞したり、楽団演奏に耳を傾けながらサン・マルコ広場でコーヒーを飲んだりなどして、一か月間ヴェニスに滞在するのである。

こうして、ブラウニングは、第一次ヴェニス旅行ののちに『ゴンドラにて』（一八四二）、そして第二次ヴェニス滞在ののちに『ガルッピのトッカータ』（一八五五）と、ともにヴェニスを主題にした詩を書くのである。ところで、前者はジョルジョーネとチシアンというヴェニス派絵画の最盛期であるルネサンス絵画にふれており、後者はガルッピ（一七〇六―八五）というヴェニス派音楽のやはり最盛期であるバロック音楽を扱っているのである。そこで、それぞれこの二篇の詩を論ずるのに先立って、取りあえず、これらのヴェニス派の二つの最盛期の芸術について概観することにしよう。

ヴェニス派絵画のルネサンスは、サン・ニコロ・デイ・メンディコリ出身の一家の出であるジョヴァンニ・ベッリーニ（一四三〇—一五一六）から始まる。サン・マルコ寺院などビザンチンのモザイクの影響をうけて、色彩を輪郭から独立させるヴェニス派独特の画風を確立したのは、彼だったからである。しかし、彼はまだ盛期ゴシックの名残をとどめており、彼の描いた人体にはまだぎこちないところもあった。これをもっと人間味のある真にルネサンス的なものに仕上げたのが、彼の二人の弟子、カステルフランコ生まれのジョルジョーネとピエーヴェ・ディ・カドーレ生まれのチシアンだったのである。

さて、兄弟子として若き日のチシアンに多大の影響を残して早世したジョルジョーネの絵は、古来チシアンの初期の絵と混ざり合い識別することが困難であったが、歴代の研究者の鑑定により、以前にはジョルジョーネの作品と考えられていたものでチシアンの初期の作品と考えられるようになったものが、少なくないのである。たとえば、ペイターが「ジョルジョーネ派」で彼の少なくなった作品のうち真にジョルジョーネらしい作品としてあげた、ピティ美術館の『合奏』（一五一二）やルーヴル美術館の『田園の奏楽』（一五一一）も、今日ではチシアンの初期の作品に組み入れられているという有様なのである。このように数少なくなったジョルジョーネの真作の中で、とりわけ彼の真作として定評があるのは、現在彼の代表作と目される『あらし』（一五〇六）であろう。現在ヴェニス、アカデミア美術館の至宝であるこの絵は、古来その寓意《ぐうい》について幾多の仮説が提出されてきた問題作である。しかし、それはともかくとして、この絵は、要す

ジョルジョーネ『あらし』

るに、稲妻のきらめく空の下で、そのまわりに家々と木々が立ち並び真ん中に橋のかかった池のある背景と、二つの岩のそれぞれ右後方と左側方に、赤ん坊に乳を飲ませている下半身裸の女（ジプシー）が坐り、棒を片手に盛装した男（軍人）が立つ前景とから成る、牧歌的な田園画として鑑賞すれば十分であろう。

一方、ジョルジョ

ーネとは反対に大変長命であったチシアンは、初期のジョルジョーネふうのきめの細かい画風から晩年の荒い筆致の画風へと変貌しながら、おびただしい数の作品を残しているが、それは、宗教画、肖像画、神話画の三つに大別されるであろう。ロマン派に絶大な感銘を与えたあの『バッカスとアリアドネ』に代表される神話画の場合はおくとして、ここでは宗教画と肖像画の場合を取ってみよう。

チシアンの宗教画は、このジャンルの絵のほとんどすべての主題にわたり、その数もすこぶる多数にのぼるのである。ブラウニングが「トレヴィーゾのチシアン」としてふれている『受胎告知』(一五一九)や、ペイターが前述の論文で芸術の最高の境地として取り上げているアカデミア美術館の超大作『マリアの宮詣』(一五三四―三八)など、その主題は多岐にわたっている。しかし、チシアンのこの種の絵の中で、彼の生涯の全体にわたり、模写や工房作品をも含めてその数がもっとも多くもっともポピュラーな主題は、「悔悛するマグダラのマリア」であろう。ここでは、その中でももっとも初期の作品であるピティ美術館のもの(一五三三)を取ってみよう。天を仰いで悔悛の情をあらわすマグダラのマリアの顔。しかし、彼女の金色に輝く流れ落ちる髪の毛とつややかな肌は、まだ彼女の前生をよく物語っているようではないか。この彼女の二元性は、彼女の穴にでもはいりたいような気持をあらわす、彼女の左背景のそそり立つ岩山のところどころに見える洞穴のイメージと、彼女の右背景の、晴れやかな青空のイメージとによって、象徴されているように思われるのである。

『パウルス三世とその孫たち』

ウイリアム・ハズリット（一七七八―一八三〇）が激賞してやまなかったチシアンの肖像画は、単身肖像画と集団肖像画の別を問わず、貴顕君主や名夫人から名もない小児に至るまで多種多様で、その数も多数にのぼっている。しかし、その中で、とりわけすぐれたものとして、ナポリ、カポディモンテ美術館の『パウルス三世とその孫たち』（一五四六）が挙げられよう。心理的ドラマの描写として世界に類を見ないといわれる、この逸品は、これから行なわれるであろうファルネーゼ一家の陰謀に気づいていたチシアンが、これを主題にして描いたもので、教皇自身はこの絵が気に入らなかったという。いま教皇は、言葉やさしく自分に話しかける孫のオッタヴィオに、テーブルから振り向いて不安げに聞き入っている。この対決ののち、彼はオッタヴィオに教皇の位を奪われ、立腹の末他界することになるのである。この絵を見て、われわれは、教皇がオッタヴィオの要求をのんで机の上でその要求書に署名する姿を、想像することができないだろうか。彼の死を暗示する机の上の時計が、そのことを物語っているようではないか。

ここで、われわれの主題である、ブラウニングの詩『ゴンドラにて』へ目を移そう。この詩の「わたくし」は恋人とゴンドラに揺られながら次から次へと脳裡に浮かぶ幻想を楽しんだのち、最後に絵画の幻想にたどりつく。ハズリットがすでにチシアンやジョルジョーネなどの絵について述べたように、「わたくし」は絵の人物たちが枠から下りてきて、友達同士のように「やあ」と挨拶《あいさつ》するさまを述べて、やはりジョルジョーネ（ここでは彼の生地にちなんでカステルフランコと呼ばれている）とチシアンの絵について次のように言う。

おお、もしあなたが彼らを不意打ちできたら、
大胆なカステルフランコのマグダレーンは
あの制服を着た無言のお偉方の目から
彼女の岩の洞穴の中へ深く深く・・・
逃れようとするのを、あなたは見るでしょう。
まるでチシアンが彼女についてそう考えるかのように。
彼はむしろ、彼の子孫が作るこれらのものが

なんというつまらないものであるのか、
またかれを死に至らせた文書に彼が署名した
机が今日ではなんというがらくたを
使っているのかということを、まるで
考えて見ようともしないかのように。・・・

ここには、上述のジョルジョーネとチシアンの三点の名画が、なんと巧妙に絡み合わされていることだろう。「わたくし」の幻想は、まず『あらし』の右側の女（更生した売春婦マグダレーン）からチシアンの悔悛するマグダラのマリアへと画中の岩と岩山の洞穴を仲介として移り、次に『あらし』の左側の男からチシアンの絵のパウルス三世へ（両者のやや左上方に向けられた顔のポーズと輪郭の類似を見よ）と移るのである。

次にヴェニスの音楽についていえば、ヴェニスの絵画が十五、六世紀のルネサンス時代を最盛期とするのに対して、それは十七、八世紀のバロック時代を最盛期とするのである。そしてそれは、クラウディオ・モンテヴェルディ（一五六七―一六四三）がヴェニス独特の音楽を創始した、十七世紀前半期に始まり、アントーニオ・ヴィヴァルディ（一六七八―一七四一）の活躍した十八世紀の前半期に全盛期を迎え、そしてバルダッサーレ（バルダッサーロ）・ガルッピ（一七〇六―八五）が最後の足掻《あが》きを見せた同世紀後半の頽廃期でその幕を閉じるのである。

クレモナで生まれ、マントーヴァで活躍したのち、一六一三年ヴェニスへやって来たモンテヴェルディは、真にバロック的な絢爛《けんらん》としたオペラの創始者であった。『オルフェオ』（一六〇七）に始まる彼のオペラは、華やかな舞台装置、大勢の役者、装飾音を付した多くのアリア、そして多彩きわまる楽器編成をもって、人びとを魅了したのであった。ヴェニスが一六三七年にカッシアーノ劇場というオペラ専用の劇場をつくったのは、実にこのようなオペラを上演するためだったのである。こうして、十七世紀の終わりまでにはさらに十七のオペラ劇場が建設されたヴェニスは、名実ともに西欧における音楽とオペラの中心地となったのである。

生粋のヴェニス人であるヴィヴァルディは、オペラを始めおびただしい数の作品を書いたが、その中でとりわけ評価の高いのが、有名な『四季』（一七二五）のようなコンチェルトである。彼のこの種の作品の大部分を占めるのは、ソロ・コンチェルトと呼ばれる、一つの独奏楽器とオーケストラのための協奏曲で、そこでは、主題が早いテンポで繰り返される両端の総奏の間で、中間の緩やかな独奏が思いをこめた美しい歌をうたうのである。バッハやヘンデルの作品が、たとえば前者の有名な『イタリア協奏曲』ＢＷＶ九七一におけるように、このようなヴィヴァルディの協奏曲から多大の影響を受けているのであり、モーツァルトやベートーヴェンの協奏曲も、ヴィヴァルディの影響を抜きにしては考えることができないのである。まことに、ヴィヴァルディは近代西欧音楽の生みの親であるといっても過言ではないのである。

ブラーノ島で生まれたガルッピは、やはりヴェニス派音楽の伝統に従って数多くのオペラを書いている。彼の書いたオペラには、『ドリンダ』（一七二九）のようなオペラ・セリアばかりでなく、オペラ・ブッファの領域においても『田舎の知恵者』（一七五四）のような傑作があるのである。しかし晩年には、彼はオペラから離れて、鍵盤作品に専念することになる。これらの作品の中にもすぐれたものが多くあるが、とりわけヴェニスの黄昏を示す憂愁の影が漂うのは、たとえばトッカータのような小品においてであろう。ガルッピのトッカータの演奏を得意とし、その二巻の作品集を持っていたというブラウニングが、われわれのもう一つの主題である彼の詩『ガルッピのトッカータ』でうたうのは、このような楽曲（ただし特定の一作品ではない）にほかならないのである。

さて、この詩は、ガルッピのトッカータを演奏する「一人の仮想のイギリス人」が、その作曲者に呼びかける頓呼法の形を取っている。ブラウニングはまずこの詩の全体の基調を打ち出して、次のようにうたい始める。

おお、ガルッピよ、バルダッサーロよ、これはとても悲しい出会いだ、
わたくしはけっしてあなたを誤解することはできない。わたくしがこんな重い心で
あなたの意図を理解するのでなければ、わたくしは耳も聞こえず目も見えない者だろう。

そして詩人は想像を馳せるのである。五月にもなると、若者たちは舞踏会や仮装舞踏会でガル

ッピのトッカータに耳を傾けながらキスをくりかえし、歓楽が終わるとまたもとの生活に戻るのだ、と。そして「わたくし」自身も同じだと言って、このように詩を結ぶのである。


あなたはわたくしの全身の神経がぞっとしてくるまで冷たい音楽をもって入ってくるのだ。

そうだ、あなたは幽霊のこおろぎのように家の焼け跡できりきり鳴きながらだ。

「ちりと灰になり、死んでしまって、ヴェニスは自分が得たものを使い果たしたのだ。

「霊魂はもちろん不滅だ——霊魂を識別し得るところでは。
・・・
「花開いて散るためにのみ生まれたヴェニスとその国民についていえば、

「ここ地上で彼らは自分たちの成果を生んだが、騒ぎと愚行がその収穫だった。

「キスを止めねばならぬときどれほどの霊魂が残されているかしらと思う。

「ちりと灰になり。」そうあなたは言って軋《きし》るが、わたくしはそれをしかる勇気がない。

こんな髪形の親愛な今は亡き婦人たちもまた——彼女らの胸に下げて揺れていた
黄金はみなどうなったのか。わたくしは寒気がして老け込んだような気がする。


ここには、なんと見事に、栄枯盛衰の理《ことわり》が霊魂不滅の説によって際立てられ、ガルッピのトッカータの哀調が栄枯盛衰の見本のような彼の時代のヴェニスと結びつけられていることだろう。

しかしただそれだけではない。ガルッピの音楽はまた、古い音楽の伝統を受け継ぐものでもあるのである。この点については、次のような「わたくし」のガルッピへの呼びかけを聞いてみよう。

ここへあなたは古い音楽をもってき、ここにはそれがもたらすよいものがそろっている。なんだって、人びとはかつてはこのようにヴェニスで暮らしたって。商人たちが王者であり、サンマルコ寺院があり、ドージェたちが指輪をもって海と結婚するのを常とした所で。そうだ、なぜならそこでは海が街路であり、上に家が立ち並び、カーニヴァルが行なわれる、シャイロックの橋と呼ばれる橋のところで弓形に曲がっているからだ。
わたくしは英国から出たことがなかった——それはわたくしが目のあたり見たかのようだ。

ここには、海を街路として海上貿易に従事し、商人が王者のような豪商であった、かつてのヴェニス共和国の名所と祝祭行事の主なものが挙げられているのである。それは、名所としては、信仰の中心としてのサン・マルコ寺院と、商業の中心リアルトを象徴する太鼓橋、リアルト橋である。その橋は、たまたまシェイクスピアがシャイロックをこの街の住人としたことから、ここではそれが「シャイロックの橋」と呼ばれているのであろう。次に祝祭行事についていえば、それは、五、六月ごろのキリスト昇天祭に行なわれる、ドージェが指輪を海に投げるヴェニスと海との結婚の祝祭と、二月から三月初めごろに行なわれる、仮面をかぶった老若男女がヴェニスの街々からサン・マルコ広場へ繰り出し広場を埋めつくす仮面カーニヴァルの賑わいである。最後に、上の引用に、もう一つ、これにつづく一節をつけ加えよう。それは、ヴェニス共和国の隆盛期を代表する巨匠、上述のチシアンの美人画を想起させる、次の一節である。

婦人はこんな婦人であったろうか。ほおがそんなに丸く唇がそんなに赤い——
男が頭を載せるかもしれない飛び切り豊満な胸にのっかる彼女の首に
小さな顔が花床の上のふうりんそうのように浮かんでいる、というふうな。

この美しく豊満なヴェニスの婦人の描写は、チシアンの美人画、とりわけ、ハズリットが自分の手で模写し、その絵の描き方を賞賛してやまなかったルーヴルの名品『化粧台に向かう愛人』(一五一五?)によるものではなかろうか。この絵を見ると、この詩にあるように、丸いほおと赤い唇の女性が、花床の上で風に揺れるふうりんそうのように、豊かな胸のわりに小さな頭をかしげて、男の持つ鏡に見入っている。男は影の中に隠れているが、その目はきっと彼女の顔に注がれている。次の瞬間、もし彼女が左手の人差指で押さえている香水瓶のふたを開けてその魔術を使うならば、彼は前にかがんで彼女のはだけた胸の上に頭を載せるであろうことは必定である。

三　ブラウニングとヴェニスの伝説

ブラウニングは一八七八年イタリア旅行を再開し、久しぶりにヴェニスを訪れるが、この年から毎秋ヴェニスを訪ねることになる。ところで、この年のイタリア旅行で、彼はヴェニスへ行く前にアーゾロに立ち寄り、四十年振りに見たアーゾロの昔と変わらぬ風光をなつかしむのである。こののち、ブラウニングはヴェニスで知り合ったアメリカ人のキャサリン・ブロンソン夫人の好意で、アーゾロの彼女の家、前述のラ・ムーラの一部を借りて住むようになる。ブラウニングが借りた部分には露台が付いていて、そこから、ブラウニングは、前述の彼を魅了したすばらしい眺望を楽しむことができたのである。ブロンソン夫人に捧げられた、ブラウニングの最後の詩集『アソランド』（一八八九）は、実にこの家で書かれたのである。

なるほど、この詩集では、詩人は、まずプロローグで、

わがアーゾロよ、わたしが――海から陸へ僅かに一歩しかない――お前を見つけてから
何年になるだろう、・・・

とアーゾロに呼びかけ、また他の一篇で、主人公と一緒に廃虚の要塞へ坂道を登る途中で、「遠く広い黄昏の田園」を眺めながら、

「・・・それは向こうに
なんとはっきりとそびえることだろう、このわれわれの谷の上の廃虚は。
そのうしろの西空のかすかなゆらぐ光がそのぎざぎざの輪郭を
そんなに浮き上がらせるので――・・・

と叫び出すところをうたっているのである。しかし、この詩集におけるアーゾロの直接の言及はこの二篇の詩にとどまるのである。実際、ブラウニング自身この詩集のブロンソン夫人への献辞で言うように、「アソランド」は女王コルナーロの秘書のつくった言葉で、「戸外で遊ぶこと、気ままに楽しむこと」を意味する「アソラーレ」から出ている。つまり、ブラウニングはこの詩集でさまざまな事柄について気ままにうたっていると言うのである。そういう種々雑多な詩の中から、ここではヴェニスの伝説の一つを扱った『天使の橋、ヴェニス』を取り上げてみよう。

さて、ヴェニスにおける地名の起源については意外なものが多い。たとえば、リアルト市場の西裏に「乳房の橋」というのがある。これは、むかし娼婦たちがその橋の近くの家々の窓から身を乗り出して乳房をあらわにして客を引いたことに由来するという。「天使の橋」というのも同

天使の橋から見る天使の像

様である。その橋の真横の家の壁には、かぎ穴かくしの上に天使が両翼を下げて立っている彫刻が見られるからである。それにはどういういわれがあるのだろうか。

　それは、有名な溜息の橋のかかっている運河（宮廷運河）の少し上手の（その橋を除いて六つ目の）橋の向かいの家である。詩人はいま、ゴンドラに乗ってその運河の上手のほうからやってきたところである。運河の角をまわると、その橋が見え、その橋越しに突然その天使の彫刻が見えるのである。ここで詩人はゴンドリエーレに漕ぐのを止めさせ、彼にそのいわれを語り始める。それは、ジュゼッペ・タッシーニの『ヴェニスの珍奇さ』（一八六三）によるもので、あらまし以下のとおりである。

　それは、欲が深いが信心深い一人の弁護士の家であった。彼は、良心の呵責《かしゃく》を静めようと思って、収入の多かった週末のある日、牧師を食事に招いた。彼は、やって来た牧師に、よく間に合う召使として猿を雇っていると話した。彼は客人を残して、食事の準備ができているかを見に下へ降りていった。彼が部屋を出るやいなや、牧師は悪魔を見つける聖者の勘によって、猿を装う悪魔を隠れ場所から呼び出した。悪魔は、自分がここへ来たのは、困った人びとから搾取する弁護士を地獄へつれてゆくためだが、そのたびに彼がマリアに祈るので、それが果たせないのだと言う。聖職者は彼に消え失せよと命じる。と、彼は、自分の使命が果たされたことを証明するために、家に損害を与えることなしには去ることができないと答える。そこで牧師は、皆の者が見られるように窓に穴を開けて出てゆけと命じる。彼を家から追い出すと、牧師は食事に降りてゆく。主人が猿はどうなったのかと尋ねると、牧師はナプキンから血を絞って見せ、彼を怖がらせる。それは、彼が依頼人から血を絞り取っていることを示すために、行なってみせた奇蹟なのだと、牧師は彼に説いて聞かせる。そしてひざまずいて懺悔《ざんげ》するようにと命じる。彼は同意し、許しを得て階上に上り、悪魔が残していった壁の穴を見せられる。彼が、悪魔がその穴を使ってまた入ってくるかもしれないと言うと、牧師は、天使の像をつくってその穴のそばに置けば、悪魔はそれを恐れて入ってこないだろうと教える。そこで、主人は早速天使の像をつくらせ、これを窓ぎわに置く。これが、今日までこの家の壁に見られる天使の彫刻のいわれである。

とすると、この橋にまつわる話は、「乳房の橋」のそれとは打って変わって、きわめて宗教色の濃い、勧善懲悪的なものであるといえよう。とりわけ、この詩で悪魔と天使の近親と敵対の関係が強調されているところ、

悪魔が反対することはあまりない、
以前彼の一味であった天使たちから、追放される者たちの
一員として、そんなに急いで逃げるのだから――

とあるところは、ジョン・ミルトン（一六〇八-七四）の『楽園喪失』（一六六七）における悪魔と天使の関係を想起させるであろう。ここでは、ヴェニスの耽美的な享楽主義の代わりに、ミルトンの禁欲的な清教主義が、なんと鮮やかに打ち出されていることだろう。ともあれ、このような反ヴェニス的な話は、これで打ち切ることとして、ヴェニスのブラウニングに話を戻そう。

さて、上述の一八七八年のアーゾロ滞在ののち、ヴェニスへやって来たブラウニングは、アルベルゴ・デル・ウニヴェルソを常宿として、ゴンドラでトルチェロ、ブラーノ、サン・フランチェスコなどの島々をめぐったり、オペラを見にいって、彼よりも六年ほど早くやはりヴェニスで死ぬことになるリヒャルト・ワーグナー（一八一三-八三）と同席したり、モチェニーゴ荘を訪問して当時の持主からバイロンの部屋や机を見せてもらったりする。しかし、一八八二年そのアルベルゴが破産すると、ブロンソン夫人のジュスティアーニ荘の部屋を借りて生活することになる。ここでブラウニングは脇道を探検したり、公園を訪ねてそこに囚われている野生動物たちを友としたり、骨董屋《こっとうや》で掘り出し物をあさったりして楽しい生活を送る。しかし、とりわけ、ブラウニ

ングにとって日々の生活に欠かせないのは、リド島の散歩である。ブロンソン夫人の証言するとおり、

リド島における彼の長い散歩は、彼の最大の楽しみの一つだった。一時期、彼は気の合う友達・・・と一緒に毎月そこへ出かけた。彼は顔を紅潮させていかにも健康そうに帰って来て、光と生気と新鮮な空気について熱狂的に語りながら、家に留った人たちをなんとなく哀れむような素振りを見せるのだった。「海岸を歩いたあとでヴェニスへ帰ると、」と彼は言った、「まるで外気から室内へ入ったような気がするよ。」

またそこで彼は、シェリーを魅了したすばらしい日没や、砂浜に波の砕けるさまを見て、こよなき喜びを覚える。ヴェニスは、晴衣を着ても労働服を着ても、同じように彼を魅惑し、彼は、通りの子供たちの美しさについて語り、労働者の整った顔立ちについて弁じ立てるのである。

一八八五年、子供のとき以来始めてヴェニスを訪れた、ブラウニングの息子で画家のペンは、マンツォーニ荘を買おうとしたが買えなかった。しかし、一八八九年二月には息子はカ・レッツォニコを買ったので、同年十一月一日ヴェニスへ帰って来たブラウニングは、息子と一緒にそこに住むことになる。(そこへ『アソランド』の校正刷りがとどく。)そのころからブラウニングの健康は思わしくなかったが、その月の末ごろいつものリド島の散歩から風邪を引いて帰った彼は、

肺炎を併発し、それがよくなると心臓が衰弱して重体に陥る。(この日にロンドンで『アソランド』が出版されたことが知らされる。)こうして、十二月十二日夜、ブラウニングは、息子にみとられて静かに息を引き取る。十二月十五日の日曜に、レッツォニコで密葬が行なわれたのち、遺体はゴンドラで死体仮置所のサン・ミケーレ島に運ばれる。しかし、遺体はそののちロンドンに運ばれ、ウェストミンスター寺院に葬られることになるのである。ヴェニスはその著名な息子を返すことになるが、彼の住んだレッツォニコ荘の外壁には、次のような文字を読むことができるのである。

わが胸を開かば、その内にイタリアと
刻まれてあるを見るべし。

四　ヴェニスの太陽

一九〇七年、ペンシルヴァニア大学の大学院生であったエズラ・パウンド(一八八五―一九七二)は、「葉鞘《ようしょう》の中の葉片のように、僕たちは傾向において似ている、君ロバート・ブラウニングと僕自身は。そしてそうであっても僕は君から離れて成長することを恥ずかしく思わない。」と日記に記している。またそれから二十一年後の一九二八年には、「そして概して僕はブラウニングから出発している。どうして彼が父であることを否定しよう。」と友人に書き送っている。このように、パウンドはブラウニングと同じ根から出ていることを認めている。しかし彼はまた、成長のあかつきにはブラウニングとは別のものになることをも、付け加えているのである。つまり、パウンドのブラウニングに対する関係には、初期の類似性と盛期の相違性という二元性があるのである。それでは、ブラウニングとパウンドは、初期と盛期のヴェニス観において、それぞれどのような類似性と相違性を示すのであろうか。盛期における両者のヴェニス観の相違性の問題は次節にまわすこととして、ここではまず、初期における両者のヴェニス観の類似性から見ることにしよう。

さて、パウンドは『トロヴァーゾ・ノートブック』の中の詩「あの国で」を次のように始めている。

僕のヴェニスと星を眺めていると、
僕のそばにひとりの人が立って、彼の長い冷たい手が
僕の手の上に置かれた・・・

この冷たい手をしたひとりの人が誰であるのか、ここには示されていないが、これはブラウニ

ングではなかろうか。もしそうだとすれば、ブラウニングこそパウンドのヴェニス観に決定的な影響を与えた人だというべきであろう。この点については、もっと具体的な例として、パウンドがブラウニングの詩の特定の箇所に言及している場合を取ってみよう。

まずブラウニングのほうから見ると、それは上述の『ソーデロ』における詩人がドゥカーレ宮の段に坐って、アーゾロの少女が花輪をつくっているのを見る場面に始まる個所である。詩人はこれにつづけてこう始める。

・・・いや、あのパドヴァの少女が
裸の足でばちゃばちゃやっているところで、
黒い淀んだジュデッカ運河の盛んな渦巻は
漂う海藻を三つ四つと、ゴンドラのための、
薄赤の縞と薄青の冠のある柱のほかは、みな
吸い込んでみせるのだ。
：

詩人はいま、アーゾロの少女から、昔はやはりヴェニスの領土であったパドヴァの少女へと思いを馳せている。しかし、アーゾロの少女の場合は彼のすぐそばにいたのに対して、今度の場合は、「あのパドヴァの少女」と、税関のかなたのジュデッカ運河を指さして言っているのである。

ともあれ、話はつづく。

・・・僕につかみかかって指さすお前、
悲しげな髪ぼうぼうの幽霊よ、お前は誰に頼まれて僕に息をさせようと
いうのか。あの少女たちを行かせるな。・・・　・・・
見よ、彼女たちはとても幸福でとてもおしゃれじゃないか。・・・
・・・

ソーデロは自分について書くようにとしきりに詩人を促す。しかし、生命を求める詩人ブラウニングにとっては、ソーデロは幽霊にすぎない。幽霊がどうして詩人に生命を与え、彼に息をさせることができようか。彼に生命を与えるのは、悲しげな幽霊ではなくて、幸福な少女たちである。しかし、それは、ヴェニスに来ているアーゾロやパドヴァの少女たちばかりではない。それはまた、ヴェニスの街そのものでもあるのである。

ブラウニングはしばらく間をおいてつづける。

・・・生命の典型としての
ヴェニスは、青と青の間に伸びる一本のすじだ、

生命としてのあるものが虚無と虚無の間にぶら下がるのだ、
それがヴェニスだ、そしてそれが生命だ——お前は・・・
僕がすべりやすい広場の石畳を避けるように注意し、
曲がりくねった運河をひとりで縫って通るのをやめさせるのだ、

さて、ここでブラウニングからパウンドに目を転じると、パウンドはブラウニングと同様に、若いころの詩でヴェニスの街に少女を求めてうたう。しかし、ブラウニングが一箇所にとどまるのに対して、パウンドは転々と場所を変えるのである。それは、パウンドがブラウニングからバトンを受け取ってヴェニスの街々を走るリレー・レースにたとえられよう。彼の進路を想像してみると、彼はまず税関の突っ先であのブラウニングの投げた視線からバトンを受け取り、（ブラウニングの警告に従って、曲がりくねった小運河を縫って通ることをせず、）大運河から開けた広い海を渡って、小広場の左側のアーケードを通って、（ここでもブラウニングの警告に従って、すべりやすい石畳の広場に出ないで、）アーケードを左に曲がってフロリアンに立ち寄り、そこからさらにアーケードを進んで、西側から北側へ回るのである。パウンドはブラウニングにこう呼びかける。

あなたの「宮殿の段」だって。

僕の石の腰掛けは税関のふち石だった
そしてそこには「あの少女たち」ではなく一つのひらめく顔があった。
それが僕のかつて見たすべてだったが、それは真実だった。・・・
そして僕はそれがどんな形であったかもう言えない。・・・
しかし、彼女は若かった、とても若かった。
　本当に、それがヴェニスだった。
そしてフロリアンと北側のアーケードの下で
僕はほかの何人かの顔を見た、・・・

ブラウニングは「それがヴェニスだ、そしてそれが生命だ」と言う。そしてその口調を真似るかのように、パウンドは「彼女は若かった、・・・それがヴェニスだった」と言う。ここには、ブラウニングの生命の代わりに少女が挙げられている。しかし、ブラウニングの場合と同様に、パウンドにとっても、この少女は生命の象徴ではなかろうか。もしそうだとすれば、パウンドも、ブラウニングと同様に、ヴェニスを生命の同義語として考えていることになるだろう。それでは、パウンドは、これをどういう原因によるものと考えるのであろうか。彼は、それを、生命を与えるヴェニスの太陽によるものと考えるのである。その例証として、彼の若いころの詩の一つを取ってみよう。それは、文字通り『生命を与えるヴェニスの太陽』と題される詩で、次に引くのはその一節である。

おお、ヴェニスの太陽よ、
僕の血管全体を通して走れと
生命の血潮に命ずるお前よ、
僕の魂をはるかな割れ目の中から
呼び返してくれたお前よ、
そうだ、はるかな暗い割れ目
　そしてぞっとするような恐怖の洞穴だ、

　お前、生命を与えてくれる太陽よ。

これらの詩行は、シェリーの『ユーゲイニアの丘にて詠める詩』の冒頭の部分を想起させる。詩人は朝早く、ヴェニスを見晴らす丘の上に立って、航海中に恐ろしいあらしに会った船員たちの「血管が血の気を失い冷たくなっている」有様をしのび、北の海の岸に打ち上げられた死体が「孤独なむくろになって横たわっている」ことを悲しむ。しかしやがて、「荘厳な日の出」を歓呼して迎える、暗黒と死の象徴である烏の群れが、翼を金色に輝かせて飛び立つのを見ると、詩人はヴェニスに目をやって、「見よ。うしろの日の出を。」と叫び、「陽光に包まれた都市よ。」とヴェニスに呼びかけるのである。これらのパウンドの詩行には、これらのシェリーの詩のイメージがほとんどそのまま使われているのであり、実質的にほとんど同じことが述べられているのである。パウンドはここで、ブラウニングを通して、さらにその師シェリーにまでさかのぼろうとするのであろうか。

さて、パウンドは、一九〇八年大学院を退学すると、すぐヴェニスへやって来て、そこでたっぷりひと夏を過ごすことになる。最初はパン屋の二階に住むが、それからサン・トロヴァーゾへ居を移す。サン・トロヴァーゾというのは、アカデミア美術館の西南にある、ヴェニスのゴンドラ製造の中心地であるが、彼の借りた部屋は、ちょうど一軒のゴンドラ修理店の向かいであった。それは、彼の生涯のうちで一番幸福な時代の一つであった。上述の彼の二篇の詩は、この時代の成果であったが、彼が後年『キャントーズ』でヴェニスをうたうのも、実にこの時代を思い出してのことだったのである。

五　キルケーの島ヴェニス

こんどは反対に、盛期におけるブラウニングとパウンドのヴェニス観の相違点について考えよう。それは、両詩人のヴェニスの街と芸術に対する態度において明らかであろう。彼らはともにヴェニスの街に引かれ結局そこで死ぬのであるが、ブラウニングがどちらかといえばヴェニスの街よりもアーゾロに引かれるのに対して、パウンドはヴェニスの街をヴェニスの街として愛するばかりでなく、またブラウニングがヴェニスの芸術を芸術として愛するのに対して、パウンドは必ずしもそうではないからである。まず、ヴェニスの街に対する態度の違いから見ると、このような点でパウンドに影響を与えた人が、誰かほかにあるのであろうか。もしあるとすれば、それはどのような人であろうか。

さて、パウンドは、『キャントーズ第一七』（一九二八）でヴェニスを描く前に、『キャントーズ第一六』（一九二五）でイタリアへ来た著名な外国人の名を列挙する。その中には、イタリアへ武力で侵入したオーストリアのフランツやフランスのナポレオンを始め、文学者でも、第一次大戦でイタリア戦線に従軍してその経験をもとに『武器よさらば』（一九二九）を書いたアーネスト・ヘミングウェイ（一八九九―一九六一）までの人びとの名が挙げられる。しかし、これらのすべての人びとの中で、まず最初に名ざされるのは、イギリスの著名な文学者のうちでイタリアに渡った第一号ともいうべきバイロンである。それはこういう次第である。ある老海軍大将がまだ海軍少尉であったころ、シルク戦争のためにシチリアのラグーサへ行ったときのことである。向こうから葬式のような行列がやってくる。そしてその先頭の人びとは深紅の衣で包まれた長い物を担いでいる。彼が不審に思って近づいてみると、それは、「死んだように（ぐでんぐでんに）

酔っ払ったバイロン卿」だったのである。このように、このあたりの箇所は、フランツやナポレオンからヘミングウェイに至るまで、すべて死（葬式、戦争）のイメージで貫かれているが、イタリアへ渡った著名な文学者のトップを切る者として、バウンドがバイロンをその行列の先頭に置くばかりでなく、その深紅の衣によって彼を目立たせようとしていることは、意味深いことだといわねばならない。なぜなら、バイロンこそ、彼のヴェニス観に少なからぬ影響を与えた人だったと思われるからである。

それでは、これからいよいよ本番の『キャントーズ第十七』における彼のヴェニスの描写について見よう。ここでは、あとで述べるドゥカーレ宮を始め、入口の黄金色の上部が夕日を受けて照り輝く、石を幾層にも積み重ねたサン・マルコ寺院や、暗闇の中の白色と薄ばら色の二本の柱ばかりでなく、岸につながれた揺れ騒ぐゴンドラの群れに至るまで、

銀、はがねの上のはがね、
持ち上って交差する銀のくちばし、
へさきとぶつかるへさき、

と、克明に描かれているのである。しかし、それはかりではない。ここではまた、ヴェニスそのものが、魔女キルケーの住む魔法の島に擬せられているのである。詩人は島に足を踏み入れるや

いなや、彼女の魔法にかかって、たちまち葡萄の木に変身させられるのである。

葡萄の木が突然僕の指から生え出る
そして花粉を背負った蜜蜂が
葡萄の枝の間を重たげに動く、
　チルル――チルル――チルーリクク――うなり声、

だから、バイロンが「魔法使いの杖の一振りによるかのようにヴェニスの建物が波間から浮かび上がる」と比喩的にうたったのとは異なり、ここではヴェニスの建物は文字どおり魔法使いの魔力によって水の中から浮かび出るのである。これはキルケーの使いであろうか、一人の男が岸にボートを漕ぎ寄せると、こう言う。

そこに、大理石の森の中に、
石の木々――水の中から――
石のあずまや――
大理石の葉の上の葉、

これはなんと斬新《ざんしん》なドゥカーレ宮のイメージであろう。なるほど、ドゥカーレ宮の上下二段の列柱は、一本ずつ見れば柱頭を葉の繁る枝のように広げた石（大理石）の木であり、全部合わせれば石の森であり、列柱の中の柱廊は、石のあずまやになるというわけである。とすると、ヴェニスの建物が水から浮き出るということはバイロンの場合と同じであるが、その建物がバイロンではただ漠然と複数になっているのに対して、ここではもっと具体的に、このように見事なイメージで描かれたドゥカーレ宮という一箇の建物になっているのである。もしパウンドにしてバイロンと異なるところがあるとすれば、それはもっぱら、このような彼の創意にあるであろう。

次は、もう一つの問題、両詩人のヴェニス派絵画に対する態度の違いの問題である。『キャントーズ第二十五、第二十六』（一九二八）を例に取ると、これらの二篇の詩は、ジャンバチスタ・ロレンツィのヴェニスの歴史的事件を記した『ヴェニス年代記』の抜粋から成っている。そしてこのパウンドの年代記への興味は、絵画の領域においては、ヴェニス派の画家の中でもとりわけ年代記的叙述を得意とする画家であるヴィットーレ・カルパッチオ（一四五五?—一五二五?）への興味として現われるのである。すなわち、パウンドが『キャントーズ第二十六』に載せるカルパッチオのマントーヴァ公への手紙によると、それは次のとおりである。ロレンツィという公のお抱えの画家が、カルパッチオの壁画『エルサレム』（一五一二）の一部を金も払わずに持って行き、それを自分の作品と偽って公に献上したが、カルパッチオは、それはその絵の一部にすぎず、

・・・われわれの時代に
これと同じくらい上出来で一分の隙《すき》もなく完璧《かんぺき》で、これと同じくらい大型の絵はほかにない。

と自慢して、これを公に買うようにすすめる。公は、この画家のすすめに応じてこの絵を買ったのであろう。この絵は、今日なおマントーヴァのドゥカーレ宮に所蔵されているからである。ともあれ、パウンドは、ルネサンスのヴェニス派の中でも古拙さの跡をとどめる画家であるカルパッチオの、『エルサレム』のような未熟さの誇《そし》りを免れぬ作品についての誇大な自賛の言葉を、是認して引いているのである。これがブラウニングであったならば、このようなことなどはけっしてしなかったであろう。ここに、パウンドのブラウニングとの違いの一点があるのである。

これに対して、パウンドは、ブラウニングがその代表作を鑑賞するヴェニス派の巨匠ジョルジョーネやチシアンについては、どう考えるのであろうか。彫刻家が彫刻を刻むように詩を作ったといわれ、フランスの夭折の彫刻家ゴーディエーブルゼスカの回想録（一九七〇）を書いたパウンドは、勢い絵画よりも彫刻を重んじることになる。彼は、『キャントーズ第二十五』の中で、彫刻家について、

・・・彼は、画家のように一面を見るだけでなく、
中をのぞき、
透視し、四面をながめるのだ

と言うのである。なるほど、彫刻家は、対象を四面を持つ立体として表わすが、絵画は一面しか表わすことができない。しかし、絵画の中でも、フィレンツェ派の絵画は、明暗によって対象の立体感を出そうとつとめるのである。絵画の中で、とりわけ色彩のための色彩に徹し、対象の一面を表わすことに甘んじるのは、ジョルジョーネやチシアンの代表するヴェニス派の絵画である。パウンドがジョルジョーネやチシアンの絵画を理解できないのは、当然であるといえよう。実際、パウンドは同じ『キャントーズ』の中に、チシアンについて次のような話を載せているのである。一五一三年チシアンはドゥカーレ宮の大評議会室の小広場に面した壁面に『戦闘図』を描く仕事を引き受け、その報奨として、彼の師ジョヴァンニ・ベリーニが占めていたドイツ商館の主任仲買人の席が、師が没して空席になる一五一六年より前の一五一三年に、彼に与えられる。しかし、彼にあてがわれた壁面は、

・・・いままで誰も
喜んで取り組もうとしなかった、その部屋の中で一番悪い壁面、

であったので、彼ははかばかしく仕事をしなかった。そこで、一五二二年、評議会は彼に仕事を早急に完成するように促し、しない場合には与えた制作費と仲買人として得た金額を返却させるぞと威嚇した。しかし、それでも、彼は仕事をしようとしなかったので、一五三七年、とうとう、評議会は彼に年額一〇〇ダカットに上る、制作費と仲買の口銭を全額返却させる決議をしたというのである。ところで、この絵は、この評議会の決議に泡を食った彼によって、翌一五三八年に仕上げられるのであるが、それは一五七七年の大火であえなく焼失するのである。ともあれ、パウンドは、このように、チシアンの作品――しかも未完成の、そして完成したあかつきには焼失する作品――の名を挙げるだけで、これを鑑賞するどころか、これにまつわる、チシアンにとって不名誉な逸話を長々と物語る言葉を、いとも得意気に引いているのである。パウンドのブラウニングとの違いの第二点は、実にここにあるのである。

このように、パウンドは、ブラウニングとは異なり、ルネサンス・ヴェニスの華ともいうべきヴェニス派の絵画を理解することはできなかった。しかし、彼は、ブラウニングよりもヴェニスの土に慣れ親しむことができた。なぜなら、ブラウニングの遺体がイギリスへ運ばれたのに対して、彼の遺体はヴェニスに留まり、永遠にヴェニスの土と化することになったからである。

さて、一九六一年に詩作の筆を折ったパウンドは、その二年後に懐かしい思い出の町ヴェニスへ舞い戻る。こんどは、若き日のサン・トロヴァーゾの住まいから程遠からぬ、サルーテ教会の西南にあたる、奥まった静かな二階家に住むことになる。しかし、一か所に長く留まることのできない放浪の詩人である彼は、それからのちも、あちらこちらと旅に出かけながら、ヴェニスでは、物思いにふけりつつ広場を散策したり、夢見心地でゴンドラに揺られたりして暮らすのであった。それは、時の流れに身をゆだねる、文字どおり悠々自適の生活だったのである。そして彼の最期は突如として訪れる。それは、一九七二年一一月一日のことである。こうして、彼は、墓の島サン・ミケーレ島の一郭に葬られることになるのである。彼の墓は、それ自体としては、けっして人目を引くような豪華なものではないが、彼を慕う人びとの献花で、今日なお美しく飾られているのである。

第七章

ヴェニスに死す(2)　ジェイムズとヘミングウェイ

一　ヴェニスに死す

ラグーナの上に建てられた都市ヴェニスは、古来ペストの流行で名高い。実際、ヴェニスは、ペストを媒介するねずみが多く、今日でもゴンドラに乗って運河を回っていると、ねずみが軒から軒へと走り回っているのをよく見掛ける。ヴェニスには猫が多いといわれるのも、そのためである。こうして、ヴェニスは昔から周期的にペストの大流行に見舞われてきたが、ここではそのうち最近の三つの場合を例に取ってみよう。まず、ヴェニス派絵画の巨匠ジョルジョーネは一五一〇年のペストの大流行で没する。もう一人の同派巨匠チシアンは、そのときには、幸いパドヴァのサンタントニオ教会のスクオーラを飾る三点の壁画（一五一一）の仕事でヴェニスを留守にしていたので、危うく助かるのであるが、一五七六年の次回のペストの大流行であえなく倒れることになるのである。そしてこの一五七六年につづいて一六三〇年に最後のペストの大流行がヴェニスを襲う。まことに、ペストの沈静を祈って、かの、先回のペストの犠牲者であったチシアンの絵で部屋一面を飾ったサンタ・マリア・デッラ・サルーテ教会が建立されたのは、そのときだったのである。しかし、ペストの流行はそれ以後も跡を絶ったわけではない。二十世紀の初めのペストの流行と主人公の死を叙した、ドイツの文豪トーマス・マン（一八七五―一九五五）の名作『ヴェニスに死す』（一九一二）は、そのよき証拠であろう。

それでは、旅行案内書などにしばしば見られるように、このヴェニスの特色であるペストの流行は、同じくヴェニスの特色であるゴンドラの黒い色となんらかの関わりがあるのであろうか。歴史的には、それはなんの関わりもないのである。以前には、金持たちは色とりどりに豪華を競ってゴンドラを建造したが、このあまりにも過激な競争ぶりに当惑した当局は、法令によってゴンドラを黒一色に統一することを定めたのだというのである。しかし、歴史的事実がどうであろうとも、観光客がこの黒一色のゴンドラを見て、ペストによるにせよ、よらないにせよ、死を連想することも事実であろう。シェリーも『ジュリアンとマッダーロ』の中でゴンドラを「葬式用の小舟」と呼んでいるように、ゴンドラはヴェニス人の遺体を墓の島サン・ミケーレへ運ぶのに使われているではないか。このゴンドラと死の結びつきを物語る好個の例として、次にオスカー・ワイルド（一八五六―一九〇〇）のヴェニス旅行の体験に基づく短編小説『アーサー・サヴィル卿の犯罪』（一八七九）を取り上げ、これについて少しく見ておきたい。

この短編小説は、主人公アーサー・サヴィル卿が殺人者の手相を持っていると言った手相身のポジャーズを殺すことによって、恋人シビルと結ばれるという話である。彼は二度殺人を企てて失敗するが、三度目にポジャーズを川へ突き落としてようやく人を殺すことに成功する。そしてめでたくシビルと結婚することになるのである。それでは、この彼の殺人は、どのようにヴェニスと結びつくのであろうか。それは、このような次第である。彼は最初の殺人計画を立てたのち、ヴェニスへやって来て、昔ヴェニスの領土であったコルフ島からはるばるヴェニスへやって来た兄のサービトン卿と落ち合う。そしてこの、いわば地理的歴史的に拡大された仮想のヴェニスの中で、彼は兄と一緒にゴンドラに乗ったりして、しばらくそこに滞在するのである。ワイルドは、この黒一色のゴンドラに主人公アーサーの殺人を象徴させようとしたのであろうか。このゴンドラ遊覧に代表される彼のヴェニス滞在の描写は、短いものではあるが、この作品のちょうど真ん中に位置し、その前にあるポジャーズの占いとアーサーの最初の殺人計画と、その後に来る彼は二番目の殺人計画と最後の殺人遂行という、いずれも殺人に関係のある前後の事件を結びつけるという重要な役割を果たしているからである。

さて、なるほど、この短編小説の場合は、問題は主人公の殺人ということで、死とはいっても主人公自身の死ではなく、殺人という他の人の死であり、しかもその殺人といっても、ヴェニスで行なわれるのではなく、ヴェニスは、いわばその単なる橋渡し的な役割を果たしているというにすぎない。これに反して、この短編小説の場合のような、殺人に関する手相見の占いという宿命的な事実とは異なるとはいうものの、不治の病という同じく宿命的な事実によって、主人公たちが文字どおり「ヴェニスに死す」有様を描いているのが、本章の主題である二篇の長編小説、ヘンリー・ジェイムズ（一八四三―一九一六）の『鳩の翼』（一九〇二）とヘミングウェイの『川を渡って木立の中へ』（一九五〇）である。

二　ジェイムズとヴェロネーゼ

ジェイムズは何度となくヴェニスを訪れ、そこに長く滞在することも多かった。友達への手紙にもあるように、彼はヴェニスを恋人として情熱的に愛し、ヴェニスへの愛におぼれたのであった。こうして、ちょうど恋人の身振や口調が知らず知らずのうちにその人に移るように、ジェイムズがヴェニスで書いたものには、直接ヴェニスを主題とするものでない場合にも、そこには街のたたずまいが影を落とし、そのざわめきがこだましているのである。『ある婦人の肖像』（一八八一）はその例で、彼はその序文にこう記している。

この書物を読み返してみると、広い海岸通りのぎさぎさの曲線、バルコニー付きの家の大きな色斑、そして遠方に小さく見える、足音を立てて歩く歩行者たちが波と一緒に上ってはまた下りるのが特徴の小さなせむしの橋の繰り返される起伏を、もう一度私に見せてくれるように思われるページに出合うのだ。ヴェニスの人びとの足音やヴェニスの人びとの叫び声――どこで発せられたにせよ、水の向こうからの叫び声の調子を持つ、そこですべての話し声が――もう一度窓辺に聞こえて、昔経験した、喜ばしい気分や迷いと挫折の思いを、新たにしてくれるのだ。

しかし、ジェイムズが実際にヴェニスを主題にした小説は、それほど多くはないのである。それは、『カサマシマ公爵夫人』(一八八六)、『アスパンの手紙』(一八八八)そして『鳩の翼』の三篇だけである。しかも、その中でも全篇でヴェニスを扱ったものは、短編小説の『アスパンの手紙』だけである。他の二篇の長編小説ではともに、それは一部分にすぎないのである。『鳩の翼』では、それは後半部の半分近くを占めるが、『カサマシマ公爵夫人』に至っては、それは全四十七章中第三十章一章だけだという有様なのである。しかもその場合にも、ヴェニスの街や芸術にふれる個所は、必ずしも多くはないのである。しかし、多くはないとはいえ、もしあるとすれば、それはどのようなものであろうか。

まず『アスパンの手紙』から見ると、ここには、ヴェニスの街の他と異なる特色を指摘し、これを詳しく述べる二つのパセッジが見いだされるのである。一つは、ゴンドラ遊覧の楽しみを述べる次の一節である。

私たちが五分ほどで大運河へ滑りこむと、彼女は、いま着いたばかりの旅行者のように、物珍しさに我を忘れてささやくのだった。よく晴れた夏の夕方の大水路のすばらしさと、大理石の大邸宅と水に映る光の間を漂っているという意識とが、いかに人の心を自由と安楽に向かわせるかということを、彼女は忘れてしまっていたのだった。私たちは長い間遠くまで水の上を漂った、そして私の友人は自分の喜びを声高に表わすことはしなかったけれども、彼女がすっかり夢中になっていることは私にはよく分かった。彼女は喜んでいる以上だった、彼女は有頂点だった、すべてはとてつもない解放だった。ゴンドラはゆるやかなこぎ方で進んだので、彼女はゆっくりとそれを楽しむことができた、そして彼女はオールが水を砕く音に耳を傾けた。その音は、私たちが狭い運河へ入ると、まるでヴェニスの啓示ででもあるかのように、ますます大きくなり、ますます楽の音のような流麗な響きを帯びてくるのだった。

ここには、長くヴェニスに住みながら家に閉じこもってめったに外に出たことのないタイナという女性の目と心を通して、はじめてヴェニスを訪れる人のゴンドラ遊覧の楽しさが、なんと克明に描かれていることだろう。ゴンドラ遊覧こそ、ほかでは味わうことのできない、もっともヴェニスらしい楽しみであり、ここにあるように、「ヴェニスの啓示」ともいうべきものなのである。

こんどはもう一つのパセッジで、この「ヴェニスの啓示」ともいうべきゴンドラ遊覧によるヴェニスの街の描写である。ジェイムズはここで、ヴェニスの街が、大勢の人びとの集まる曲がりくねった路地という廊下でつながった、一大集合住宅の性格を持つものだとし、サン・マルコ広場がもっとも装飾豊かな一角だとすれば、大邸宅や教会は休息のための大きな寝いす、客をもてなすためのテーブルの役割を果たすものだとして、巧妙な比ゆでそのたたずまいを形容したのち、次のように言うのである。

そして見慣れた、家庭的な、賑やかな、すばらしい一般住宅もまた、役者たちが靴音を立てて橋の上を通り、ぶらぶらと行列をつくって海外通りを速足で歩く、一個の劇場に似ているのだ。人がゴンドラに坐っていると、運河をところどころふちどる歩道は、同じ角度で見る舞台の重要性を持つように見え、喜劇小屋のような荒廃した眺めを背景にしてあちこち歩き回るヴェニスの人たちのひとりひとりは、数限りのない劇団の一員だという印象を人に与えるのだ。

さて、前述したように、ヴェニスは十八世紀の末までは十八ものオペラ劇場を持っていた。中でも、一九九六年に焼失し現在再建中のフエニーチェ劇場（一七九〇–九二）は、ヴェニスにおけるこのような劇場文化の最後を飾る華だったのである。また、これも前述したように、ヴェニスには古くからコンメディア・デラルテと呼ばれる大衆喜劇があったが、これが次第に洗練されて十八世紀にはゴルドーニの本格的な喜劇が生まれた。こうして、最初は広場などで行なわれた即興喜劇であったものが、劇場で上演されるようになったのである。その上、ヴェニスには十六世紀以来、前述のラッドクリフがやや修飾を施してエミリアに垣間見させた、水上を移動する劇場も登場したのである。それは、様々な祝祭日に登場し、空想的な魚や怪獣に引かれる、球形あるいは円形の劇場であった。まことに、ヴェニスは、世界のどの都市よりも「劇場都市」の名にふさわしい都市だったのである。しかし、ヴェニスが劇場都市と呼ばれるのは、ただそれだけの理由によるのではない。それはまた、ヴェニスの街そのものが劇場でもあるからである。その顕著な例は、サン・マルコ小広場である。これを海岸に立って眺めるとしよう。そしてもしその石畳を劇場の平土間とし、右側の円柱の並ぶドゥカーレ宮と玄関の並ぶサン・マルコ寺院、そして左側の同様に円柱の並ぶ図書館を、それぞれ両側の見物席とするならば、正面奥の時計塔の上の鐘をつく二人の黒人は、まさしく舞台の上で演技をする二人の役者に当たるであろう。とはいえ、このことは、古来しばしば指摘されてきたことであり、いまさらことごとしく述べるまでもないことかもしれない。これにくらべると、ここにあるように、ヴェニスの一般住宅を役者たちがぶらぶら歩く劇場にたとえ、ゴンドラの乗客たちを観客に、そして運河沿いの道を歩く人たちを役者にたとえる発想は、いかにも斬新であり、ジェイムズならではの離れ業とでもいうべきものであろう。

次は『カサマシマ公爵夫人』である。この小説は、夫人のもとで貧民のための運動に参加する人びとを描く。そのうちの一人ポール・ミニュメントは、たまたまヴェニスへ旅行して、過去の巨大な富と文明の遺産である記念建造物や大邸宅に感激し、自分たちのやってきたことに疑問を抱くようになる。そして自分たちの仲間の一人についてこう言う。

彼はヴェロネーゼの天井画を細片に切って、皆の者が何かの小片を持てるようにしようとしているのだ、そして僕は、再分配の理念の根底にある、あの種の深い嫉妬心に対して多大の危《き》惧《ぐ》の念を抱くのだ。

ここには、ヴェニスの芸術と文化を代表するものとして、ヴェロネーゼの天井画が挙げられるのである。それでは、ジェイムズはいったいどのようにヴェロネーゼの天井画を重んじるのであろうか。それについては、ジェイズム自身がここで念頭においていると思われる、ヴェロネーゼの天井画の最高の例である、ドゥカーレ宮の天井画についての彼の意見を、見てみることにしたい。

ジェイズムは、エッセー集『イタリアの時間』（一九〇九）の巻頭を飾るエッセー「ヴェニス」において、この水の都における「精妙な時間」の持ち方について述べる中で、ドゥカーレ宮へ行くのは、人びとが昼食に帰ってここが閑散になる午后一時ごろが一番よいと説くのである。そし

ヴェロネーゼ『ヴェニスの栄光』

て、天井を突き破って突然現われ出たように見える、濃い青色の空（ちなみに、これは画家がサファイアを粉に砕いてこれを絵の具に混ぜて描いたものだという）を持った、あの金ピカの額縁にはまった卵形画について、彼は延々と饒舌を振うのである。それは次のとおりである。

……偉大なヴェロネーゼはすべての画家のうちでもっとも荘厳だ。彼はあなたたちの前で銀色の雲の中に遊泳し、永遠の朝の中で玉座につくのだ。濃紺色の空は、乳白色の横腺がしまになって彼の背後で燃えるのだ。白い列柱が豊麗きわまりない天蓋《てんがい》を支え、その下で世界で最初の紳士と淑女がともに敬意を与えそして受けるのだ。彼らの豪華な衣裳《いしょう》は海の風に衣《きぬ》ずれの音を立て、彼らの日に照らされた顔はヴェニスの顔色そのものだ。高慢と敬虔、政治と宗教、芸術と愛国心の混交が、すべての場面にすばらしい威厳を与えるのだ。画家がこれほど気高く喜ばしげなことはかつてなかったし、芸術家がこれほど大きな喜びを人生に感じ取り、それをすべて一種の活気あふれる祝祭と見、不断の成功を通してそれを感じたことはかつてなかったのだ。彼は金ピカの額縁にはまった卵形天井画に凝り、そこで、青空に翻る刺繍を施した旗の騒がしい動きに己れを重ね合わせるのだ。彼は画家たちの中でもっとも幸福な画家であり、世界中でもっとも幸福な絵を描いたのだ。

ヴェロネーゼ『聖カタリーナの神秘な結婚』

これは、ヴェロネーゼの天井画に対する、ほとんど羨望《せんぼう》の情と呼んでもよいような感情の込められた、なんという熱烈な賛美の言葉であろう。

さて、最後は『鳩の翼』であるが、ヴェロネーゼの具体的な絵への言及は、この小説にも一度ならず見られるので、それについて述べる前に、ヴェロネーゼの画業のあらましについてふれておきた

ヴェロネーゼ『カナの婚宴』

い。

ジョヴァンニ・ベリーニ、ジョルジョーネ、そしてチシアンの画業についてはすでに述べたが、ヴェロネーゼは、チントレットとともに、チシアン以後のヴェニス派絵画を代表する画家である。彼は、その名の示すとおり、ヴェローナの人であるが、ヴェニスへ来てチシアンの絵画から影響を受けた。しかし、彼はチシアンの色彩主義を極端にまで推し進め、画面を色彩鮮やかな装飾的空間と化したのである。彼の描いた女性像は、多くの場合、赤い衣の上に、濃淡さまざまな青の外衣をまとい、その入念な模様の施された外衣は、絢爛《けんらん》豪華な襞《ひだ》を描く。後述するように、ジェイムズが「ヴェロネーゼふうの服装」と呼ぶのは、このような服装を指すのであろう。このような服装の女性（あるいは天使）をもっとも多く描いた、もっとも見事な例として、アカデミア美術館の

『聖カタリーナの神秘な結婚』（一五七五？）を見てみよう。階段の上に坐る聖母を始め、彼女の抱く幼児キリストからの結婚の指輪を受け取る、右側の聖カタリーナとその周りの天使たちの服装、そして左側の音楽を奏し歌を歌う天使たちの服装は、みなおおむね、そういう服装だといってよいのである。こうして、ヴェロネーゼの絵は、スケールが大きくなると、壮大なスペクタクルとなる。彼の祝宴画はそのよい例で、中でももっとも有名なのは、もとはサン・ジョルジョ・マジョーレ教会にあったがいまはルーヴルにある『カナの婚宴』（一五六二―六五）であろう。この絵は、キリストと聖母を中心に据えた宗教画として描かれたものであるが、宗教画としてよりむしろ宴会を楽しむ人びとを描いた風俗画として見るべきであろう。ここには、前方に、音楽を奏する人びとともに、その両側に、右手を腰にあてて左手で持つ杯を見詰めたり、背をかがめ右手先に杯を載せたりして、ポーズをつくる、凝った服装の男や黒人の少年が描かれ、これらの人びとが宴会に興を添えているのである。このような歓楽的な情景は、世紀末の美的快楽主義を経験したジェイムズにとっては、魅力あふれるものであったにちがいないのである。

それでは、『鳩の翼』に見られるヴェロネーゼの具体的な絵への言及とは、いったいどのようなものであろうか。この小説には、ヴェロネーゼの絵への言及は、三度見られるが、二番目のものを指している最後のものは省くとして、最初のものと二番目のものだけを見てみることにしよう。まず最初のもので、それは、マーク卿が主人公ミリーに求婚する目的でわざわざ英国からヴェニスへやって来て、彼女の住むレポレッロ荘を最初に訪問するときの、二人の会話である。

「ああ、降りたくありませんわ－けっして、けっして降りたくありませんわ。」と彼女は奇妙に溜め息をつきながに友達に言った。

「しかし、なぜ降りたくないのですか」と彼は尋ねた、「中庭へ降りる、あんなに大きな古い階段があるではありませんかん。もちろん上と下にはいつも、ヴェロネーゼふうの服装をした従者たちが立っていて、あなたの降りるのを見守っていなければいけませんが。」

彼に分かってもらえないので、彼女は軽く悲しげ首を振った。「ヴェロネーゼふうの服装をした従者たちのためなどでもありません。すばらしいのは降りる必要がないことだと申し上げたいのです。実際、わたくし、動きませんわ」と言ってから彼女は付け加えた――「いまのところ、わたくしはまだ一度も外出していませんの。いつも上にじっとしているのです。幸いあなたにお目にかかれたのも、このためですわ。」

この、ヴェロネーゼふうの服装をした人びとに見守られて高い階段の上に安住するミリーのイメージは、疑いもなく、上述のヴェロネーゼの絵『聖カタリーナの神秘な結婚』の聖母のイメージを踏まえたものであろう。

次は、二番目の、ミリーを女主人公とするレポレッロ荘での宴会の場面である。それは三つの部分に分かれる。以下に、これを番号を付して列挙してみよう。

(1)　ストリンガム夫人がデンシャーに語る言葉──

できるだけヴェロネーゼの絵に似せてあげましょう。さしずめわたしはおきまりの小人、効果を高めるために前景の片隅に描き込まれた小さな黒人というところです。鷹とか猟犬とか、何かそういった種類のものをつれていたら、この場ももっと引き立つのですが、年取つた家政婦でここを管理している女が大きい赤いインコを飼っています。今夜はあれを借りて来て、親指に止まらせておけたらと思いますの。」

(2)　ミリーとデンシャーの会話──

「ですから、わたしの心からのお願いは──。」……

「あなたのお願いとは、いったい何ですか。」

「そうね、後に残ってくださることですわ。」

「それは晩餐《ばんさん》の後のことですか。」

「もちろんそうですわ。音楽を聞く予定にしていますの──美しい器楽の合奏と歌です。……それに、あなたも絵の中のひとりです。」

(3)　つづく再度の、ストリンガム夫人がデンシャーに言う言葉――

「あなたには、ほかの人たちを圧倒し、きっと顔をあげて杯を差し上げている堂々とした青年になっていただきましょう。わたしたちのお願いは……あなたがいつまでもわたしたちのお友達であっていただきたいということです。ほんの数日だけで帰ってしまうような、ばかげたことはなさらないでいただきたいということです。」

この三つの会話に見られる、レポレッロ荘の宴会でのデンシャーとストリンガム夫人の扮装と楽士たちのイメージは、まぎれもなく、やはり上述のヴェロネーゼの『カナの婚宴』から取られたものである。ただ、(1)においては、この絵になん匹も描かれている猟犬の場合は別として、この絵の黒人の少年の手に載せられている杯を鷹や赤いインコにすり替えることによって、ジェイズムはこれをいっそう読者の興味をそそる描写に仕上げているのである。

三　『鳩の翼』

『鳩の翼』について述べる前に、『アスパンの手紙』にふれておこう。ロレンスの小説では、生命の原理がヴェニスを支配し、死滅の原理がラグーナを支配すると述べた。しかし、この小説には、生命の原理はほとんどなく、あるのはただ死滅の原理だけである。そしてそれもラグーナではなくヴェニスを支配するのである。

文芸批評家の「わたくし」は、詩人ジェフリー・アスパン（バイロンがモデルとされる）の恋人ジュリアーナ・ボルドロー嬢（クレアモントがそのモデル）への恋文を手に入れようと、アメリカからヴェニスへやってくる。彼女はいま、姪《めい》のタイナ嬢と二人で、「極度に荒廃した」探索できないほど古い大邸宅（モチェニーゴ荘）に住んでいるのである。彼女は百五十歳という大変な高齢で、そこへ住みこんだ「わたくし」が彼女の部屋へ忍びこむのを見て、激怒のあまりタイナの腕の中で息絶えるのである。そしてこの廃屋と老婆とその死こそ、この小説に見られる、ヴェニスにおける死滅の原理にほかならないのである。ところが、この小説では、この死滅の原理は、しばしば、ヴェニスの輝きと明るさとの対比によっていっそう際立つように仕組まれているのである。

まず、廃屋の場合について見てみよう。一つは、「わたくし」が協力者のプレスト夫人と一緒に初めてその大邸宅を訪ね、大運河のゴドンドラの上で、外からこれを眺めたときの描写である。

わたくしはゴンドラの上でプレスト夫人と一緒に（それはヴェニスの黄金の輝きでおおわれ

ていた）私たちの船室の陰から外を眺めて坐っていた。

もう一つは、この家に住むことになった「わたくし」が、これを内から眺めたときの描写である。それは、タイナ嬢とこの家で初めて会った「わたくし」が、あとに残されたときのことである。

わたくしは、古い家の——日の光が射しこんでいた——輝かしい砂漠をさまよいながら、もうしばらくとどまっていた。

次は老婆ジュリアーナの場合についてである。「わたくし」は夏の夜を「ヴェニスの月」で有名な大運河の上で過ごすか、あるいはサン・マルコ寺院の広い前庭をなすすばらしい広場で過ごす。しかし、あのいまさらどうしようもない老婆の閉ざされた世界を、これと対照的なものとして「わたくし」に想起させるのは、このサン・マルコ広場の開かれた世界である。

わたくしは、アイスクリームを食べながら、音楽に耳を傾けながら、知人たちと語り合いながら、喫茶店フロリアンの前のいすに坐っていた。……その場所全体は、夏の夕べなどに、星空の下で、すべての灯火がともり、あらゆる人声と大理石を踏む軽い足音——それを囲む広大な柱廊の唯一の音——のする、冷たい飲物を飲んだり……もっと上等な食事を取ったりする戸外の大広間だ。……低い丸屋根、とげとげしい彩飾、そして神秘的なモザイクと彫刻を持つ大寺院は、和らげられた薄暗がりの中で幽霊のように見えた、……わたくしはそういう時にはときおりボルドロー嬢たちのことを思い、彼女たちが、ヴェニスの七月の夕べにヴェニスの広大ささえも息苦しさを和らげることのできないような部屋に閉じこめられていることを、気の毒に思ったものだった。彼女たちの生活は広場の生活からはなんマイルも離れているように思えた、そして疑いもなく厳格なジュリアーナにその習慣を変えさせることは、本当に遅すぎたのだ。

さて、このように、ときおりヴェニスの輝きや明るさと対照されながら、廃屋や死すべき老婆の死滅の原理がヴェニスを支配する。とはいえ、ただ一度だけ、この小説に、ロレンスの小説でのように、生命の原理がヴェニスに、そして死滅の原理がラグーナに姿をあらわす。アスパンの手紙がほしいばかりにこの家に滞在している「わたくし」が自分にも気があるものと誤解して、叔母の死後淋しくなったタイナは、自分のほうから「わたくし」に求婚する。「わたくし」はこのうすぎたない年増女におじけをふるって、家を飛び出し、ラグーナへ行ってしまう。彼女の側の生命の原理はたちまちにして消え、一瞬のヴェニスでの生命の原理は、ラグーナでの死滅の原理に取って代わられるのである。「わたくし」は、ゴンドリエーレが「どこへ行きましょうか」

と尋ねるのに、「どこへでも、どこへでも、ずっとラグーナまで」と答える。

彼はゴンドラをこいでわたくしを運んだ、そしてわたくしは、ひとりでそっとうめきながら、帽子を額の上に引きおろして、ぐったりとしてそこに坐った。……わたくしは、ゴンドリエーレがわたくしをラグーナのどこへつれてゆくのか知らない。わたくしたちはあてもなくゆっくりとこぎながら水の上を漂った。とうとうわたくしたちは、ヴェニスに背を向けると右手遠方にあるリド島に近づいていることが分かった、そしてわたくしはそこへ降ろしてくれるように命じた。わたくしは歩いたり体を動かしたりして少しでもわたくしの困惑した気持を払いのけようと思った。わたくしは狭い細長い島を横切って海岸に出、マラモッコのほうへ歩いていった。

こうして、夜遅く家に帰った「わたくし」は、夜が明けると早速タイナを訪ねる。そしてそこで、二人は次のような会話を交わし始める。

「あなたはこれから何をなさいますか——どこへ行きますか。」わたくしは尋ねた。

「おお、わたしには分かりません。わたしは大変なことをしてしまいました。わたしは手紙を焼き捨ててしまいました。」

「焼き捨ててしまったって。」わたくしは泣き叫んだ。

「はい、どうしてわたしにそれを大事に保存する理由があったでしょうか。わたしは昨夜台所でそれを一枚一枚焼きました。」

「一枚一枚だって。」わたくしは力なく繰り返した。

「長い時間かかりました——大変沢山ありましたので。」彼女がそう言ったとき、部屋がわたくしの周りをぐるぐる回るように思いました、そして一瞬わたくしの目の前が本当に真っ暗になりました。


さて、このように、『アスパンの手紙』は、主人公の「わたくし」がその入手が目的でヴェニスへやってきた、その手紙の所有者の死ばかりでなく、その手紙そのものの焼却による喪失に終わる。しかし、これは、本章の主題である、主人公が「ヴェニスに死す」という話ではない。文字どおりヴェニスにおける主人公の死を描く小説として、次に『鳩の翼』を取り上げよう。

『鳩の翼』は、莫大な遺産を持つ病身のミリー・シールがスーザン・シェパードに付き添われてアメリカからスイスを経てロンドンへやって来、そこにしばらく滞在したのち、そこからヴェニスに渡ってそこで死ぬという話である。しかし、これにはもう一つ重要なストーリーが絡む。それは、ロンドンでのミリーの友達ケイト・クロイが自分の婚約者マートン・デンシャーをミリーに近づかせ、彼女の死後にその遺産を手に入れて、二人で豊かな生活をしようと企てるという話である。

ところで、このストーリーには、ベン・ジョンソンの劇『ヴォルポーネ』という前例がある。この劇には、子のない裕福なヴェニス人ヴォルポーネの遺産を狙う人物たちの中に、自分の妻を彼に捧げるまでのことをするコルヴィーノという人物さえいるからである。その上、ここで、登場人物たちがそれぞれ動物のあだ名を持ち、ヴォルポーネが狐、コルヴィーノが鴉と名づけられるのは、小説の人物たちがそれぞれ動物になぞらえられ、ミリーが鳩、ケイトが小山羊と呼ばれるのと、軌を一にするようではないか。

さて、この小説は全部で十章から成る長篇小説であるが、ヴェニスを舞台とするのは、第七章の途中から第九章の終わりまでで、全体の四分の一かそこらの僅かな部分にすぎない。しかも、対話による人物の心理描写を主とするこの小説では、ヴェニスの場合も、舞台の外面描写は二の次である。なるほど、たとえばミリーの住んだレポレッロ荘のモデルとなったバルバーロ荘の屋内の描写のような、リアルな描写も、まったくないわけではない。以下にその描写を示そう。


……南ヨーロッパの夏の暖かさは、いまなお豪華な大邸宅の天井の高い部屋々々に残っていて、長年にわたって磨きあげられた固い冷たい大理石の床がそれを反射し、揺れる海水に映る日の光が開いた窓から射しこんで、すばらしい天井に描かれたかずかずの「画題」の上でたわむれていた。

しかし、このような綿密な描写は、むしろ例外的である。他の場合は、「ヨーロッパの客間」と呼ばれるサン・マルコ広場の描写にせよ、デンシャーが自分のホテルの窓から眺めるリアルト橋の描写にせよ、その描写はきわめて簡略で、描写として取り上げるほどのものではないのである。

ところが、この小説は、ヴェニスやヴェニスの領土キプロスを人物の名前やあだ名で象徴的に表わす技巧において卓越するのである。まず主人公のミリー・シール（Milly Theale）であるがthealeはteal（鴨）に通じ、また彼女はケイトに鳩とあだ名される。この鳩と鴨は、それぞれサンマルコ広場とラグーナを象徴する。サン・マルコの鳩についてはこの小説でもしばしば言及されるし、ラグーナの鴨については、後に述べるヘミングウェイの『川を渡って木立の中へ』（一九五〇）の最初と最後の鴨猟のシーンで繰り返し描かれるのである。

次にケイト・クロイについて見ると、この名は、ヴェニス人でキプロスの女王となったカテリーナ・コルナーロから来ているのでないかと思われる。クロイがコルナーロと関係があるかどうかははっきりとは断定できないが、まぎれもなくケイトはカテリーナ（英語のキャサリン）の愛称で、ジェイムズの師と目されるブラウニングも彼女を「女王ケイト」と呼んでいるのである。とすると、この小説で誰かキプロスを象徴する人物がいるのであろうか。もしいるとすれば、それは誰であろうか。それは、ふたたびミリー・シールではないかと考えられる。彼女のあだ名は、鳩とともに聖書の架空の動物リヴァイアサンであるが、鳩は、この場合は、キプロスの都市パフォスを生誕地とするヴィーナスの島として、その島と結びつき、またリヴァイアサンは巨大な魚で、ここでは東地中海に浮かぶ、魚の格好をしたこの島を象徴するのではなかろうか。こうして、ケイトがデンシャーと婚約した上、ミリーの遺産がころげこむ日を待ちながら、いざミリーが死んでその遺産が入ってくるようになると、結局彼女はデンシャーのもとを去り、貧しい姉の家「流離の地」で暮らす。この話のパタンは、カテリーナがヴェニスでの代理結婚ののち、女王としてキプロスに迎えられる日を待ちわび、いざ迎えられると間もなく、夫王は死に、キプロスをヴェニスに譲って、自分は辺鄙なアーゾロで流離の日々を送る、という話のパタンに当たるであろう。ケイトとデンシャーがミリーの死について、「われわれの親愛な鳩は、……そのすばらしい翼を折りたたんだのだ。……彼女はそれだけ広くそれをひろげたのだ。」と語り合うのは、キプロスは独立を失うが、ヴェニスの領土としてそののちますます栄えることに言及するものではなかろうか。もしそうだとすれば、ジェイズムはこの場合もヴェニスの側からキプロスを見ているのだというべきであろう。

少し脱線したようだが、ここで本題に戻る。この小説は、一部分ヴェニスを舞台とするといっても、それはもっぱらヴェニスの町であってラグーナではない。したがって、生命の原理と死滅の原理は、ともにヴェニスにおいてあらわれるのである。そして死滅の原理を代表するのがマーク卿であるとすれば、生命の原理を代表するのはルーク・ストレット卿である。マーク卿は二度ヴェニスへ来てミリーに求婚するが、二度とも断わられる。二度目のとき、彼はデンシャーがケイトと婚約していることをミリーに知らせる。それを聞いて以来、彼女は壁のほうへ顔を向けてしまう。それは、あらしの吹きすさぶ日である。「彼は彼女に死を与えたのだ。」これに対して、定期的にヴェニスを訪れ、ミリーの病状を見守る、名医のルーク卿は、落胆する彼女にマーク卿の言葉を否定し、彼女はデンシャーを熱烈に愛しながら死んでゆく。「彼は彼女に生命を与えたのだ。」マーク卿のあらしに対して、ルーク卿はすばらしい天候を代表するのである。彼がヴェニスに着くと、

天気は一変し、強情なあらしも屈服し、幾日もの間負かされていたが、いまや暑くなり、ほとんど報復的になった秋の陽ざしは、ふたたび本領を発揮し、ほとんど耳に聴こえんばかりの感謝の歌の、響き渡る輝かしい音響が、輝かしい色彩とひとつになって、あたり一面を制した。ヴェニスはふたたび輝き、さらさらと音を立て、声をあげて叫び、鐘の音を鳴り響かせ、大気には拍手の音がみなぎるようだった。そしてばらまかれた桃色、黄色、紺色、海緑色は、色鮮やかな織物をつるしたようであり、華麗なじゅうたんを敷いたようであった。

さて、チシアンは前述の『田園の奏楽』『合奏』のような音楽を主題とする絵ばかりでなく、他の主題の絵の中にも、たとえば一連のヴィーナスの絵のように、楽器を奏する音楽家を描きこむようなものを多数描いた。その中で、『田園の奏楽』を取ってみよう。この絵を見ていると、

一人の裸婦はもう笛を口から離しているものの、一人の男が真剣な面持ちでひくビオルの音が、もう一人の裸婦が聞き耳を立てて聞いている、手に持つ水差しから井戸に落ちる水の音と混じりあって、画面から聞こえてくるようではないか。チシアンほどではないが、ヴェロネーゼもまた、上述の『聖カタリーナの神秘な結婚』や『カナの婚宴』のような作品には、楽器を奏したり歌をうたったりする天使や人間たちを描いている。とりわけ、『カナの婚宴』で、最前方の左側のビオラ・ダ・ブラッチョをひく男と右側のダブルベースをひく男は、それぞれヴェロネーゼ自身とチシアンだといわれる。もしそうだとすれば、ヴェロネーゼは自分とチシアンを、画家としてばかりでなく、音楽家としても考えているのではなかろうか。また音楽は音楽で、前述のモンテヴェルディのオペラのように、華やかな舞台装飾、大勢の役者、多彩な楽器編成によって、音楽を絵画の領域に近づけようとしているかのようにみえる。こうして、ここにある「色鮮やかな織物」や「華麗なじゅうたん」のイメージは、何よりもヴェロネーゼの絵のイメージであるが、それはまたモンテヴェルディの舞台装飾のイメージでもあるといえよう。ペイターは前述の「ジョルジョーネ派」の序文で、絵画が音楽にそして音楽が絵画に向かう「領外帰向」の現象を説いているが、ヴェニス派の絵画と音楽は、まさしくこの領外帰向によって絵画と音楽、色彩と音響が一つになろうとするのである。ジェイムズはここで、このようなヴェニス派芸術における色彩と音響の合一性を晴朗なヴェニスの風土に適用して、これをなんと鮮やかに描いていることだろう。

四　ヘミングウェイとヴェニスの少女

一九四八年、ヘミングウェイは妻のメアリーとともに、コルチナ・ダンペッツォを経由してヴェニスを訪ねる。水上タクシーがサンタ・マリア・デラ・サルーテ教会を通過してホテル・グリッティ・パレスへ着いたとき、ちょうど月が大運河の上に上るところであった。この大運河の月は、なによりも深い感銘を彼に与えたにちがいない。ヘミングウェイは、コルチナで知り合った、彼の崇拝者ケチュラー伯爵の紹介で、有名な狩猟家フランチェッティ伯爵の息子の鴨猟地に招かれ、メアリーとともに鴨猟に興じる。そしてこの鴨猟の番小屋で会ったのが、アドリアーナ・イヴァンチクという、十八歳の少女であった。彼女はヴェニスの名門の出であったが、そのころ父を失い、貧しい生活を送っていた。ヘミングウェイは、彼女の純真無垢な性質とロマンチックな境遇にひかれ、彼女をハリーズ・バーへ食事に招く。彼女はなんの抵抗もなくその招きに応じる。こうして、二人は結婚こそしなかったが、たがいに愛し愛される間柄になる。彼のヴェニスを扱った唯一の小説『川を渡って木立の中へ』は、実にこの二人の愛を描いたものにほかならないのである。

ヘミングウェイの滞在したグリッティ・パレスは、五百年も続いた由緒あるホテルで、彼はここでヴェニスの貴族たちと知り合う機会に恵まれた。しかし、彼はもっと静かに仕事の出来る場所を求めて、トルチェロ島のロカンダ・チプリアーニへ移る。ここは贅沢《ぜいたく》なレストランと旅館で、ハリーズ・バーの所有者でもあるジュゼッペ・チプリアーニの所有にかかる。ヘミングウェイが彼の自伝小説『川を渡って木立の中へ』を書くのも、このロカンダにおいてなのである。

さて、この小説の基調であるヴェニス賛美の調べは、まず冒頭で高らかに奏でられる。それは、トリエステからヴェニスへ行く車の中での、主人公リチャード・キャントウェル大佐と運転手のジャックソンが交わす対話の中で浮き彫りにされるのである。いま、二人は絵画におけるフィレンツェ派とヴェニス派の優劣について語り合っているところである。対話はまず、フィレンツェ派絵画における宗教画、とりわけ、幼児キリストを抱く聖母画の多いことへの非難である。それは、ジャックソンがフィレンツェのウフィツィ美術館へ絵を見に行ったときの話から始まる。

「・・・そしてわたしは聖母たちがわたしの耳もとから飛び出すような気がし始めるまで、そういう絵を見つづけたのですよ。本当ですよ、大佐、この絵をほどほどに見ておくことのできない人は、ただそんなに多くの聖母を見ることができるだけで、閉口してしまうのです。あなたはわたしの理論をご存知ですね。彼らがどんなに幼児たちに熱中しているかということ、そして彼らが食べるものが少なくなればなるほどますます多くの幼児をつくるということ、これからもつくるだろうということを、あなたはご存知のはずです。そうです、わたしはこれらの画家たちが多分、すべてのイタリア人のように大の幼児愛好家だったと思いますよ。・・・わたしが本当に沢山見たのは、旦那、こんな聖母たちのようにわたしには見えるのです、こんなただ一途《いちず》な平凡な聖母画家たちは、いわば幼児事務全体の目録みたいなものですね、もしあなたにわたしの考えていることを理解していただけるものなら。」

「その絵が宗教の主題に限られているという事実をつけ加えてね。」

「そうです、旦那。では、わたしの理論に少しは賛成していただけるのですね。」

「たしかに。もっとも問題はもう少し複雑だと思うんだがね。」

「もちろんです、旦那。これはほんのわたしの予備的理論ですよ。」

「お前は何か別の芸術論を持っているのかね、ジャックソン。」

「いいえ、旦那。あの幼児の理論は、わたしが考えぬいた揚句のものですから。」

ここで話題は一転して、ヴェニス派絵画の巨匠チシアンに移る。二人は、彼が純粋な風景画を描かなかったことを遺憾としながらも、彼の描いた美人画をユーモアを交えながら高く評価するのである。ジャックソンはつづける。

「けれど、わたしがのぞむのは、彼らがコルチナの保養地のまわりのあの高地地帯のすぐれた絵を描いてくれることです。」

「チシアンはそのあたりから出て来たのだよ、」大佐は言った。「少なくともそういう話だよ。私は谷へ降りていって、彼が生まれたといわれる家を見たがね。」

「それは大した所でしたか、旦那。」

「大した所ではなかったよ。」

「じゃあ、彼がそのあたりの高地地帯の絵を少しでも描いてくれていたらよかったのに、あの日没色の岩や松の木や雪やすべての尖塔を入れてね――」
・・・
「じゃ、もし彼がその地帯の本当にすぐれた絵を描いてくれたら、わたしはきっとその何枚かを売って金もうけするんですが。」

「彼は何枚かのすばらしい女を描いたんだ、」大佐は言った。

「もしわたしが酒場か宿屋、いうならば一種の旅館でも持っていたら、わたしはその一枚を使うことができるでしょう、」運転手は言った。「ですが、もしわたしが女の絵を家に持ち帰るなら、わたしのいい年をしたおかみさんがわたしを追い出すでしょう、・・・」

ヘミングウェイはここで、キャントウェルとジャックソンという二人の人物の口を借りて、ウフィツイ美術館所蔵のジョット（一二六〇?―一三三七?）以後のフィレンツェ派の画家たちの宗教画としての聖母画への熱中と、たとえばボッティチェリ（一四四四?―一五一〇）の聖母画に見られるように、幼児キリストの（体はともかくとして）顔が聖母やまわりの人びとの顔とほとんど同じ大きさに描かれているような絵を非難するとともに、ヴェニス派の巨匠チシアンが純粋な風景画こそ描かなかったが、彼の絵の背景にしばしば描いた、彼の郷里ドロミテ山塊の風景にもふれ、彼がヴィーナスの画家といわれるほど数多くの美人画の名品を残したことをたたえるのである。とりわけ、ピエーヴェ・ディ・カドーレのチシアンの生家は、今日博物館として少なからぬ入場者を集めているとはいえ、コルチナから東へかなり離れたこの辺鄙な谷間の町まで、キャントウェルをして足を運ばせているところに、われわれは、ヘミングウェイの並々ならぬチシアンへの熱意を読み取ることができるであろう。

実際、ヘミングウェイは、フィレンツェ派の絵画よりもヴェニス派の絵画を愛《め》でるように、町としてもフィレンツェよりヴェニスを深く愛するのである。彼は、ヴェニスを繰り返し「わが街」と呼び、「美しい」「魅力的な」とたたえるのである。開巻早々、車を海岸のほうへ向けさせ、町の遠景をジャックソンに見せながら次のように言う。

「あれがわたしの街だよ。そこにはわたしがお前に見せてやることができる、もっと沢山のものがあるのだよ、あれをひとつよく見てごらん。……ここからあれを見た人はいままで誰もいないのだ。」

「美しい眺めですね。ありがとう、旦那。」

ところで、ヘミングウェイはこの小説でヴェニスを「わが街」とし、「美しい」「魅力的な」とたたえるように、女主人レナータ（アドリアーナ）をも「わが恋人」と呼び、「美しい」「魅力的な」と形容するのである。つまり、彼は彼女をヴェニスと交換可能なもの、あるいはヴェニスの化身として見るのである。以下、その例を五項目に分けて示してみよう。

(1) ヴェニスは、アドリア海北部地帯に川から運ばれた土砂でできたいくつかのラグーナの上に石を積んで造られた町で、いわば海から生まれた町である。この点では、レナータの場合も同様である。レナータが自分の肖像画について、

「わたしは海から生まれたように見えるわ。」

と言うと、キャントウェルは、

「わたしもあなたが海から上がってくるときのあなたのことを考えるのだよ。」

と答えるのである。

さて、このようにいくつかのラグーナの上に建てられたヴェニスには、そのラグーナとラグー

ナの間に運河ができ、それがヴェニスの町を縦横に走ることになる。運河はヴェニスの主要な交通路で、舟やゴンドラが頻繁に往来して、生き物のような活気を呈するのである。が、また一方、運河の岸には、ヴェニスの宿命的疾病であるペストを伝染する鼠が軒から軒へと伝い走り、ときにはその死体が水の上に浮かぶという有様である。そしてこのヴェニスの運河に当たるのが、レナータの髪の毛であろう。彼女がハリーズ・バーへ姿を現わしたとき、

生き生きとした黒い髪の毛が、彼女の肩の上に垂れ下がっていた。

と彼女の髪の毛が描写され、また上に引用した、自分の肖像画についての彼女の言葉につづいて、その肖像画の髪の毛について、彼女は次のように言う。

実際、人は髪の毛が非常に平べったくて端が点になって、海から上っているのよ。そんなの、まるで本当に死んだ鼠を見るようだわ。

ところで、運河の水は、流れる川のように水が絶えず入れ替わって清らかでもないが、また溜り水のように水が淀《よど》んできつい臭いを放つというのでもない。それは、潮の干満に応じて多少入れ替わり、あるかなきかの穏やかな臭いを出すのである。この臭いがヴェニスの街へ漂い、世界

のどの都市にも類のないヴェニスの街独得の臭い、ヴェニスの街の体臭ともいうべきものとなるのである。次に引用する、レナータの体臭の描写は、実に、このヴェニスの街の体臭をロマンチックに歌い上げたものだというべきであろう。キャントウェルは彼女に言う。

あなたは知っているかい、とりわけ、あなたはいつもいい匂《にお》いがするのを。あなたは、風の強いときにも、毛布の中にいるときにも、あるいはお休みといって口づけするときにも、すばらしい匂いがするのだよ。ほとんど誰もそんな匂いがしないことを、あなたは知っているはずだ、しかもあなたは香水など使っていないのだ。

(2) ヴェニスの島の東から南へ長く伸びて、この島をアドリア海の荒波から守っているリド、ペッレストニーナの両島は、絶えず大海の高波に洗われ浸蝕の危機に立っていた。これを防ぐために、十八世紀にコルネッリの発案によってムラッツィと呼ばれる高い切り立った石の防波堤が築かれ、これがその後なんどか修復されつつ、今日まで維持されているのである。こうして、ヴェニスの島は、東側に切り立った堤防のある、南北に流れる大河の北の端にある島というイメージを帯びてくるのである。この小説でレナータの体の秘部を描写するのに用いられたイメージ、高い切り立った堤防のある、大河の中の島には、まさにこのようなヴェニスの島のイメージが込められているのではなかろうか。(3)よく晴れた冬の日には、ラグーナの島々から北方はるかに雪におおわれたドロミテ・アルプスの連山をはっきりと望むことができる。

その連山からの冷たい強風に激しくたたきつけられることにもなるのである。その風は、日の出に始まり、日が高くなるにつれて、ますますその勢いを増すのである。その風の吹き始めるころの模様は、キャントウェルの未明のラグーナでの鴨猟を叙した巻頭の章で、次のように述べられる。

彼は沼地の長い尖端の向こうの空の稲妻をじっと見ていた、そして一段下の車地《しゃち》（いかりを巻き上げる装置）の棒を押して回りながら、彼は氷の張ったラグーナと沼地のかなたへ目をやって、はるかかなたの雪におおわれた山々を眺めた。低いところにいたので、彼にはふもとの丘は見えず、山々が不意に平原から立ち上がったようだった。彼が山のほうを見たとき、顔に微風を感じ、そのとき初めて、風は太陽とともに立ってそこから吹いてくることを知ったのだ。

レナータはハリーズ・バーへはじめて姿を現わすとき以来、繰り返し、このヴェニスの風に髪をもてあそばれる乱れ髪の少女として描かれる。彼女はこのヴェニスの風の化身なのであろうか。ときには、彼女は劇場都市ヴェニスの舞台で、キャントウェルの監督のもとにヴェニスの風の役を演じる女優のようではないか。

……彼は言った。「あなた、善良で大胆で魅力的な少女よ。この橋の頂上で一度あなたの髪の毛を横向きにして、斜めに風に吹かせてごらん。」

「そんなの簡単よ。」彼女は言った。「それがお好きなの。」

彼は目をやって、横顔とすばらしい早朝の顔色と黒いセーターの中で突っ立つ彼女の胸と風の中の彼女の目を見て言った。「そうだ、わたしはそれが好きだ。」

「わたしほんとに嬉しいわ、」彼女は言った。

いや、それどころか、乱れ髪の彼女は、ヴェニスの祝祭日などにしばしば見られる船の船首像にもなぞられているのである。

彼らはホテルの横の戸口を出て浮き桟橋《さんばし》へ行くと、風が彼らに吹きつけた。ホテルからの光がゴンドラの黒色と水の緑色を照らした。彼女は駿馬《しゅんめ》のようにあるいは競争用ボートのように魅力的に見える、と大佐は思った。

彼女の髪の毛は、彼女が黒いゴンドラのそばのドックの上に立ったとき、ホテルの戸口や窓から射す光の中で、風に吹かれてうしろになびいていたので、彼女は船の船首像のように見えるのだった。

(4) ヴェニスは太陽の輝く昼間が美しいことは言うまでもないが、月に照らされた夜のヴェニスはまた格別である。月夜のヴェニスについては、古来いろいろな人びとによって賛美されてきたが、ベンジャミン・ディズレイリー(一八〇四―八一)も、「月の光のもとにあるヴェニスは魔法にかかった都市だ」と、その不思議な魅力をたたえている。上述の、ヘミングウェイが大運河の上にかかる月を見て受けた感銘も、おそらくこのようなものであったろう。
それでは、こんどはレナータの場合はどうか。彼女もまた、この小説で終始一貫して、この月への飽くなき憧憬者として描かれているのである。キャントウェルの求めに応じて彼女があごを上げると、

「おお、」彼は言った。「あなたはかつて天の女王を求めて走りたかったことがありますか。」

これに対して、彼女はここでは

「そんなことをしたら罰が当たるでしょう。」

と答えるが、また別の機会には、彼が、太陽が上がると靄が晴れる話をして、

「……あなたは太陽ですね。」

と言うと、彼女は答える。

「わたし月にもなりたいの。」

「そうですか、」大佐は彼女に言った。

「またあなたがなりたいどんな特別な天体にだって、ね。で、わたしはあなたに正確なその天体の位置を教えてあげるよ。まあ、娘さん、お望みなら、あなたは星座にだってなれるよ。ただ、それはちょっと飛行機じみているがね。」

「わたし月になりたいの。……」

ヘミングウェイは、この飽くまで月に固執するレナータの姿に、自分が深い感銘をうけた月夜

のヴェニスのイメージを重ね合わせようとしているのではなかろうか。ここでも、彼の意図は明らかであるように思われるのである。

(5) ヴェニスの数ある祝祭行事の中でももっともよく知られるのは、人びとが老若男女を問わず仮面を着けることにより日常の自己と違う自己に変身しようとする、仮面カーニヴァルの行事であろう。この小説には、この行事への直接の言及は見られないが、これもやはりレナータの仕草の中に暗示されているように思われるのである。キャントウェルは彼女に言う。

「あなたの頭を回してあなたのあごを上げてごらん、お願いだから一度だけ。」

「あなたは冗談をおっしゃっているのではなくって。」

「いや、わたしは冗談なんか言っていないよ。」

彼女はてらうことも気取ることもなく、頭を回してあごを上げた、と、大佐は体の中で心臓がひっくり返ったようだった、まるである眠っていた動物が穴の中でころがってそばにくっついて眠っていた他の動物を心地よく驚かせるときのように。

これは、彼女があまりにも美しいので、彼はいま自分が彼女の顔だと思って見ているものが、ひょっとすると仮面ではないかと疑い、その疑念を晴らすために彼が彼女にさせた仕草ではなかろうか。この仕草によってそれが間違いなく彼女の素顔であることが分かって、彼は衝撃的に彼女を愛する気持になるのである。とすると、ここにも、彼女とヴェニスかのかかわり——こんどは仮面カーニヴァルのヴェニスであるが——を読み取ることができそうである。

以上、われわれは、レナータがヴェニスの起源、雰囲気、地形、気候、景観、祝祭などさまざまな点で、この都市の体現者であることを見てきた。ところで、この小説では、グリッティ・パレス・ホテルとハリーズ・バーが主要な舞台で、他には、ラグーナでの鴨猟、キャントウェルのリアルト市場への買出し、二人のゴンドラによる運河めぐりを除けば、ヴェニスの町の描写は、もしあるとしても、きわめて微々たるものである。このホテルやバーの室内の世界と戸外の世界との主従の関係は、二人がホテルの部屋で話し合っているとき天井にときおりちらつく大運河の影によって、なによりもよく象徴されるであろう。ともあれ、こうして、レナータに体現されるヴェニスの描写は、この小説におけるヴェニスの戸外の描写の欠如を補うものであり、この小説を、ヴェニスを描く小説としてよりいっそう完全にするものだというべきであろう。

五　『川を渡って木立の中へ』

ヘミングウェイ代表作で彼のノーヴェル賞受賞の対象となった一九五二年出版の『老人と海』とともに、その二年前に出版された『川を渡って木立の中へ』は、彼の晩年を飾る名作であり、両者の主人公がしばしばキリストのイメージで描かれる点で、彼の以前のどの作品にもまして明確に彼の宗教的態度を標榜《ひょうぼう》する傑作である。『老人と海』と『川を渡って木立の中へ』はともに、それぞれまかじきと鴨の猟を主題とするが、前者では猟ののちせっかくの獲物が台なしになるだけで主人公は死なないのに対して、後者では主人公が猟ののち死ぬという点で、両者は異なるのである。この意味で、『老人と海』が悲劇的であるとは言えないのに対して、『川を渡って木立の中へ』は悲劇的であると言えそうである。それでは、この小説は、英国悲劇の古典であるシェイクスピアの悲劇と比較すると、どうであろうか。ここでまずわれわれの脳裏に浮かぶのは、やはりヴェニスを扱った『オセロ』であろう。実際、ヘミングウェイ自身、この小説を『オセロ』と比較して、その違いを強調しながら次のように言うのである。

彼ら（大佐とレナータ）は、同じ町ではあったが、有難いことには、オセロとデスデモーナではなかったし、またその少女は確かにシェイクスピアの人物よりも美しく、大佐はおしゃべりなムーア人と同じくらい、あるいはもっとなん度も戦ったのだ。

歴戦の軍人がヴェニスの貴族の娘と結ばれ、死を前にして自分の手柄話をして聞かせる点で、この小説と劇のストーリーはほぼ一致する。ところで、この引用では、この両作品の二人が結ばれるのが、ヴェニスであることと、両方の主人公が歴戦の軍人であることとを除いて、両者は二つの点で異なるものとされている。すなわち、一つは、レナータのほうがデズデモーナより美しいということである。デスデモーナは劇中には美しいとは書かれていないが、だからといって彼女がレナータのように美しくなかったと断言することもできないであろう。もう一つは、「おしゃへりなムーア人」と、おしゃべりなのはオセロだけだとされていることである。彼の自慢話はさほど長くはないが、A・C・ブラッドレーも指摘するように、読者に一種の精神的高揚をもたらすものとして、この劇で重要な役割を果たしていることも事実である。しかし、何章にもわたって自分の手柄話を繰り返すキャントウェルも、おしゃべりと言わずして何と言えようか。とすると、これもまた、片手落ちというべきであろう。

とはいえ、両者の間には大きな相違点があることも、確かな事実である。まず舞台から見ると、劇ではそれは最初の一幕だけがヴェニスであとは全部キプロス島である。ところが、小説では最初しばらくトリエステからメストレまでの——その間にトルチェロ島、ブラーノ島、ムラーノ島そしてヴェニス本島までもが遠くから垣間見られる——自動車の旅の話があるが、あとは全部ラグーナを含むヴェニスの話なのである。またストーリーについて見ても、劇では、オセロとデスデモーナの愛は最初のヴェニスの場面に限られ、あとはオセロのほうからさめてゆき、二人の死で完全に終わるのである。これに対し、小説では、最後に大佐が死ぬまで、大佐とレナータはともに彼の死を意識しつづけ、二人の愛は途中ゴンドラの中で頂点に達し、ずっと最後までつづくのである。ここでは、いわば死と愛は平行するのである。

さて、ここで本題に入ろう。前述のように、ロレンスの『チャタレー夫人の恋人』では、生命の原理はヴェニスを支配し、死滅の原理はラグーナを支配する。またジェイムズの『アスパンの手紙』では、生命の原理はほとんど見られず、ただ死滅の原理のみがヴェニスとラグーナの双方を支配する。それでは、この区別をヘミングウェイの『川を渡って木立の中へ』に適用すると、どうなるであろうか。ここでは、生命の原理と死滅の原理はともに、ラグーナとヴェニスの両方の場面に現われることになるのである。なぜなら、なるほど、ラグーナでは死滅の原理しか現われないが、ヴェニスでは生命の原理と死滅の原理がともに同じ頻度で現われるといってもよいからである。

まず死滅の原理から見ると、その調べは、冒頭を飾る、未明の凍《い》てついたラグーナでの鴨猟の場面で高らかに奏でられ、最後のファンファーレでもう一度繰り返されるのである。トリエステで死病を宣告されたキャントウェルは、ヴェニスまでの車の中でも、自分が葬られる場所のことをあれこれ考えたりするのであるが、ヴェニスへ着くと、舟の中で運河の二本の杭を見て、それを「われわれの記念碑」と考えるのである。

・・・彼らは、鎖でつながれているが触れあっていない二本の杭を通りすぎ、われわれのようだと大佐は思った。彼は潮がそれを引っ張るのを見て、鎖が最初見たときより木をすり減らしていることを知った。あれはわれわれだ、と彼は考えた。あれはわれわれの記念碑だ。そしてこの町の運河には、われわれのための、なんと沢山の記念碑があることか。

またキャントウェルは朝早く起きて、リアルト市場へ鴨猟のための食糧を買い出しに出かけるときにも、伊勢海老や鰹、小海老などの死のイメージを見て取るのだが、ここでは前日彼がレナータとホテルのバーで食べた伊勢海老の死のイメージを見てみよう。こんどは、人間の記念碑ではなく、伊勢海老の記念碑である。

伊勢海老は堂々としていた。それは、普通の伊勢海老の倍ほどの大きさだった、そしてその持つ敵意は煮られたことで消えてしまっていたので、いまやそれは自分の死んだ自我への記念碑のように見え、突き出た目と、人間のばかげた目では教えてやれないようなことを知っている、デリケートな長く伸びた触角と、で完備されたものだった。

しかし、死滅の原理がもっとも広範に支配し、死のイメージがもっとも鮮明に描かれるのは、彼がレナータとともにホテルの部屋のベッドに横たわりながら物語る、彼の戦争談の中においてである。次にその一例を挙げてみよう。

死なんか、くそくらえだ。それは、どこから入ってきたかはほとんど分からないような小さな断片として、あなたのところへやってくるのだよ。あるときには、それは凶暴にやってくる。それは沸かしてない水からやってくることもできるし、引き揚げられていない魚雷艇からやってくることもできるし、あるいはわたしたちが経験してきた、大きな、白熱した、鳴り響く砲声とともにやってくることもできるのだ。それは、機関銃の轟音《ごうおん》に先立つ、ささやき声のような、ぱちぱちいう小さな音の中でやってくることもある。それは、手榴弾から出る弧形の煙や、鋭い音をたてて落下する臼砲《きゅうほう》の弾丸とともに、やってくることもできるのだ。

これに対し、生命の原理としての二人の愛は、まず彼らがゴンドラの中で結ばれる場面において最高潮に達する。さきに一部引用したが、その前後を補ってもう少し長く引用すると、こうである。

風はとても冷たく、彼らの顔に吹きつけたが、毛布の下には風はなかったし、なにもなかった、ただ、彼の傷ついた手が、高い切り立った堤防のある大河の中の島を探し求めているだけだった。
「そこよ、」彼女は言った。
そこで彼は彼女に口づけした。……

五十一歳のキャントウェルと十九歳のレナータは、結局結婚はしないけれども、二人は、結婚して五人の息子をもうけ、彼らを世界の五つのすみずみへ送りだす――一方から世界の五つのすみずみへの疑義が出されるものの――相談を何度も繰り返す。そして最後には、キャントウェルの名を取って、五人の息子をみなリチャードと名づけることで、二人の意見は完全に一致するのである。

こうして、この死滅の原理と生命の原理は、この小説においては、あたかもあざなえる縄のごとくに、たがいに交錯しながら現われる。まず死滅の原理は、キャントウェルがトリエステでの身体検査で腫瘍《しゅよう》と心臓病と診断され、そこからヴェニスへ行き、ヴェニスで過ごす三日の間、自分の墓場の場所を考えたりすることから始まって、ときどき気分が悪くなったり、思い出して薬を飲んだりすることを、折り返し句のように繰り返す。またレナータはレナータで、絶えず彼の死を意識するのである。しかしまた、この間中、二人はたがいに、これも折り返し句のように、愛の言葉を繰り返し、口づけを繰り返す。ここでは、生命の原理としての愛は、レナータの登場以後は、死滅の原理に劣らず全体を支配するのである。

ところで、ここで二人の死と愛の意識に代表される、この二つの原理は、二人を交互に支配するだけであって、同時に二人の上に重なり合うことはないのである。たとえば、二人が愛のために我を忘れてともに死におもむくようなこと、いうならば、心中するようなことは、けっしてないのである。結局、実際に死ぬのは大佐だけであって、レナータはあとまで生き残るからである。

ただ、彼は自分ひとりでそれを想像するだけである。この点については、二人がホテルの部屋のベッドで横たわる模様を叙した、次の一節を見てみよう。

彼女は優しくしっかりとそして必死になって彼に口づけしたので、大佐は戦闘のことや絵のような不思議な出来事について考えることができなかった。彼はただ彼女のことと、彼女がどう感じているかということ、そして人が恍惚《こうこつ》状態にあるときどんなに生が死に接近するかということを、考えるだけだった。そして一体全体恍惚なんてなんだろう、また恍惚の順位と通し番号は何なのか。そして彼女の黒いセーターの感触はどうだろう。そして彼女の穏やかさと得意さと不思議な自尊心と犠牲心と無邪気な知恵はみな、誰がつくったのだろう。そうだ、恍惚はあなたが当たりたいと思うものだが、あなたはその代わりに眠りのもう一人の兄弟（死）をひきあてるのだ。

ここには、『老人と海』にはその片鱗《へんりん》もうかがうことのできない、なんと深い、ヘミングウェイの性愛感が、込められていることだろう。

ところで、そうはいうものの、愛と死は、もっともしばしば反対の極にあるのであり、反対の方向に向かうのである。前述のように、愛は、堤防から大河を渡って島へ、のイメージで表わされ、これをヴェニスの地形に当てはめると、リド、ペッレストリーナ両島──→内海──→ヴェニス本島となるであろう。これに対して、死は、ヘミングウェイがこの小説の表題とした「川を渡って木立の中へ」のイメージで表わされる。これは、ヘミングウェイがトーマス・ジャックソン（一八二四―六三）から借りた言葉であるが、これもヴェニスの地形でいえば、愛とは逆のコース、すなわち、ヴェニス本島→内海→リド、ペッレストリーナ両島となるであろう。リド島とペッレストリーナ島には、沼沢とともに木立もかなりあるからである。しかし、そればかりではない。もう一つ、もっと深い意味がありそうである。それはどういう意味であろうか。

さて、ヴェニスは塩水の関係で木が育ちにくい。公園と一部の大邸宅の中庭を除いては、木立はまったくない。キャントウェルの故国アメリカにくらべて、それはなんという違いであろう。この問題については、次の彼とレナータの会話を聞いてみよう。

「お母ちゃんは、ここには木がないからいつもあまり長く住めないと言うの。」少女は言った。「それが彼女が田舎へ行く理由なの。」

「それこそすべての人が田舎へ行く理由さ、」大佐は言った。「わたしたちは、ちょっと大きな庭のある土地さえ見つかれば、なん本かの木が植えられるさ。」

「わたしロンバルディー・ポプラと楡の木が一番好きよ、でもわたしまだまったく木のことは知らないの。」

「わたしもそれが好きだ、それから枝垂糸杉《しだれいとすぎ》とくりの木も。でも、娘さん、アメリカへ行くまでは、あなたはけっして木を見ないだろう。ストロブ松やポンデローマ松を見るまで、お待ちよ。」

とすると、『川を渡って木立の中へ』は、主人公キャントウェル大佐がヴェニスへやって来てそこで死ぬ話ではあるが、それはまた、彼の魂が、大西洋の海を渡ってアメリカの木立の中へ帰ろうとする話でもあろうか。彼の死後の魂は、軍人としての彼が平素崇拝していたであろう、南北戦争時の南軍の名将ジャックソンのもとへ帰ろうというのであろうか。

結び

以上、シェイクスピアからへミングウェイまでの主要な英米作家たちのヴェニス観について概観した。その中で、シェイクスピア、ジョンソン、オトウェイの三人は、それぞれ、フローリオ、コリアットのような知識の供給者、あるいはサン・レアルの歴史小説のような手本によってヴェニスを書いているのであって、実際にヴェニスへ旅行したわけではない。主要な作家でヴェニスへ旅行したのは、アディソンあたりから始まるといってよいが、彼の場合はまだ、当時流行した、貴族の子弟の大陸旅行としてのグランドツアーの一環としてヴェニスにも立ち寄ったという程度のものであった。それ以後の主要な表題の作家たちは、チシアンの絵の背景からヴェニスの風景を想像したと思われるペイターを除けば、みんな多かれ少なかれ、ヴェニスにあこがれてヴェニスを訪ね、あるいは長期間――ブラウニングとパウンドは死に至るまで――ヴェニスに滞在した人たちであった。その中で、一番先にヴェニスを訪ねたのは、言うまでもなくバイロンであった。そしてそれは、ちょうどヴェニス共和国が崩壊した直後の時期に当たるのである。

それでは、その時期のヴェニスは、いったいどのようなヴェニスであったのであろうか。その点については、まずサミュエル・ロジャーズ（一七六三—一八五五）の証言を聞いてみよう。彼はバイロンほどの大詩人ではなかったが、バイロンより一足先に崩壊直後のヴェニスを訪問した人だったからである。彼は、日記の一説で次のように言う。

道の曲り角までくると、御者はむちで指し示しながら「ヴェニスだ」と叫んだ、そしてそこに、それは太陽に輝く低い水平線のちょうど上にあった。……その互いに前後に重なり合う円屋根と尖塔の長い列、そしてすべては輝かしい陽光の中で直接水から浮かび上りながら、……こよなき美のイメージ。われわれが近づくにつれて、その列は不規則になり切れ切れになって、われわれは早い速力で狭い（運河）を通って街に入り、それから（大運河）を通ってリアルト橋の下をくぐる。夢のサンマルコ広場。美しい夕方。……喫茶店のテラスでアイスクリームを食べた。……それは、しばしばいろいろな色の層をなしている、四角いかっこうのものとして供される。……一つのギターと二つのバイオリンが大変心地よく曲を奏でていた。……人はみな長靴をはいていた、舗道はなかばぬれていた。……

ここには、ヴェニスの夢と美のイメージとともに、まだ軽微なものではあるが、すでにヴェニスの浸水を暗示する言葉が見られる。このヴェニスの夢（美）と退廃の矛盾の意識は、バイロンからシェリーへ、シェリーからラスキンへと、ますますその過激さの度を加え、その矛盾を訴え、その退廃を歎く声は段々と音階をかけ上って、ジェイムズにおいてその最高音に達するのである。彼は、ヴェニスからの手紙の一つで、この街で直面する心の悩みについて、なりふりかまわず次のように告白するのである。

わたしは、どう処理してよいかとても分かりそうにないような「印象」を受けています。人はこの厄介な重荷を片づける手助けをしてくれる仲間がほしいのです。ヴェニスは正真正銘夢のヴェニスですが、不思議なことは、どんなもののヴェニスとしてよりも夢のヴェニスとしてとどまることです。心は、都市の持つ例外的な性格についての不断の意識によって悩まされるのです。あなたは、これを普通の文明と完全には合致させることができないのです。それにまた、その救いようのない退廃が恐ろしく悲しいのです。

とはいえ、英米作家たちのヴェニス観における対立と矛盾の意識は、ただ美（夢）と退廃のそれに限るわけではない。それはまた、シェリーやディケンズの場合のように、夢と現実（精神病院、牢獄）の対立としても現われるのである。しかし、その中でとりわけ著しいのは、後期の三人の小説家、ジェイムズとロレンスとヘミングウェイのヴェニス観における生命の原理と死滅の原理の二元性であろう。ジェイムズの描いた、ヴェニスにおけるルーク卿とマーク卿、そしてロレンスの描いた、メラーズとクリフォードのヴェニスにおける化身としてのダニエレとジョヴァンニは、それぞれこの生命の原理と死滅の原理を代表する典型的な例である。そしてこの二つの原理のうち、生命の原理はヴェニス本島のみを支配し、死滅の原理は本島とラグーナをともに支配するが、よりしばしばそしてより鮮明に、ラグーナを支配するのである。この点はロレンスやヘミングウェイについても明らかであるが、ここでその格好の例をもう一つつけ加えておこう。それは、イギリスからヴェニスへやって来てコルヴォー男爵の筆名で小説を書き、無名のままヴェニスで死んだフレテデリック・ロルフ（一八六〇―一九一三）の言葉である。彼は、自分のボートがラグーナで沈みそうになったことを叙して、次のように言う。

もしわたしがラグーナにずっととどまるならば、ボートは沈むだろう、わたしは多分二、三時間は泳ぐだろう、そしてそれから生きながらかにに喰われるだろう。干潮時には、あらゆる泥の土手にはかにが群がり集まる。もしわたしが島の近くに錨《いかり》を下してとどまるならば、わたしは絶えず目を覚ましていなければならない、なぜなら、わたしが動くのを止めるやいなや、わたしは水を泳ぐねずみたちの群に襲われるからだ。ねずみたちは冬にはとても飢えているので、人間でも動かないと襲うのだ。わたしは動かないでいてみた。そしてかみつかれた。

少し脱線したが、ここでヴェニスにおける美と退廃の問題を結ぼう。

さて、英米の作家たちは、一方においては、ヴェニスを、ラッドクリフ、バイロン、パウンドのように、魔法の島として、シェリー、パウンド、ロジャーズのように、太陽の都として、あるいはシェリー、ディケンズ、ジェイムズのように、夢の国として賛美するのである。しかし、浦島太郎のお伽噺を知っているわれわれ日本人は、ヴェニスといえば、他の何よりもまず、ディケンズもこの街を語りながら「このようなまれに見る夢の中で、わたしは……時間の立つのもほとんど知らなかった」と、ゆくりなくも暗示したあの竜宮城、浦島太郎が亀の背にまたがって訪れたというあの竜宮城を、想起するであろう。実際、たとえば仮面カーニヴァルの期間に、喫茶店フロリアンやクワドリのテラスに腰を下してコーヒーを飲みながら、サンマルコ広場に次々に集まってくる仮装した人たちを眺めていると、とりわけカーニヴァルが最高潮に達するその最終日に、広場に設けられた舞台の上に次々に上ってきて、その仮装の奇想と美を競う人たちを見ていると、浦島太郎が乙姫《おとひめ》さまのご馳走《ちそう》を前にして、たい、しび、ひらめ、かつお、さば、と海の魚たちが次々に姿を現わして舞い踊るのを見たという、あの竜宮城もかくやと思われてくるのである。

ところが、また他方においては、ヴェニスを訪れた英米の作家たちは、ヴェニスの退廃ということをはっきり口に出して言ったか、言わなかったかは、別として、誰しも多かれ少なかれ気づいていたであろう。実際、ヴェニスは、二つの点で、ジェイムズの言葉を借りるならば、「救いようのない退廃」の状態にあるのである。一つは、メストレの工業地帯が地下水を汲み上げることから起こった地盤沈下の問題である。ヴェニスはいずこも同じこの地盤沈下の問題に悩んでいるようであるが、ここでは一つだけその例をサンマルコ寺院に取ってみよう。中へ入ってみると、人がまず気づくのは、床のゆがみである。よく見ると、その美しいモザイクの床は、無残に起伏して、床全体がゆらゆらと波打っているのである。この事情は、外から見ても、どうやら同じである。たとえば、隣のドゥカーレ宮の中庭から寺院の屋根を仰いでみよう。その前後に並ぶ二つの丸屋根のうしろのほうは、よく見ると、やや後方に傾いていることに気がつくはずである。これがヴェニス本島における現状である。それはラグーナにおいてはなおさらである。たとえば、海の上から眺めるブラーノ島の一つの塔である。それははなはだしく傾斜して、いまにも倒れそうになっているのである。こうして、あのヴェニス本島に林立する教会の鐘楼も、いつの日にか、これと同じ運命に会うのであろうか。

そしてもう一つの問題は、地球温暖化による潮位の上昇である。水の都ヴェニスは、ロジャーズの言葉にもあったように、以前にもときには、地面が少し水につかる程度のことはなかったわけではない。しかし、一九六〇年以後は、毎年のように晩秋になると、異常な高潮に見舞われ、水につかった地面を長ぐつをはいて歩かねばならないばかりでなく、道や広場に架け渡された橋を渡って、あるいは陸の上を舟に乗って行かねばならなくなるのである。もしこういう事態が改善されないならば、一九六六年の大洪水のような惨事は、今後ますます頻繁に起こるであろう。こうして、ヴェニスは、いつの日にか、深海の底にあったと伝えられる伝説の竜宮城さながらに、永遠に海底に没し去ってしまわねばならないのだろうか。ヘミングウェイがヴェニスの化身としてのレナータを形容した言葉を借りるならば、「海から生まれた」ヴェニスは、結局、海に帰らねばならないのだろうか。

あとがき

停年後に旅行の味を覚えた私は、ヨーロッパを中心にした海外旅行を始めた。最初は美術館巡りが興味の中心であったが、回を重ねるうちに、都市そのものにそれぞれの個性があることを知った。そしてその中で最も強烈な個性をもって私を魅了したのが、ヴェニスだったのである。それ以後、私は、幸いヴェニスを多く扱っている英米文学の中に、この都市がどのように表現されているかを知るために、そのような作品を渉猟することになった。と同時に、私は、ヴェニスばかりでなく、このような作品に出てくるヴェニスに関係のある場所はほとんど隈なく訪れたのであった。

たとえば、シェイクスピア関係ではフォスカリ荘とキプロス島のファマグスタ、そしてブラウニングとロレンス関係ではアーゾロとサン・フェリーチェ館である。そのうち、現在は国連軍の駐留地となっていて十分に見ることのできなかったファマグスタと本文で詳しく述べておいたアーゾロはしばらくおくとして、ここでは、少し風変わりな旅の例として、それほど長い道程ではないが、フォスカリ荘とサン・フェリーチェ館への旅を取ってみよう。

一つはイル・ブルッキエッロ・ツアーと呼ばれるもので、昔の貴族たちが自分の別荘へ行くためのイル・ブルッキエッロと呼ばれる船を模した船で、ブレンタ河沿いの別荘を見にゆく旅である。それは、妙齢の女性ガイドの伊仏英三か国語による流暢な説明を聞きながら、パドヴァ近くまで行ったところから折り返して、船を降りていくつかの別荘を見て回るツアーである。そしてこの川の一番下流で一番最後に船を降りて見たのが、目指すフォスカリ荘だったのである。

もう一つは、本島の東側に南北に細長く伸びる二つの島リド島とペッレストリーナ島を南下してキオッジアに至る、バスと船を組み合わせた旅である。リド島の船着き場からバスに乗り、島の南端からバスに乗ったまま船でペッレストリーナ島まで運ばれる。島に着くと、バスはそのまま再び島を走り、島の港まで来ると、バスを降りてそこから船でキオッジアへ運ばれるというわけである。小ヴェニスと呼ばれるその町の埠頭に立って対岸のソットマリーナのほうを眺める。と、真正面にサン・フェリーチェ館がこちらを睥睨《へいげい》するかのように立っているのである。後日、私はもっと近くからその館を見たいと思って、こんどは本土を回ってバスでソットマリーナまで行く。しかし、その一帯は現在軍の使用地になっていて、残念ながら見ることができなかった。

ところで、私がこのように遠近を問わず旅行をしたのは、一つには、作品中の場所の名前がはっきりと述べられていなかったり、あるいは仮名を使って述べられていたりする場合、それをどこどこの今どんな名前で呼ばれている場所だと、その場所の名前を認定したかったからである。こうして、私は、シェイクスピアの『ヴェニスの商人』のヴェルモントがフォスカリ荘を指すこと、『オセロ』のキプロス島の海港がファマグスタであること、ディケンズの『リトル・ドリット』のドリット姉妹の訪問先がゲットーであること、そしてロレンスの『チャタレー夫人の恋人』のエスメラルダ荘がサン・フェリーチェ館であることなどを認定することができたと考えている。私の知る限りでは、これらの問題にふれている人はなかったと思う。本書を終えるに当たり、少なくともこれだけのことは言わせていただきたい。

最後に、本書の出版にあたっては、南雲堂の原信雄氏にひとかたならぬお世話になった。ここで原氏にたいして深甚なる謝意を表したい。

二〇〇四年二月

山川　鴻三

著者について

山川鴻三（やまかわ　こうぞう）

一九一七年三重県生まれ。京都大学文学部卒業。大阪大学名誉教授。

著書

『機械文明と人間の生き方』（共著、科学情報社）『思想の冒険――ロレンスの小説』（研究社『モームの二つの世界』（あぽろん社）『第十の詩神――英文学者と美術批評』（あぽろん社）『イギリス小説とヨーロッパ絵画』（研究社出版）『サロメ――永遠の妖女』（新潮社）『楽園の文学――エデンを夢見た作家たち』（世界思想社）『永遠のロマンチシズム――シェイクスピア、チシアンそしてロマン派』（大阪大学出版会）など。

ヴェニスと英米文学
―シェイクスピアからヘミングウェイまで

二〇〇四年七月三十日　第一刷発行

著　者　山川鴻三
発行者　南雲一範
装幀者　銀月堂
発行所　株式会社南雲堂
東京都新宿区山吹町三六一　郵便番号一六二―〇八〇一
電話東京（〇三）三二六八―二三八四（営業部）
　　　　（〇三）三二六八―二三八七（編集部）
振替口座　〇〇一六〇―〇―四六八六三
ファクシミリ（〇三）三二六〇―五四二五

印刷所　株式会社ディグ
製本所　長山製本

乱丁・落丁本は、小社通販係宛御送付下さい。
送料小社負担にて御取替えいたします。
〈検印廃止〉〈IB-284〉

ISBN-4-523-29284-1 C3098